Schlussakkord

Bernd Mannhardt

SCHLUSSAKKORD

Ein Moabit-Krimi

berlin.krimi.verlag
be.bra verlag

Personen und Handlung dieses Romans sind frei erfunden. Ähnlichkeiten mit lebenden oder verstorbenen Personen sind nicht beabsichtigt und wären rein zufällig. Die Orte der Handlung existieren zwar, dienen jedoch lediglich als Kulissen.
Kurz, alles ist erstunken und erlogen. Und der echte Bezirksbürgermeister ist beliebt wie George Clooney.

Bibliografische Information der Deutschen Nationalbibliothek

Die Deutsche Nationalbibliothek verzeichnet diese Publikation in der Deutschen Nationalbibliografie; detaillierte bibliografische Daten sind im Internet über http://dnb.d-nb.de abrufbar.

KulturBrauerei Haus 2
Schönhauser Allee 37, 10435 Berlin
post@bebraverlag.de
Lektorat: Gabriele Dietz, Berlin
Umschlag: Ansichtssache, Berlin (Foto: Photocase, Lumamarin)
Satz: psb, Berlin
Schrift: Stempel Garamond 10/12,7 pt
Druck und Bindung: Finidr, Český Těšín
ISBN 978-3-89809-538-9

www.bebraverlag.de

Mensch: ein Lebewesen, das klopft, schlechte Musik macht
und seinen Hund bellen lässt.
Manchmal gibt er auch Ruhe,
aber dann ist er tot.
Kurt Tucholsky

Heißhunger

Am frühen Mittag, als Hauptkommissar Hajo Freisal im Kriminalgericht gebeten war, als Zeuge in einer, wie er es empfand, »unappetitlichen Angelegenheit«, Mordsache Badesee, als Zeuge Auskunft zu geben, drohte Heißhunger seinen ersten zarten Versuch, abzuspecken, zu sabotieren. Er hatte sich um elf Uhr in der Kantine des Präsidiums Rinderroulade mit Kartoffeln und Rotkohl genehmigt.

Just in diesem Moment hatte eine andere Person an anderem Ort, nämlich in der Lobby des Park Inn, auf etwas ganz anderes Appetit: auf einen »Quickie mit Ausblick« – auf der Dachterrasse des Hotels.

Eine prickelnde Location, war sich die Mitdreißigerin sicher. Sie hatte vorab natürlich gegoogelt, wohin sie ihr PSP – Insider wussten, dass das Akronym für Publicsexpartner stand – dieses Mal eingeladen hatte. Dem Stadtportal berlin.de nach zählte das Park Inn mit seinen 37 Stockwerken und 150 Metern Höhe zu den »aufregendsten Aussichtspunkten Berlins«, weil »direkt am Alexanderplatz gelegen«. Für überzeugte Freiluftliebende, wie die Mittdreißigerin eine war, mochte folgender Satz besonders inspirierend sein: *Der Lift fährt in die oberste Etage des Hotels und von da aus kommt man durchs Treppenhaus zur Dachterrasse, wo im Sommer Liegestühle bereitgestellt sind. Zudem bietet das Hotel Park Inn immer wieder neue Attraktionen für Abenteuerlustige und auch für diejenigen, die lieber nur zugucken.*

Zugucken, hatte sie gedacht, no way! Dass sie jemand beim Publicsex beobachtete, hätte ihr gar nicht geschmeckt, zählte sie sich doch zu jenen, denen es ganz und gar nicht schnuppe war, ob sie erwischt wurde oder nicht. Beim Publicsex ging es ihr ausschließlich um den Thrill des Risikos, entdeckt zu werden – nicht mehr, nicht weniger. Sie spürte, wie ihr Mordsappetit, sich auf dem Hoteldach mit ihrem stattlich gebauten PSP zu amüsieren, ihr feuchte Hände bescherte.

Sie war früher als verabredet am Treffpunkt erschienen, um sich, wie sie es nannte, »mental einzuschwingen«. Auf den Ort als solchen. Der PSP würde sicherlich alle notwendigen Vorkehrungen getroffen haben, was auch und nicht zuletzt das Gewährleisten des Zugangs zum Dach der Lust meinte. Bisher war immer alles glatt gelaufen. Kein Wunder, ihr PSP war ein von einer Agentur vermittelter Profi.

Hajo Freisals aktueller Auftritt vor dem Kadi stand im Übrigen noch nicht mit dem Ereignis in Berlin-Mitte, genauer gesagt im Ortsteil Moabit, in Zusammenhang, das ihn an diesem und den folgenden Tagen auf Trab halten sollte. Obwohl er den Badesee-Täter seinerzeit überführt hatte, waren seine Gedanken abgedriftet. Ihm war urplötzlich Wasser im Munde zusammengelaufen. Klarer Fall: Heißhunger. Nach seinem Auftritt vor Justitia wollte er in der Moabiter Markthalle vorbeischauen. Auf ein Eisbein – mit Salzkartoffeln, ein Novum – und Sauerkraut.

Esslust hatte den Kommissar übermannt. Mal wieder. Dagegen half auch der Vorsatz noch nicht, den er, Mitte fünfzig, 165 Zentimeter groß (Mindestkörperlänge für den Polizeidienst) und mit einem stattlichen Kampfgewicht von 96 Kilo, im Herzen trug: Abspecken! Das war nicht bloß so dahin gedacht; er hatte immerhin schon eine erste Sitzung bei Frau Dr. Maria-Hildegard Balsam hinter sich gebracht. Dr. Balsam war eine promovierte Lebensmittelchemikerin, die schon vor längerer Zeit auf Ernährungs-Coaching inklusive psychologische Beratung umgesattelt hatte. Das Leben rund um die Reagenzgläser war ihr, wie sie Freisal bei ihrem ersten Treffen verriet, »auf Dauer zu steril« vorgekommen.

Das war letzte Woche gewesen. Davor hatte Freisal versucht – kann doch nicht so schwierig sein, hatte er gedacht –, sich auf eigene Faust schlau zu machen. Übers Internet. Denn als erfahrener Kriminalist wusste er, dass es kaum einen anderen Fund- oder gar Tatort gab, der mehr Spuren hinterließ. Warum sollte es sich mit brauchbaren Informationen zum Thema Abnehmen anders verhalten? Aber die Quantität an Informationen hatte auf Freisal schon nach relativ kurzer Zeit der Recherche erdrückend gewirkt. Von Trennkost-Diät war da die Rede, bei der Kohlenhydrate und Eiweiß separiert werden, was ihm immerhin noch nachvollziehbar schien. Dann jedoch wurde es spezieller: Mittelmeer-Diät. Der Verzehr von Obst, Gemüse, Fisch und Olivenöl stand dabei im Mittelpunkt. Als nicht wirklich schmackhaft stellte sich für Freisal die Mono-Diät dar, die den alleinigen Verzehr von Kohlsuppe, Ananas oder Eiern als der Weisheit letzten Schluss anpries. Seine Mundwinkel hatten sich endgültig nach unten verzogen, als er von der Hollywood-Diät las, bei der als Zaubermittel das Schwangerschaftshormon HCG eine wesentliche Abspeckrolle spielen sollte. Der Kriminalhauptkommissar hatte fluchtartig den virtuellen Raum verlassen und war an der nächstbesten Currywurstbude aufgeschlagen, um sich eine doppelte Portion Pommes rot-weiß erst zu bestellen, dann einzuverleiben.

Dr. Balsam hatte ihr Domizil in der Kreuzberger Bergmannstraße, ums Eck vom Chamissoplatz, wo Freisal wohnte. An der Praxis, ein kleines Ladenlokal, war er eher zufällig vorbeigekommen, nämlich just in dem Moment, als er, ein bekennender wie begeisterter Autofahrer, sich ausnahmsweise zu Fuß durch den Kiez bewegte. Er hatte einen arbeitsfreien Tag – dies, obwohl Fernsehkrimis, wie Freisal erst letzten Sonntag kopfschüttelnd festgestellt hatte, den Eindruck erweckten, dass Kripobeamte rund um die Uhr im Einsatz seien und nicht die Bohne Privatleben hätten, ja genau besehen nicht einmal aufs Klo gingen. Freisal war also durch das Kreuzberger Quartier der etwas feineren Art mit seinen mehrgeschossigen Gründerzeithäusern geschlendert. Nachdem er

Dr. Balsams Büro wahrgenommen und ihre Offerte »Werden Sie weniger!« auf einem Plakat im Schaufenster gesehen hatte, war er einem spontanen Impuls gefolgt: Er öffnete die Ladentür und trat über die Schwelle. In Folge dessen kündete das kleine Glöckchen am Türrahmen von neuer Kundschaft.

Dr. Balsam kam freundlich lächelnd aus einem hinteren Teil des Ladens herbei. Sie begrüßte den Besucher und bot ihm Platz an in der mit einem rustikalen Tisch und ebensolchen Stühlen ausgestatteten Sitzecke. Die Dutzend Sitzkissen und Yoga-Matten, die in der Mitte des Raumes im Kreis lagen, aber auch die großformatigen Schautafeln an den Wänden, die den Aufbau des menschlichen Körpers und seinen Bewegungsapparat abbildeten, legten die Vermutung nahe, dass hier auch Gruppen betreut wurden.

Hajo Freisal redete ganz seinem Naturell entsprechend nicht um den heißen Brei herum. Er wolle abnehmen, sagte er, und benötige dafür Beratung.

»Da sind Sie hier richtig!«, ermunterte ihn Dr. Balsam und schob nach: »Wenn Sie zunehmen wollten, wäre Curry-King am Mehringdamm die bessere Adresse.«

Dr. Balsams Launigkeit schien speziell zu sein. Aber das schreckte Freisal, dem auch ein gewisser schräger Witz nachgesagt wurde, nicht. Im Gegenteil, er konnte sich ein Schmunzeln nicht verkneifen.

»Schön«, sagte Dr. Balsam, »Sie haben Humor. Damit wäre die erste Hürde genommen. Ich sage meinen Klienten immer: Wenn in den ersten drei Minuten einer Sitzung nicht gelacht wird, können wir das Meeting vergessen.«

»Verstehe«, sagte Freisal. »In meinem Job liegt das etwas anders.« Er berichtete von seinem letzten Verhör. »Unlustig – in jeder Hinsicht!«

Dr. Balsam registrierte die Botschaft genau; weil sie den Besucher noch kennenlernen musste, bot sie an: »Ich neige zur Leichtigkeit im Umgang mit Schwergewichten. Sollte ich da

Ihnen gegenüber einmal über die Stränge schlagen, sagen Sie mir das bitte gleich.«

»Mach ich«, erwiderte Freisal. »Nur nichts auf die lange Bank schieben, nicht wahr.«

»Ja – verursacht nur Gefühlsstau.« Dr. Balsam lächelte empathisch. »Sind wir da möglicherweise schon dicht dran an Ihrem Problem? Verraten Sie mir bitte Ihr Alter, Ihre Größe, Ihr Gewicht.«

Auf Dr. Balsams Frage, warum er, die bekannten gesundheitlichen Aspekten mal außen vor lassend, abnehmen wolle, hatte Freisal mehrere Antworten parat. Einer seiner Gründe sei, wie er sagte, ein »Schüsselerlebnis«.

»Sie meinen Schlüsselerlebnis?«

»Ja, auch.« Hajo Freisal berichtete frei von der Leber weg, dass er eines Morgens, kurz nach dem Aufstehen vorm Klobecken hektischer als sonst am Eingriff seiner Schlafanzugshose herumgenestelt habe. Zudem habe er an seinem Oberkörper hinuntergeblickt. »Reine Gewohnheit.« Ein kontrollierender Blick, ob er auch alles zielführend im Griff habe, sei nicht möglich gewesen. »Mein Bauch war im Weg.« Nachdem er dem Druck nachgegeben habe, musste er feststellen, dass er nicht nur den Rand der Klobrille samt Innenseite des aufgeklappten Klodeckels beschmutzt, sondern sich selbst bepinkelt hatte. »Ich spürte, wie der Stoff von warmem Nass durchsuppte, dann Urin an der Innenseite meines rechten Oberschenkels in die Kniekehle lief.« Gott, ist das peinlich, habe er gedacht. Er habe sich regelrecht geschämt – vor sich selbst. »Vielleicht hätte ich mir doch das Pinkeln im Sitzen angewöhnen sollen?«, fragte er Dr. Balsam – eher im Scherz.

»Vielleicht, ja – aber die Mühsal beim Hochkommen von der Klobrille ist für einen Mann Ihres Formats auch nicht zu unterschätzen.«

Schlagfertig, die Dame, dachte Freisal. Das gefällt mir, sinnierte er weiter. Nachdem Dr. Balsam ihm achtundsechzig Euro als Preis für eine Einzelsitzung benannt – das machte zehn Eisbeine bei Paschke in der Moabiter Markthalle, war es ihm spontan durchs Gehirn geflitzt – und den nächsten Termin vereinbart hatte, kam Grundsätzliches zur Sprache.

»Herr Freisal, vergessen Sie alles, was Sie über Wunderdiäten gehört haben. Nachhaltiges Abnehmen ist keine Frage von Hokuspokus oder Selbstkasteiung, sondern von innerer Haltung, äußerer Disziplin und einer Prise Geduld.«

»Also, an meiner Haltung soll's nicht scheitern«, sagte er. »Nur bei der Disziplin …«

»Kann man auch üben. Es geht im Kern um die Umstellung von Ernährung, also das Ablegen schlechter Gewohnheiten.«

Freisal gefiel die Direktheit; Dr. Balsam, eine Frau um die vierzig mit sportlichem Kurzhaarschnitt, wurde ihm immer sympathischer. Auch das »Ablegen schlechter Gewohnheiten« hatte ihn nicht weiter beunruhigt. Bei einer späteren Sitzung würde er Dr. Balsam darüber informieren, dass er erst vor gut einem halben Jahr mit Saufen und Rauchen aufgehört hatte. »Auch nicht vergnügungssteuerpflichtig«, würde er dazu sagen.

»Abnehmen ist ein Kampf mit Schweinehunden. Sich dünner zu machen heißt, ein vorbestimmtes Gewichtsziel erreichen – ohne sich dümmer zu machen. Vergessen Sie die gängigen Schönheitsideale, die dienen dem Abverkauf von Produkten. Sie müssen sich wohlfühlen, nur darum geht's.«

»Und wieder sehen können – wo ich hinpinkle, meine ich«, ergänzte Freisal, wohl nicht zuletzt deshalb, um seine »Haltung« zu demonstrieren, dem Fettsuchtgrad von 35 Punkten Paroli zu bieten. Der war während des Gesprächs zwischen ihm und Dr. Balsam von der Beraterin eher nebenbei via BMI-Rechner im Internet ermittelt worden. »Der Body-Mass-Index ist umstritten«, hatte sie gesagt, »aber einen brauchbaren Anhaltspunkt bietet er schon, vorausgesetzt man gehört keinem Olympiakader an oder schuftet auf dem Bau.« Dem BMI-Index nach schrammte Freisal an der Grenze zur zweiten von drei möglichen Adipositas-Stufen.

»Dreißig Kilo zu viel auf den Rippen«, konstatierte er und gab unumwunden zu: »Beim Treppensteigen schnaufe ich wie die Brockenbahn beim Erklimmen ihres Berges. Dann erst das ewige Schwitzen – am ganzen Körper. Die Kleidung zwickt schon beim Hochtragen eines einzigen Kastens Mineralwasser in den ersten Stock.« Er berichtete auch, dass er über die Jahre versucht habe, dem entgegenzuwirken, in dem er Ober- und Unterwäsche ein paar Nummern größer kaufte.

»Ein Klassiker«, stellte Dr. Balsam fest. »Hilft aber nicht, sich in Zelten zu verstecken, richtig? Andererseits ergibt es auch keinen Sinn, falschen Ehrgeiz zu entwickeln. Wenn es unterm Strich gelingt, dass Sie in einer Woche ein Kilo weniger werden, sind Sie gut dabei.« Dr. Balsam empfahl, gleich ein Zwischenziel abzustecken. »Was halten Sie von zehn Kilo weniger?«

»Klingt überschaubar.«

»Und weniger bedrohlich, nicht wahr?«

Freisal lächelte ermutigt und verabredete sich mit der Beraterin zur ersten regulären Sitzung – in der Woche, in der er als Zeuge vor dem Kriminalgericht geladen wurde. Eine erste praktische Übung hatte ihm Dr. Balsam gleich mit auf den Weg gegeben.

»Esstagebuch anlegen und notieren, wann Sie was zu sich nehmen. Alles aufschreiben, bitte! Versuchen Sie, es bei drei Mahlzeiten zu belassen: Frühstück, Mittagessen, Abendbrot, möglichst nichts nach 20 Uhr essen. Und notieren Sie das eigene Gewicht. Am Morgen netto, also nach dem Stuhlgang und ohne Kleidung.«

Diese Spielregeln schienen Freisal so überschaubar wie einfach. Beim Verabschieden zwinkerte ihm Dr. Balsam zu. »Und warten Sie nicht bis morgen, sich eine Personenwaage zu kaufen.«

»Woher wissen Sie …?«

»Erfahrungswert.« Sie schmunzelte. »Und Ihren großen Spiegel, der mal in Ihrem Wohnungsflur hing und jetzt nutzlos im Keller steht, sollten Sie wieder hochtragen, aufhängen und endlich mal wieder hineinschauen.«

»Mach ich«, sagte Hajo Freisal. Er war verblüfft, mehr aber beglückt. Schier euphorisch von Gemüt, freute er sich darüber, an Dr. Balsam geraten zu sein. Von ihr war keinerlei Vorwurf zu hören gewesen, mit dem er insgeheim gerechnet hatte. Nein, nicht dass er geunkt hätte, eine Beraterin würde ihm auf den Kopf zusagen, dass er »furchtbar fett« sei – aber dass er mit einem »erhöhten Herzinfarkt-Risiko« lebte, schon. Dr. Balsams Gangart war jedoch, wie sie Freisal erläutert hatte, »nicht konfrontativ, sondern klientenorientiert«. Das bedeutete, dass die Befindlichkeiten und Bedürfnisse des Betroffenen im Mittelpunkt der Beratung stünden, alles in allem zum Zwecke einer »positiven Verstärkung«.

Genau genommen wie beim Verhör, hatte er gedacht; auch da sollte nicht das Gegeneinander an erster Stelle stehen, sondern das Aufbauen einer »kooperativen Beziehung«. So hieß es nicht zuletzt in einem Lehrbuch für Kriminalisten. Freisal wusste natürlich darum. Seine Rhetorik bei Verhören ließ diesbezüglich jedoch zu wünschen übrig, wenn er »mit der soften Nummer« nichts erreichte und sein Gegenüber ihn »eh bloß verarschte«. Er bevorzugte dann eine, wie er es nannte, »zwar subtile Methode, die jedoch Gewaltanwendung ausschließt«. Allein die Androhung von Gewalt war untersagt. Kategorisch. Ob er das gut fand, wusste er nicht immer. Es kam ganz auf den Delinquenten an. Mit Kopfschütteln erinnerte er sich dann und wann daran, dass mal ein Kollege seinen Job verloren hatte, weil er einem Kindesentführer beim Verhör das »Zufügen von Schmerzen« angedroht hatte. Der Delinquent hatte partout nicht sagen wollen, wo er das Kind versteckt hielt, obschon er die Tat als solche gestanden hatte. Das Kind war, weil es zu spät gefunden wurde, erstickt im »Versteck«, das sich als ein Erdloch entpuppte.

»Wenn Tatverdächtige nicht kooperieren wollen, spiele ich das Schweigespiel«, hatte Freisal seiner Assistentin verraten.

Das hieß, »die Kunden« beim Verhör in Widersprüche zu verwickeln, die nicht verbaler Art waren.

»Nonverbales wird unterschätzt«, hatte er am frühen Mittag in der Kantine gesagt, bevor er sich zum Kriminalgericht aufmachte.

»Inwiefern?«, hatte Gutzeit gefragt.

»Körperliche Reaktionen können verräterisch sein.«

»Vor oder nach Stromschlägen?«

»Kollegin, bitte! Auch indirekte Hinweise sind Hinweise«, hatte Freisal gesagt und angemerkt: »Bei mir sitzen Sie in der ersten Reihe.«

Und tatsächlich, keine zwei Tage später würde Yasmine Gutzeit hinter einer Beobachtungsscheibe im Gefängnis Moabit Platz nehmen, während ihr Chef ins Vernehmungszimmer trat.

Während Hajo Freisal im Flur auf seinen Zeugenaufruf wartete, tastete er nervös auf seiner Wildlederjacke in Höhe der linken Innentasche herum. Darin steckte sein Esstagebuch – ein kleines Chinanotizbüchlein. Wie auch immer es mit seinem »Kohldampf« weitergehen würde, er wollte sein Essverhalten, wie von Dr. Balsam aufgetragen, dokumentieren. »In brutalstmöglicher Genauigkeit.«

Als Freisal das dachte, wartete besagte Mittdreißigerin an der Bar in der in gediegenen Brauntönen gehaltenen Park-Inn-Hotellounge auf ihren PSP. Sie hatte sich einen Campari-Orangensaft bestellt, legte ihre Lippen um den dazugehörenden Strohhalm, sog einen kleinen Schluck und schwärmte still und leise vor sich hin, wie aufregend das letzte Rendezvous gewesen war – oben auf dem Aussichtsrund der Siegessäule. Ein spannender Ort. Auch für Touristen, die mehrheitlich die rund fünfzig Meter hohe Plattform zu erstürmen pflegten. Um zur Siegessäule zu gelangen, mussten Besucher einen Fußgängertunnel unter der Fahrbahn durchschreiten. Unmittelbar vor dem Ausgang waren an der Tunneldecke künstlerisch gestalte Hinweise auf Wim Wenders' Spielfilm *Der Himmel über Berlin* angebracht. Der Filmtitel war Ende der Achtziger in einzelnen Lettern aus silbrig glitzerndem Kunststoff an die Decke geklebt worden. Ein verschmitztes Lächeln legte sich auf das Gesicht der Frau an der Bar. Amüsiert erinnerte sie sich, dass ihr PSP und sie spontan in schallendes wie – der Akustik eines Tunnels geschuldet – hallendes Lachen ausgebrochen waren, als sie sahen, dass da offenbar ein Scherzbold das H des Himmels durch ein P ersetzt hatte.

»Warst du das?«, hatte sie ihrem PSP zugeraunt.

»Meine Liebe, du unterschätzt meinen Humor«, sagte er.

Der Mann war ein Outdoor-Spezialist, der gewusst hatte, dass es auf der Siegessäule »früh am Tag kleine Zeitfensterchen« gab; das ermögliche ihnen einen ungestörten Aufenthalt, so seine Worte, am Saum des Gewandes der in Bronze gegossenen Viktoria. In Wahrheit hatte er die 400-Euro-Kassiererin, zugleich Einlasskontrolle, mit fünfzig Euro bar auf die Hand bestochen sowie mit ihr verabredet, dass nach ihnen höchstens noch zwei, drei Personen hinaufgelassen werden dürften. Vielleicht hielt es der PSP mit einer Aussage Voltaires: »Alles, was du sagst, sollte wahr sein. Aber nicht alles, was wahr ist, solltest du auch sagen.« Jedenfalls war ihnen tatsächlich nur ein Turmerstürmer über die 285 Stiegen der Wendeltreppe gefolgt. Womöglich hätte er mit der Kassiererin auch verabreden können, sich mit der Frau an seiner Seite dort oben in luftiger Höhe ganz alleine bewegen zu dürfen. Aber das, so wusste der PSP, wäre ihr nicht recht gewesen – ein gewisses Restrisiko sollte schon mit von der Partie sein.

»Lästige Angelegenheit«, brummte Hauptkommissar Freisal missgestimmt, während er vor dem Sitzungssaal darauf wartete, aufgerufen zu werden. Übellaunigkeit kroch in ihm hoch – auch deshalb, weil er neben den Sexualstraftätern auch deren Verteidiger nicht ausstehen konnte. Er hatte diesen Schroth überführt, diesen hoffnungslosen Fall, wie er meinte. Seiner Einschätzung nach halfen bei Delinquenten eines solchen Kalibers nur drei Dinge: erstens wegsperren, zweitens wegsperren und drittens wegsperren.

»Keine Sau spricht von den Opfern«, grollte Freisal regelmäßig unter Kollegen beziehungsweise immer mal wieder in der Kantine, im Beisein seiner jungen Assistentin Yasmine Gutzeit sowie seines Vorgesetzten Kriminalrat Jürgen Claus. »Erst reißen wir uns den Arsch auf, um das Gesindel festzutackern, und dann kommt Intensivtäters Liebling daher und drückt das Strafmaß in den Keller!«

Wenn Hajo Freisal so oder ähnlich posaunte, stocherte

Claus gelassen im Rucola. Der Kriminalrat hatte es sich abgewöhnt, Freisals verbale Rundumschläge zu kommentieren. Seiner Erfahrung nach wäre das nur Öl im Feuer gewesen. Der Kollege muss sich mal wieder Luft machen, dachte er sich dann. Das nahm zwar zu, seit Freisal die Frau weggelaufen war und er dem Tabak- und Alkoholkonsum abgeschworen hatte, war jedoch kein Problem, solange er sich damit nicht vor die Presse stellte. Vielleicht würde sich Freisal, so dachte Claus auch, eines Tages doch noch der von ihm organisierten Tai-Chi-Chuan-Gruppe anschließen, die sich unter der Leitung eines chinesischen Studenten immer samstags im Lichthof der Technischen Universität traf. Tai-Chi, hatte Claus Freisal einmal in nahezu verschwörerischem Tonfall und wie konspirativ unter vier Augen erläutert, sei ursprünglich eine chinesische Kampfkunst gewesen. In seiner Gruppe würde Tai-Chi aber eher die Funktion von Gymnastik haben. »Klasse Sache für die eigene Persönlichkeitsentwicklung: Meditation wird dabei ebenso geübt wie Atmung, Aufmerksamkeit und Körperspannung.«

»Ach nee, lassen Sie mal, bin genug unter Spannung«, hatte Freisal noch vor einem halben Jahr, unmittelbar vor dem Zerbrechen seiner Beziehung mit Inge, abgewinkt. »Manchmal sogar wie 'n Flitzebogen.«

»Sie sprechen von Anspannung«, hatte Claus ihn belehrt. »Zur Körperspannung, die ich meine, gehört die Entspannung dazu.«

»Ach so – na, vielleicht später mal.«

Bei Lichte betrachtet, war für KHK Freisal die Notwendigkeit von Strafverteidigern unstrittig, insbesondere dann, wenn es um Jugendliche ging. Bei »den Jungs«, wie er sagte, hatte er noch Hoffnung, dass sie auf den »rechten Weg« zurückfänden. Ohne anwaltlichen Beistand würden sie »in den Mühlen Justitias zermahlen«, da war er sich sicher. Was Freisal angesichts der Reibungen von Recht und Gerechtigkeit aber immer wieder aufs Neue auf die Palme brachte, waren Juristen, die sich augenscheinlich wenig bis gar nicht für Wahrheitsfindung, sondern vielmehr ausschließlich für öffentlichkeitswirksame Auftritte interessierten.

Zum Beispiel dieser Schroth: Den Ermittlungen zufolge hatte er sich mit seinen späteren Opfern über Facebook angefreundet. Alle Spuren – erst recht die im virtuellen Raum – hatten zu ihm geführt. Kein Zweifel, war sich Freisal am Ende der Ermittlungen sicher gewesen, und auch die Staatsanwaltschaft hatte das so gesehen.

Dennoch war er jetzt als Zeuge vorgeladen worden und unkte nun, dass irgendein »Winkeladvokat« einen »Strohhalm zur Verkomplizierung eines unkomplizierten Verfahrens« suchte.

Nachdem er aufgerufen worden war, den Saal des Kammergerichts betreten und sich an den Zeugentisch gesetzt hatte, legte Freisal die Hände flach auf die Tischplatte. Er schaute kurz hinüber zu Schroths Verteidiger, Rechtsanwalt Mühle – ein schmales, blasses Gesicht. Etwas viel Pomade im Haar, dachte Freisal, der glänzt ja wie 'ne Olive!

Nachdem RA Mühle das Wort erteilt worden war, pumpte er sich ein wenig auf und sagte: »Herr Freisal, war der Lauschangriff, den Sie gegen meinen Mandanten durchführten, genehmigt?«

Der Kommissar, durchaus ein Freund wortgewandter Konversationen, zeigte sich betont kurz angebunden. »Ja«, sagte er – punktum. Die Falten um seine Augen lagen entspannt. Ach Jungchen, dachte er, mit Fragen auf diesem Niveau wirst du keinen Blumentopf gewinnen.

»Wurde der Beschuldigte bei seiner ersten Vernehmung über seine Rechte belehrt?«

»Ja.«

»Ist der Datenschutz bei der Internet-Überwachung beachtet worden?«

»Ja.«

Und so weiter und so fort. Reine Zeitverschwendung.

Als Freisal aus dem Zeugenstand entlassen wurde, hievte er seinen korpulenten Körper in die Senkrechte. Normalerweise hätte er den Sitzungssaal umgehend verlassen, aber der Richter kündigte einen psychiatrischen Gutachter an, einen gewissen Prof. Dr. Dr. Dietmar Zick von der Charité. Was dieser Professor zu sagen hatte, interessierte Freisal nun doch. Er setzte sich wieder hin – im Zuschauerbereich – und spitzte die Ohren, als der Professor in etwas leierndem Tonfall zu sprechen begann.

»Der Angeklagte weist erhebliche Mängel an Realitätsprüfung, Impulskontrolle und Beziehungsfähigkeit auf.«

Standard, kommentierte Freisal in Gedanken. Zick schlug einen größeren Bogen.

»Kriminogene Risikofaktoren spielten beim Angeklagten von Kindesbeinen an eine wichtige Rolle.«

Ach was, dachte Freisal. Er gähnte diskret.

»... milieugeschädigt.«

Sind wir das nicht letztlich alle?, überlegte der Kommissar. Sich beruflich mit Mord und Totschlag zu beschäftigen, ist ja auch nicht ohne. Aber bringe ich deshalb jemanden um?

»Der Vater ein Schläger, die Mutter abhängig von Medikamenten ...«

»Schon klar«, nuschelte Freisal vor sich hin. »Unser Mann ist nicht auf'm Ponyhof groß geworden.« Er kratzte sich ungeduldig am glatt rasierten Kinn. »Nun komm mal auf'n Punkt, Professor«, murmelte er, »mein Eisbein wartet.« Der Sitznachbar des Kommissars – ein Rentner, der gespannt zuhörte und den Eindruck machte, als würde er keinen einzigen Strafprozess versäumen – schaute pikiert, derweil Professor Zicks Blick von der Anklagevertretung hinüber zum Verteidiger und wieder zurück wanderte.

»Trotz emotional wie intellektuell enger Grenzen des Angeklagten ist aus psychiatrischer Sicht zu sagen, dass er in der geistigen Verfassung war, zu wissen, was er tat. Herr Schroth ist zurechnungsfähig.«

»Mann, Mann, Mann, das hast du aber spannend gemacht«, brummte Freisal. Er mochte keine psychiatrischen Gutachter. Nach seiner Einschätzung neigten sie, genau wie die Strafverteidiger, allesamt dazu, unkomplizierte Verfahren zu verkomplizieren. Der Fall Schroth bestätigte für ihn diese Regel aber eher als Ausnahme, das heißt, er war mit Professor Zick relativ zufrieden und sodann auch damit sehr einverstanden, dass der Richter um Punkt 13 Uhr die Mittagspause einläutete.

»Mahlzeit«, sagte Freisal erleichtert und wuchtete sich von der Sitzbank hoch.

Zur gleichen Zeit rutschte im Hotel Park Inn die Mittdreißigerin an der Hotelbar auf ihrem Designerhocker nervös hin und her. Das schlanke Möbelstück aus Chrom, das auf seinem schweren Tellerfuß stabil stand, bot ihr mit seiner ledernen Sitzfläche mehr Bequemlichkeit, als es auf ihren ersten Blick den Anschein hatte. Das Kribbeln im Bauch nahm stetig zu. Sie blickte unruhig über ihre rechte Schulter in die Lounge mit den flachen braunen Sitzgruppen, vor denen quadratische Couchtische standen.

Wie auf Kommando betrat ihr PSP, ein appetitlich solariumgebräunter Blondschopf, tatsächlich das Terrain. Der Gedanke daran, was sie mit ihm – nachdem auch er sich »zum Aufwärmen« einen Drink genehmigt und sie sich mit anzüglicher Plauderei und ebensolchen Blicken auf Touren gebracht hätten – auf dem Hoteldach erleben würde, rechtfertigte ihres Erachtens das kostspielige Vergnügen. Reflexhaft überprüfte sie unauffällig, ob die dreihundert Euro im kleinen Handtäschchen steckten. Die drei Scheine, die bald den Besitzer wechseln würden, waren für sie relativ viel Geld. Aber sich deshalb dem Ausleben der eigenen Lust zu enthalten, wäre in ihren Augen am falschen Ende gespart gewesen.

Bevor der PSP sie mit einem Küsschen links, einem Küsschen rechts begrüßen und neben ihr an der Bar Platz nehmen konnte, huschte es ihr durch den Kopf, dass dieses Treffen, jahreszeitlich bedingt, wohl die letzte Verabredung mit ihm sein würde. Spätestens übernächste Woche würde die meteorologisch begründete Periode der Enthaltsamkeit einsetzen. Der November würde seine grauen, nassen und kalten Tage bringen – und beim Publicsex war es ihrer Erfahrung nach nicht praktikabel, in Wintermontur anzutreten, mal ganz abgesehen von der Gefahr, sich an Ort und Stelle zu verkühlen.

Als Hajo Freisal den Verhandlungssaal verließ, spürte er plötzlich kleine Nadelstiche im linken Knie. Hatte er vor zehn Jahren, als er auch schon achtzig Kilo auf die Waage brachte, noch relativ behände von hier aufbrechen können, schlurfte er nun eher behäbig durch den dunkelbraun gefliesten Gerichtsflur hin zur von einem hohen Klostergewölbe beschirmten Treppenhalle. Die breiten Stiegen aus Stein des ehemaligen Königlichen Criminal Gerichts in der Turmstraße hinab zur Sicherheitsschleuse nahm Freisal bedächtigen Schrittes. Seine rechte Hand umfasste dabei den gusseisernen Handlauf. Für den Fall der Fälle, dachte er. Die meisten Unfälle passieren schließlich in alltäglichen Situationen.

Der Sicherheitsbeamte am Ausgang händigte dem Kommissar seine Dienstwaffe aus, die er beim Betreten des Gebäudes hatte abgeben müssen. Freisal steckte die SIG P225 zurück in den Gürtelhalfter, der hinten am etwas kneifenden Hosenbund befestigt war.

Er durchschritt das mit armdicken Sperrstäben gesicherte Drehkreuz. Unmittelbar zuvor hatte er versucht, den Bauch einzuziehen. Es war ergebnislos geblieben, aber dennoch hatte er natürlich durch die Schleuse gepasst. Wenige Meter weiter fiel dann die schwere Eichentür des Gerichtsgebäudes hinter ihm ins Schloss.

Hajo Freisal blieb auf der obersten Stufe vor dem wilhelminisch anmutenden Eingangsportal stehen und atmete tief durch. Das tat er nicht nur seiner Kurzatmigkeit wegen. Eigentümlicher Gestank da drinnen, dachte er. Er wollte den

Geruch von Bohnerwachs gepaart mit Jahrzehnte alten Nikotinrückständen aus der Nase bekommen und atmete ein weiteres Mal tief durch. Dass er auf der obersten Stufe der Treppe verweilte, hatte aber auch damit zu tun, dass er sich so als kleinwüchsige Person einen guten Blick auf die Turmstraße verschaffen konnte.

Freisal runzelte die Stirn ob des Staus vor seiner Nase und sinnierte, warum Stadtplaner in Berlin eigentlich immer noch von »Verkehrsflüssen« sprachen. Er zuckte mit den Schultern, setzte seine dunkelgraue Schiebermütze auf den gescheitelten Kurzhaarschnitt und stapfte die Stufen hinab auf das Trottoir.

Obschon sich der Oktober von seiner goldenen Seite zeigte, pfiff just in dem Moment, als sich eine dicke Wolke vor die Sonne schob, ein eher unangenehmes Lüftchen um die Häuserblocks. Freisal knöpfte sich die um den Bauch sichtlich spannende Wildlederjacke zu – nicht zuletzt deshalb, weil ihm schlagartig klar geworden war, dass er die knapp tausend Meter zur Markthalle wider Willen besser zu Fuß bewältigte. Er ließ seinen Wagen, den er in der Wilsnacker abgestellt hatte, stehen, denn aus Erfahrung wusste er, dass insbesondere zur Mittagszeit die Parkplätze an der Arminiusmarkthalle endlich waren. In der Arminiusstraße hielten LKW der Stadtreinigung in zweiter Spur, auf eine Pause, aber auch Reisebusse trugen ihren Teil zum Infarkt des Fahrdamms bei, dieses schmalen wie kurzen Verbindungsstücks zwischen Bremer und Jonasstraße: Die ausladenden Vehikel zwängten sich durch die Enge und hielten, wo es gerade noch so passte, spuckten Touristen aus, die in Mannschaftsstärke und Trolleys hinter sich herziehend blindlings quer über die Straße marschierten.

Wer hier einen Parkplatz sucht, ist selber schuld, hatte Freisal erst vor vier Wochen gedacht, als er mal wieder vom Gericht »auf ein Eisbein« bei Paschke, der den *Kiez-Imbiss* in der Markthalle betrieb, vorbeigekommen war. Zuvor hatte er einen Autofahrer dabei beobachtet, wie er sehenden Auges in die von zwei Bussen verstopfte Sackgasse hineinfuhr. Wie bekloppt ist der denn?, hatte er sich gefragt. Der Mann hatte tatsächlich versucht, mit Dauerhupen ein Durchkommen zu erzwingen. Er wurde weitestgehend ignoriert. Einzig ein Passant trat seitlich an seinen Wagen heran und wies darauf hin, dass sich die Busse »aller Wahrscheinlichkeit nach nicht in Luft auflösen« würden und er »von daher das Getöse getrost einstellen« könne. Dem Angesprochenen war daraufhin die Zornesröte ins Gesicht gestiegen. Er legte krachend den Rückwärtsgang ein. Unmittelbar bevor er Gas gab, kübelte er dem Passanten noch seinen Urberliner Charme vor die Füße: »Wat willst'n du, du Jurke? Allet Irre hier! Hopsen eim noch vor 'n Wagen ...«

Mein Moabit, wie es singt und lacht, hatte Freisal ungerührt resümiert.

Auf dem Weg zur Markhalle passierte er wie üblich Automaten-Casinos, An- und Verkauf-Läden und Billig-Boutiquen. Den Kleinen Tiergarten, die Grünanlage zwischen Alt-Moabit und Turmstraße, ließ er links liegen; die Männer, die dort standen und es offenbar vorzogen, ihr Bier an der frischen Luft zu trinken, nahm er nur am Rande wahr. Das Bild von Trinkern im öffentlichen Raum war KHK Freisal gewohnt. Es juckte ihn lediglich, wenn er Jugendliche mit geöffneten Bierflaschen in den Händen über die Turmstraße flanieren sah. Ist das die deutsche Leitkultur, von der vor Jahren mal die Rede war?, fragte er sich dann mitunter sarkastisch.

Nach knapp zehn Minuten überquerte Freisal die Stromstraße und war damit seinem Ziel schon recht nahe. Er musste jetzt bloß noch rechts an der Heilandskirche vorbei, um wiederum rechts in die Jonasstraße einzubiegen. Obwohl er den Weg schon viele Male gegangen war – ein bis zwei Gerichtstermine kamen im Monat schon zusammen –, fiel ihm in der Jonasstraße immer wieder wie aufs Neue linkerhand die Seitenfront vom Rathaus Tiergarten auf. Auf ihrer gesamten Länge von siebzig Metern und über alle fünf Etagen hinweg starrte das Gebäude vor rußähnlichem Dreck.

Die gleich links ums Eck liegende Markthalle, 1881 erbaut, war ein vergleichsweise schmuckes und zierliches Gebäude. Es schien beinahe so, als ducke sie sich vor dem ausladenden Verwaltungskomplex ängstlich weg. Wenn dem so war, dann mochte das historisch begründet sein; das wuchtige Rathaus stand der Markthalle ja nicht nur unmittelbar gegenüber, sondern es stammte aus einer Zeit, in der dort braune Bürokraten herrschten. Der Grundriss des 1937 fertiggestellten Zweckbaus war ein H, wenngleich der Saal, der in den Fünfzigern an die Rückseite des Rathauses angesetzt worden war, Adolfs Initiale oberhalb ihrer horizontalen Linie merklich ausfranste.

Schön ist anders, dachte Freisal wieder beim Anblick der schäbigen Front. Aber an diesem Tag war ihm nicht in erster Linie die Schmutzfassade als solche aufgefallen, sondern ein frisch aufgepinseltes Graffito: »Meen Moabit – klasse morbid!«

Der KHK lächelte, auch darüber, dass die Schmiererei den Tatbestand der Sachbeschädigung erfüllte. Er befand jedoch, dass dies in diesem Fall eine kleinliche Betrachtungsweise sei, solange an derselben Fassade immer noch, aus Gründen des Denkmalschutzes, Einschüsse aus letzten Kriegstagen zu sehen waren. Mit Denkmalschutz kannte sich Freisal nicht aus. Aus purer Neugierde hatte er einmal im Internet bei den Berliner Denkmalschützern nachgeschlagen und gelesen, dass »das mächtige Rathaus Tiergarten« den »Stadtraum an der Turmstraße« dominiere und dass »der Baukomplex, der den gesamten Baublock zwischen Bremer Straße und Jonasstraße einnimmt« und, zusammen mit der unmittelbar dahinter liegenden Arminiusmarkthalle, das »städtische Zentrum Moabits« bilde. Zur Turmstraße hin, so unterrichtete die Denkmalschutzbehörde auf ihrer Webseite bei berlin.de, öffne sich »die Anlage raumgreifend mit einem Ehrenhof. Der Haupteingang wird mit einem Portikus hervorgehoben. Das Rathaus des 1920 gebildeten Bezirks Tiergarten, entworfen von Stadtbaudirektor Richard Ermisch, wurde 1936–37 während der nationalsozialistischen Herrschaft ausgeführt.« Nach »der Einführung des ›Führerprinzips‹« habe man nur noch »Verwaltungsräume« benötigt, infolgedessen »Räumlichkeiten für die kommunale Selbstverwaltung entfallen konnten.« Das Gebäude zeige mit dem »steilen Walmdach, der Werksteinrahmung der Fenster in der Mittelachse, der Pfeilerarchitektur des Portikus und nicht zuletzt mit dem darüber liegenden Balkon, der an ›Führerbalkone‹ der Partei- und Staatsbauten erinnert, typische Merkmale der nationalsozialistischen Repräsentationsarchitektur«. Ermisch habe auf »jegliches theatralische Pathos verzichtet«. Seine »ambivalente Baugesinnung« würde die »filigrane Gestalt des schlichten Uhrenturms, der die Mittelachse betont«, dokumentieren.

Aha, filigran, hatte Freisal nach der Lektüre gedacht. Ansichtssache. Aber selbst wenn, was war daran schützenswert? »Was prägt eine Stadt? Wodurch erhält sie ihr unverwechselbares Gesicht? Was vermittelt ihre Identität?«, war als Leitfrage zum Denkmalschutz vorab in den virtuellen Raum gestellt. Soso, Identität, hatte er überlegt. Glaube kaum, dass es für Moabiter identitätsstiftend ist, diesen verwahrlosten Kasten dreihundertfünfundsechzig Tage im Jahr vor Augen zu haben.

Hajo Freisal ging das Herz auf: Der rote Backstein der Markthalle erstrahlte im warmen Oktoberlicht. Rasch ließ er das Café Jonas, American Nails und eine Absatz-Bar hinter sich. Auf Höhe des Lichtzentrums – kein Lampenladen, sondern ein »Treffpunkt für Spirituelles« – suchte er sich im Zickzack-Gang einen Weg vorbei an den parkenden und in zweiter Spur haltenden PKW, LKW und Bussen. Unmittelbar vor dem Bürgersteig der Arminiusstraße blieb er abrupt auf dem Fahrdamm stehen. Eine Geisterradlerin kreuzte seinen Weg. Um der eigenen Unversehrtheit willen pochte er nicht auf die StVO, sondern ließ die schwarz gekleidete und auffallend weiß geschminkte Frau passieren. Angesichts ihres martialischen Nasenschmucks vermutete er, dass sie auf Krawall gebürstet sein könnte. Das musste jetzt nicht sein.

Der Kommissar erreichte den Bürgersteig und spätestens in diesem Moment vernahm er den für diese Straße so typischen Sound: Akkordeonklänge. Es erklang, oder besser gesagt, es erschallte das Lied *Rosamunde* – was aber nichts Besonderes war, weil hier immer *Rosamunde* ertönte: tagein, tagaus. Der junge Mann am Balg, der sich vor der Markthalle verdingte – mehr schlecht als recht, musikalisch betrachtet –, war, wie sich später noch herausstellen sollte, vierundzwanzig Jahre alt und stammte aus Słubice – aber viel mehr würde über ihn, den gutaussehenden Dreitagebartträger, nicht in Erfahrung zu bringen sein. Außer: Er beherrschte offenbar nur den Refrain des Liedes, bei den Strophen improvisierte er frei und wild. Die Bässe des Balginstruments röhrten dann wie ein Rudel Hirsche.

Der Akkordeonspieler, der aus Polen stammte, wie Freisal vom Imbiss-Betreiber Paschke wusste, saß, wie immer, links neben dem von Klinkergewölbe überdachten Markthallen-Eingang auf einem mit Schafsfell gepolsterten Holzstuhl. Bei schönem Wetter wie an diesem Tag stand auf dem Bürgersteig ein aufgespannter blauer Sonnenschirm. Der Musiker mit mittellangem schwarzem Haar, Bartstoppeln und sonnenverwöhntem Teint war, dachte Freisal, im Grunde genommen eine sympathische Erscheinung – wäre das Geklimper nicht. Hatte sich das mancher Moabiter im unmittelbaren Wohn- und Arbeitsumfeld der Markthalle ebenso gedacht? Jedenfalls gab es im Rathaus, wie Freisal wenig später aus erster Quelle erfahren sollte, sogar Menschen, die rotsahen, wenn sie nur das Wort Akkordeon hörten.

Auf seinem vorgestellten rechten Bein stützte der junge Mann das schwere Instrument ab, sein linker Fuß stampfte entschlossen im Takt. Manche Leute, die die Markthalle betraten oder verließen, warfen eine Münze in eine Mütze, die gefährlich nahe an dem energisch auf den Boden tretenden Fuß lag. Der Musiker grüßte alle Passanten, die an ihm vorbeigingen, egal ob sie zu ihm hinsahen oder nicht, wie alte

Freunde; während er spielte, nickte er oft und gerne mit dem Kopf. Er kannte allem Anschein nach niemanden wirklich persönlich, sondern höchstens, allerhöchstens, vom Sehen. Wenn ihm jemand Kleingeld in die Mütze warf, dienerte er überschwänglich bis devot. Das gefiel dem Publikum anscheinend, dachte Freisal. Oder gaben die Leute ihm etwa nur deswegen Geld, damit er sein Tagessoll raschestmöglichst erfüllen, das heißt mit dem Musizieren vorzeitig aufhören konnte?

Freisal blieb vor dem Akkordeonspieler stehen und warf einen Euro in die Kopfbedeckung. Grausame Musik, dachte er, aber besser, als Autos klauen ... Ein Gedanke, der nicht nur politisch unkorrekt, sondern auch insofern voll daneben war, als es sich nicht gehörte, jemanden wegen seiner Herkunft mit Kriminellem in Verbindung zu bringen. »Ich weiß«, hatte Freisal in der Kantine einmal auf einen solchen Einwand hin entgegnet, »Fakt ist dennoch, dass die lieben Nachbarn in Sachen Klau die Nase aber auch so was von weit vorn haben.«

»Ist das nicht Chauvinismus?«, hatte Yasmine Gutzeit nachgehakt.

»Nein«, hatte Freisal geantwortet, »Statistik.«

Kriminalrat Claus, der mit am Tisch saß, hatte sich feixend ein Salatblatt aus den Zähnen gepult. Claus kannte sich aus. Mit Statistik. »Trau keiner Statistik, die du nicht selber gefälscht hast«, hatte er einmal am Tisch zum Besten gegeben. Der Kalauer war uralt, folglich bekannt gewesen. Die anwesenden Kolleginnen und Kollegen gähnten demonstrativ, Claus amüsierte sich indes wie Bolle. Ein Kriminalrat mit Humor, hatte Freisal Gutzeit gewarnt. Aber Achtung, hatte er auch gewusst, wenn es um Salate ging, »kennt Claus überhaupt keinen Spaß. Er ist Hobbygärtner.« Claus baute tatsächlich selbst Gemüse an: Eisberg-, Kopf- und Romanasalat. Auch für Wildkräuter hatte er etwas übrig; vom Acker-Zweizahn über den Hufeisenklee bis hin zur Zottelwicke wusste

Claus Bescheid und wurde von manchen Kollegen deshalb »GD« genannt, was »Grüner Daumen« meinte.

Hajo Freisal betrat die Markthalle. Im Eingangsbereich blieb er erstaunt stehen. Längs des gesamten Mittelgangs standen Palmen in Kübeln: an jedem der zehn links und rechts senkrecht abgehenden Gänge, Reihen genannt, eine Pflanze von zwei bis drei Metern Höhe. Wow, die lassen sich was einfallen, dachte Freisal. Immer wieder was Neues.

Er schlurfte weiter, links ums Eck. Hier, in unmittelbarer Nähe des Eingangs, betrieb ein alter Bekannter von ihm, Gerhard Paschke, seinen Kiez-Imbiss.

»Mensch, bei euch wird's aber auch immer feiner«, begrüßte er den Herrn vom Grill. Paschke war ein Hallen-Urgestein: seit dreißig Jahren mit von der Partie.

»Meenste dit Grünzeug, wa?«

»Macht doch was her.«

»Nimmt dit Licht weg.«

»So?« Das konnte Freisal nicht nachvollziehen. Die Markthalle war mit großzügigen Oberlichtern ausgestattet und wurde von Tageslicht durchflutet. In den dunkleren Monaten spendeten trommelgroße Halogen-Hängelampen gleißende Helligkeit. Egal, dachte er, vielleicht hat Paschke nur schlecht geschlafen.

Freisal und Paschke kannten sich schon eine halbe Ewigkeit: Sie waren mal Nachbarn gewesen, als Kinder. Paschkes Eltern hatten im gleichen Mietshaus gewohnt wie die Freisals, in der Beusselstraße, nahe dem Großmarkt für Fleisch, Obst und Gemüse. Auch der Westhafen, der größte Binnenhafen der Stadt, lag in der Nähe. Güter fast aller Art wurden dort gelagert und umgeschlagen – ein interessanter Ort, auch für Kinder. Das Hafengelände war für sie eine Art Abenteuerspielplatz gewesen: immer einen Ausflug wert. Man durfte sich bloß nicht erwischen lassen.

»Und sonst?«, fragte Paschke. »Wat von Inge jehört?«

»Verweigere diesbezüglich die Aussage.«

Inge war Freisals Frau – eigentlich. Vor gut einem halben Jahr war sie ausgezogen.

Inge hatte es einfach nicht mehr ertragen, dass ihr Mann immer öfter und immer tiefer ins Glas schaute, um, wie er seine Gelage zu rechtfertigen versuchte, »vom Dienst abzuschalten«. Die Fälle, die er zu bearbeiten hatte, ließen ihn nur noch schwer los. »Die Einschläge kommen immer näher«, hatte er einmal zu Inge gesagt und damit gemeint, dass er wider Willen zunehmend die übelsten Mörder und Totschläger mit nach Hause nahm. Besonders schlimm war es, als in seinen Träumen die Mutter eines entführten und missbrauchten und schließlich ermordeten Achtjährigen an der Wohnungstür klingelte und um Einlass bat, weil sie von ihm erklärt haben wollte, wieso dem Täter in Aussicht gestellt wurde, bei guter Führung vorzeitig entlassen zu werden. Dazu falle ihm doch auch nichts ein, hatte er Inge gesagt.

»Hajo, dir fehlt der Abstand zum Job – beantrage eine Kur oder was sonst da hilft. Das geht so nicht weiter!« Seine Schieflage war schleichend entstanden. Als Inge bemerkt hatte, dass sie diesen Prozess nicht aufhalten konnte und selbst in Resignation abzurutschen drohte, feuerte sie anfangs klein-, dann großkalibrige Warnschüsse ab. »Ihr werdet bei euch doch Psychologen beschäftigen, die angeknacksten Beamten unter die Arme greifen können, oder?« Es half nichts. Freisal war auf jenem bestimmten Ohr offensichtlich taub. Erst als Inge die Bombe hatte hochgehen lassen, in dem sie auszog, hatte er den Ernst der Lage begriffen.

Paschke war neugierig, denn immerhin kannte er auch Inge schon lange. Aber er respektierte, dass Freisal offenbar nicht über sie reden wollte. Er war da flexibel und wechselte einfach das Thema.

»'n Strolch vor 'n Kadi jezerrt, wa?« Ohne nachzufragen, angelte er ein Eisbein aus der Edelstahlwanne. Freisal nickte stumm. »Wat war's denn diesmal für 'n Bandit?«

Freisal sah schmachtend zu, wie Paschke das Eisbein auf einem tiefen Teller absetzte.

»Anklage Mord«, antwortete er. »Ist noch nicht verurteilt, es gilt die Unschuldsvermutung.« Er leckte sich die Lippen.

»Unschuldsvermutung ...« Paschke wiegte den Kopf. »Is' ja richtig, aber wenn man mir frajen tät: Rübe ab, aus die Maus. Extra Kelle Sauerkraut?«

»Ja, mach ordentlich voll den Teller!«

»Bei Paschke schmeckt's eben doch am besten, wa?«

Freisal nickte wieder, fasste reflexhaft an die Stelle seiner Jacke, wo, von außen unschwer zu ertasten, das Esstagebuch steckte. Er erinnerte sich daran, dass Yasmine Gutzeit mal mitgekommen war zum Kiez-Imbiss. Beim Anblick des grauen Fleischstücks hatte sie gefrotzelt: »Auf Diät, Herr Freisal?«

»Rauchen und Saufen hab ich mir abgewöhnt«, hatte er bemüht launig erwidert. »Mal ehrlich, ein Laster braucht doch der Mensch.«

Ob er heute immer noch so schnoddrig reagieren würde? Das schien zumindest fraglich, denn ihm war anzusehen, dass ihn, als er Paschke bei der Arbeit zusah, ein schlechtes Gewissen plagte. Freisal hatte noch keinen rechten Weg gefunden, mit den in ihm widerstrebenden Kräften umzugehen: Abnehmen einerseits, Heißhunger andererseits. Herrje, was würde Dr. Balsam dazu sagen?, ging es ihm durch den Kopf. Würde sie ihn beim zweiten Treffen, das schon für übermorgen verabredet war, in Grund und Boden tadeln? Aber vielleicht würde er auch positiv überrascht werden, insofern Dr. Balsam ihm möglicherweise klipp und klar erklären würde: »Schlechtes Gewissen? Quatsch mit Soße! Begreifen Sie den Heißhunger nicht als Feind, sondern als Kumpel. Der will Sie im Grunde genommen nur beschützen vor Mangel an Nährstoffen, Abwechslung und Zuwendung. Setzen Sie sich mit ihm an einen Tisch und verhandeln Sie, was er zukünftig zu essen bekommt. Sie müssen ihm klarmachen, dass er sich um Sie nicht weiter sorgen muss, weil Sie sich ab jetzt um sich selbst kümmern werden. Machen Sie ihm zudem deutlich, dass er auch keine Angst haben muss, selbst zu kurz zu kommen. Wann und was es zu essen gibt, bestimmt nicht mehr er, sondern bestimmen Sie, weil Sie, Herr Freisal, der Chef im Ernährungsring sind. Damit das funktionieren kann, sollten wir nun sämtliche Faktoren, die zu Essattacken führen, betrachten. Wie ist das bei Ihnen konkret? Wie geht's mit der Arbeit? Haben Sie ein Hobby oder langweilen Sie sich in Ihrer Freizeit zu Tode? Oder wollen Sie lieber von Ihrer Frau berichten? Ich habe bisher verstanden, sie ist ausgezogen, weil sie Sie nicht mehr ertragen hat? Wollen Sie darüber reden? Sie deuteten an, dass Sie Ihre Frau zurückgewinnen wollen, weil Sie sie lieben. Das ist doch prima! Glauben Sie mir, Herr Freisal, dagegen wird auch ihr Kumpel, der Heißhunger, nichts einzuwenden haben …«

Oder so ähnlich.

Hajo Freisal kam gerne zu Paschke. Hier gab es seiner Meinung nach das beste Eisbein »zwischen Müggelheim und Frohnau«. Paschkes Imbiss war im Übrigen eine von lokaler Berühmtheit, hatte einst als Drehort Furore gemacht. Die *Drei Damen vom Grill* hatten hier an der Theke gestanden – die Beweise dafür hingen dekorativ hinter Glasrahmen an der Imbisswand: Alte Schwarzweißfotos und vergilbte Zeitungsausschnitte kündeten von »die jute alte Zeit«, wie Paschke zu sagen pflegte. »Mittenmang: unser Harald«, schwärmte er oft und gern. Warum Paschke ihn »unser Harald« nannte, war sein Geheimnis. Juhnke war gar kein Moabiter, sondern Weddinger gewesen. »Och dabei: Olle Pfitze. Und dit Brigittchen darf nich' fehlen.« Auch Brigitte Mira hatte dazugehört.

Paschke stellte den dampfenden Teller auf der Glasscheibe des Tresens ab. »Pass uff, is' heiß, wie sich dit jehört.«

»Mach ich«, sagte Freisal und nahm das in eine Serviette eingerollte Besteck in die linke, den Teller in die rechte Hand. Er schritt zum Stehtisch neben dem Imbisstresen.

»Juten Appetit!«, rief ihm Paschke nach.

»Hab ich«, sagte Freisal. Bevor er das Besteck aus der Serviette nahm, kramte er das Chinabüchlein hervor und legte es auf den Tisch nahe dem Teller ab. Mogeln kommt gar nicht in die Tüte, dachte er, wird alles notiert. Er setzte die Klinge des Messers auf die Kruste des Fleisches. Jetzt aber erst mal genießen …

Er wollte sich einen ordentlichen Bissen abschneiden, aber vom Eingang der Markthalle waberte plötzlich ein ungewöhnliches Stimmengewirr herüber, aufgeregt klingende Wortfetzen und vereinzelte Schreie.

»Haste det ooch jehört? 'n Toter?« Paschke streckte neugierig den Kopf über den Tresen.

Hysterisches Frauengekreisch schallte herüber, dazu um Fassung ringende Männerstimmen. Ein Tross von ungefähr zwei Dutzend Markthallenbesuchern, die zuvor in aller Seelenruhe an den Ständen nahe des Eingangs ihre Einkäufe besorgt oder einfach nur auf einen Plausch bei dem einen und anderen Händler vorbeigeschaut hatten, waren in Hektik geraten. Wie magnetisiert zog es sie plötzlich gen Arminiusstraße. Ältere Männer mit prall gefülltem Einkaufsbeutel wie jüngere Frauen mit vor Schreck plärrenden Kindern am Arm drängelten sich aufgeregt wie neugierig an den Kübelpalmen vorbei.

Was für ein Tohuwabohu, dachte Freisal. Ein Wunder, dass da keiner stolperte und auf der Strecke blieb. Er sah, dass eine Mutter ihre kleine Tochter vorsorglich auf den Arm nahm. Eine wirklich bemerkenswerte Betriebsamkeit für diesen Ort. Das Treiben erinnerte den KHK irgendwie an Schnäppchenjäger, die am ersten Tag des Sommerschlussverkaufs bei Öffnung der Kaufhaustüren damit begannen, wie von Sinnen Grabbeltische zu entern. Auch so 'n Phänomen, dachte er. Kaufrausch! Ob es schlimmer oder weniger schlimm als Sensationsgier war, vermochte er nicht sagen.

Er vernahm zwar nur einzelne Rufe wie »Hilfe!« und »Polizei!«, aber das genügte, um ihn die Mundwinkel nach unten ziehen zu lassen. Mann, Mann, Mann, fluchte er in sich hinein und knallte das Besteck auf den Tisch. Da latsche ich die halbe Turmstraße runter …

»Is' ja 'n unglaublicher Radau«, bemerkte Paschke.

»Ja, muss da wohl hin …«

»Jenau jenommen biste ooch uff'n Klo im Dienst, wa?«

Freisal schob den Teller mit dem angeschnittenen Eisbein von sich. »Vielleicht auch besser so«, sagte er. »Kann weg.«

»Nee, nee – hier wird nüscht wegjeschmissen. Heb ick dir uff und mach's dann noch mal heiß.«

Der Kommissar griff das Chinabüchlein und schob es zurück in die linke Jackeninnentasche. Er hob hilflos beide Hände und machte sich auf in Richtung Gezeter.

Freisal bahnte sich mit hoch in die Luft gehaltenem Dienstausweis einen Weg durch den Tross. Es erforderte ein gerüttelt Maß an Durchsetzungswillen und -kraft, sich an die Spitze des Menschenauflaufs vorzuarbeiten, um dann zu konstatieren, dass ihm, nachdem er am Eingang angekommen war, Schaulustige den Weg versperrten.

»Machen Sie Platz!«, rief er den Umherstehenden in den Rücken, mittlerweile in genervtem Tonfall. »Bin von der Polizei!«

Geschafft: Freisal stand vorne, allerdings ungemein beengt. Er sah, dass der Musiker auf dem Boden lag, bäuchlings und mit seltsam verdrehten Beinen – sein Kopf in einer Lache Blut. Das Akkordeon lag am Fußende des offenbar hin zum Eingang der Markthalle von seinem Stuhl gekippten Mannes. Sieht nicht gut aus, dachte Freisal und blickte in die Runde der Gaffer. Drei kräftig gebaute, ihm wie Orgelpfeifen unmittelbar gegenüberstehende männliche Jugendliche fielen ihm auf, junge Männer, schätzungsweise sechzehn bis zwanzig Jahre alt. Brüder?, fragte er sich. Egal. Vom Äußeren her waren es junge Leute mit sogenanntem Migrationshintergrund. Auch egal. Die drei traten fast unmerklich, aber andauernd auf der Stelle; zudem hoben und senkten sie abwechselnd die eine, dann die andere Schulter. ADHS?, überlegte Freisal.

»Hört mal, Jungs, ihr müsst mir helfen. Schafft hier mal Platz. Drängt die Leute zwei, drei Meter weg – aber freundlich bleiben. Ich muss mich hier bewegen können.«

»Was, du bist Bulle?«, fragte einer der Angesprochenen, den Blick skeptisch auf den kleinen, dicken Mann vor ihm gerichtet.

»Kommt, Jungs, bewegt euch!« Freisal wedelte mit beiden Händen, bevor er sich mit durchgedrückten Knien zur ersten

Inaugenscheinnahme über den Musiker beugte. Der Saum seiner Wildlederjacke rutschte über den Hosenbund und sein Gürtelhalfter kam zum Vorschein.

»Krass, Alter – 'ne Wumme!«

Freisal wandte seinen Blick über die Schulter zu den jungen Türken.

»Sagt mal, braucht ihr eine schriftliche Einladung? Meine Bitte war eine polizeiliche Anweisung.«

»Kein Stress, Chef, wir machen schon«, sagte der Größte der drei.

Die jungen Männer drehten sich auf den Hacken zu den Schaulustigen um, breiteten wie choreografiert synchron ihre Arme aus und stellten ihre Füße schulterbreit auseinander.

»Chef sagt, nicht blöd rumstehen, Chef braucht Platz«, sagte der Größte.

Der Kleinste ergänzte: »Das ist Anweisung – von Polizei.«

Freisal ging, so gut es für einen Mann seines Gewichtes möglich war, in die Hocke. Mit dem Handrücken wischte er sich die Schweißperlen von der Stirn. Was er sah, war grausam: Der Schädel des Mannes vor ihm war an der rechten Schläfe durchschlagen worden.

»Kopfschuss«, murmelte Freisal. Haar kräuselte sich um die offene Wunde.

Mit flacher Hand fühlte der KHK an der Halsschlagader. Kein Puls. Die Pfütze, die sich um den Kopf des Toten gebildet hatte, lag still und die wie vor Schreck weit aufgerissenen Augen starrten ins Leere.

Als würde eine makabre Szene für einen Film mit viel englischem Humor inszeniert, entwich dem Akkordeon wie von Geisterhand geführt – technisch nicht erklärbar – ein klagendtrauriger Schlussakkord, passenderweise in Moll.

KHK Freisal schaute auf seine Armbanduhr. »Zeit des Auffindens: 13.25 Uhr«, konstatierte er, bevor er über sein Handy Alarm auslöste.

Wenig später kamen Streifenwagen mit schreienden Signalhörnern sowohl über die Jonas- als auch über die Bremer Straße angerast. Die Beamten sicherten als Erstes den Fundort; den Eingang der Markthalle sperrten sie innen wie außen ab. Vor der Halle flatterte wenig später im Umkreis von ungefähr sechs mal sechs Metern rot-weißes Plastikband. Die Schaulustigen hatten sich zu einem mittelprächtigen Menschenauflauf formiert; um zu beobachten, was da am Eingang der Markthalle weiter geschah, standen sie mitten auf der Arminiusstraße.

Die Masse gerierte sich träge und war von der Schutzpolizei nur schwer in Bewegung zu setzen. Es musste tatsächlich der eine und andere Platzverweis ausgesprochen werden, ehe sich etwas tat. Die Polizei ordnete an, dass sich die Passanten bis zur unweit liegenden Straßenecke Jonas- und Bremer Straße zurückzuziehen hätten, die Straße müsse für die Feuerwehr frei bleiben. Auch die drei jungen Türken hielten sich an den eingeforderten Abstand vom Fundort; sie postierten sich an der Ecke Bremer Straße.

Der Notarztwagen traf ein; der Mediziner und ein Rettungsassistent eilten zu dem am Boden liegenden Musiker, als Polizeibeamte damit begannen, erste Schaulustige zu befragten, ob sie etwas zum Hergang des Geschehens sagen könnten.

Hajo Freisal stand gut einen Meter neben dem Notarzt, der nur noch den Tod des jungen Mannes feststellen konnte – in der Frage, ob er eines natürlichen oder unnatürlichen Todes gestorben war, wollte er sich nicht mit Sicherheit festlegen. »Das klären die Kollegen in der Pathologie«, sagte er, während sein Assistent den leblosen Körper mit einer mit Aluminium beschichteten, goldfarbenen Rettungsfolie abdeckte.

»Aber ist die Situation nicht eindeutig?«, fragte Freisal.

»Schon, aber theoretisch kann der Mann, bevor er am Kopf getroffen wurde, einen Herzinfarkt erlitten haben.«

»Verstehe«, sagte Freisal, »theoretisch.« Wär das erste Mal, dass ich wegen Leichenschändung ermitteln müsste, dachte er. Sinnbildlich. Dennoch war ihm der Gedanke irgendwie unangenehm. Nein, konstatierte er im Stillen, es geht doch nichts über einen ordentlichen Mord.

Die Spezialisten von der KTU rückten an. Die Schutzpolizei hatte die Arminiusstraße inzwischen in Gänze abgesperrt und es waren schon erste Zeugenaussagen aufgenommen worden. Die Männer von der Kriminaltechnik zogen sich weiße Plastikoveralls über ihre Zivilkleidung und begannen unaufgeregt, Spuren zu sichern. Die Maschinerie zur Sicherung eines Fundorts wurde angeworfen und ihr Motor lief wie geschmiert. Jeder Handgriff saß, und die Männer in Weiß unternahmen offenbar keinen Schritt, der nicht notwendig war. Sie standen oder hockten beinahe regungslos, während sie konzentriert auf den Boden starrten und nach verwertbaren Hinweisen suchten. Die SpuSi lief ab wie ein Uhrwerk.

Freisal hatte sich ein Stück vom Fundort entfernt gestellt. Er wusste, dass das den Kollegen so am liebsten war. Nichts hassten Spurensicherer mehr, als wenn ihnen Ermittler in einer so frühen Phase ihrer Arbeit mit Fragen nach »verwertbarem Material« kamen und damit gewaltig auf den Geist gingen.

Der Kommissar holte einen Moment lang Luft. Er ließ seine Blicke zwischen Jonasstraße und Bremer Straße schweifen und hielt Ausschau nach den drei jungen Türken. Ihm war eingefallen, dass er sich gar nicht bei ihnen bedankt hatte. So viel Zeit muss sein, dachte er. Wenig später sah er die drei in vorderster Linie in einem Pulk von Neugierigen an der Ecke Bremer Straße stehen, wieder wie Orgelpfeifen nebeneinander und rhythmisch mit den Beinen zappelnd. Erst jetzt fiel ihm ihre Kleidung auf: weiße Wollmützen auf dem Kopf, XXL-T-Shirts am Leib und Hosen am Hintern, deren Schritt auffallend tief saß.

Gott, sieht das bescheuert aus, dachte Freisal. Was man als Jugendlicher nicht alles tut, um sich von der Welt der Erwachsenen abzugrenzen. Nun ja, was in seiner eigenen Jugend en vogue gewesen war, das musste man auch erst mal mögen: Nackenspoiler – ein wesentliches Detail einer Frisur, die die Haare am Hinterkopf bis zu den Schultern lang ließ, die Seiten indes stufenförmig anrasierte. Als »ästhetische Krönung«, wie Freisal nicht ohne Selbstironie sagen würde, wurden dazu Jeans mit Schlag getragen. Jugendforscher ordneten dieses Outfit den Achtzigern zu. Das hatte er später im Übrigen nie verstanden: Die sogenannte Vokuhila-Frisur hatte er schon Mitte der Siebziger getragen, abgekupfert von einem gewissen David Bowie. Wohl beinahe überflüssig zu erwähnen, dass Hajo Freisal gewisse Vorbehalte auch gegenüber Jugendforschern hegte.

Er machte sich auf den Weg hin zu den jungen Türken; als er in Sichtweite war, winkte er sie zu sich. Er wollte halbwegs ungestört mit ihnen sprechen. Die jungen Leute kamen ihm entgegen und traten dafür zwei, drei Meter mit gewohnt twistenden Tippelschritten auf den Fahrdamm der Arminiusstraße.

»Saubere Arbeit, Jungs«, sagte Freisal. »Aber warum seid ihr eigentlich so nervös? Bei euch zuckt's ja überall.«

»*Positive vibration*, Chef«, sagte der Große.

»Immer im Training«, sagte der Kleine. »Breakdance-Gruppe, Multikulti-Zentrum in der Wiclefstraße.«

»Üben aber manchmal auch draußen«, sagte der Mittlere. »Wenn Raum nicht frei, Westhafen.«

Freisal nickte anerkennend. »Wollte mich bei euch bedanken«, sagte er.

»Kein Problem, Chef.«

»Hattet ihr vorhin eigentlich was bemerkt, bevor ich da war, meine ich.«

»Hat schon ein anderer Polizist gefragt, in Uniform.«

»Trotzdem, sagt schon.«

»Nee, als wir vorbeikamen, war der Typ schon platt.«

»Aha«, sagte Freisal und dachte: Wäre ja auch was ganz

Neues, unmittelbar am Fundort relevante Zeugenaussagen zu bekommen.

»Also, wenn noch was ist …«, setzte einer der jungen Männer an.

»Was meinst du?«, fragte Freisal.

»Wir helfen, Chef!«

Freisal überlegte. Er ging einem gewagten Impuls nach. Nach dem, wie er dachte, versiebten Eisbein hatte er eigentlich keine Lust, mehr als nötig durch die Gegend zu latschen. Seit der ersten Inaugenscheinnahme des Opfers zog es ihn im Rücken. Jetzt setzte er auf seine Intuition nebst sozialpädagogischer Ambition.

Ab und an besuchte der KHK mit Kollegen Schulen, die in Problembezirken lagen. Sie klärten ganze Klassenverbände auf, was geschehen kann, wenn man, womit auch immer, allzu sehr über die Stränge schlägt. Die ehrenamtlichen Schulbesuche von Kripobeamten fanden im Rahmen von Prophylaxeprogrammen einer Opferschutz-Organisation statt. Sie nahmen dazu, als eine Art Gewährsmann, gerne einen arabischen, genauer gesagt syrischen Sozialarbeiter mit, der bis vor einigen Jahren selber Mitglied einer Neuköllner Jugendgang mit dem Namen »Fighter 44« gewesen war, dann aber doch noch die Kurve gekriegt hatte. Seine Gang wurde seinerzeit mit einem Jugendclub an der Hannemannstraße in Verbindung gebracht. Die »44« stand schnörkellos für die ehemalige Postleitzahl des Bezirks Neukölln. Als polizeibekannte Treffpunkte galten die Neukölln Arcaden, aber auch die Gropiuspassage und die umliegenden U-Bahnhöfe wurden von der Gang »bespielt«, die wegen Raubstraftaten im Bereich Parchimer Allee eine gewisse Prominenz erlangte. Die Schulen in der Nähe seien von ihr »Opferschulen« genannt und auch so behandelt worden, hieß es. Tatsächlich wurden dort regelmäßig Schüler und Lehrer auf offener Straße von Gang-Mitgliedern angegriffen. »Das war Kacke«, referierte der Sozialarbeiter rückblickend gerne in unmissverständlichem Ton. »Wer anderen auf die Fresse haut, hat über kurz oder lang selbst am meisten verloren. Die Justiz ist zwar nicht die schnellste in dieser Stadt, dafür aber hat sie ein Elefantengedächtnis. Die vergessen dich nicht!«

»Hat jemand von euch einen Führerschein?«, fragte Freisal die Jungs vor sich.

»Ich«, meldete sich der Mittlere zu Wort.

»Wie heißt du?«

»Murat.«

»Gut, Murat, da wäre tatsächlich noch was: Autoüberführung.«

»Lass stecken, Chef. Das hab ich hinter mir: hin nach Frankfurt/Oder und zurück auf Bewährung.«

»Was redest du!?« Der Größere gab Murat eine brüderliche Kopfnuss. »Chef ist Polizei, was soll sein? Hör zu, was Chef sagt!«

»Aha, auf Bewährung ... Na, Murat, dann kennst du ja das Kriminalgericht.«

Der Größere und der Kleinere stießen ihrem Bruder feixend in die Rippen – synchron antworteten sie: »Jugendstrafkammer.«

»Ihr seht ja, was hier los ist«, sagte Freisal mit verschwörerischer Miene. »Ich komme hier so schnell nicht weg. Aber ich brauche nachher meinen Wagen, der steht in der Wilsnacker.« Er sah sich kurz um, als müsse er sich erst vergegenwärtigen, dass die Parkplatzsituation im Kiez nach wie vor angespannt war. Er müsste also, wenn es denn gar nicht anders ging, seinen Wagen auf einem der Bürgersteige abstellen. Immerhin befand er sich in einer Ermittlung. Gefahr im Verzuge war da grundsätzlich nicht auszuschließen. Diese Tatsache verwies die StVO auf einen der nachrangigeren Plätze.

»Kein Problem, Chef, den holt Murat«, sagte der Kleinste.

»Aber ...«, setzte Murat an und erntete wieder eine brüderliche Kopfnuss.

»Willst du Chef Bedingungen stellen, hä?! Bist bescheuert, was?!«

»Lass ihn reden«, sagte Freisal.

»Im *Tatort* fahrt ihr immer so große und teure Schlitten. Bin mir nicht sicher …«

»Is' bloß Film, Idiot«, raunzte der Größere.

»Mach dir keinen Kopf, Murat«, sagte Freisal. »Ist nur ein Kleinwagen.«

Freisal ließ sich von Murat den Führerschein zeigen und kassierte zugleich seinen Personalausweis. Sicher war sicher. Dann gab er ihm seine Autoschlüssel, beschrieb ihm den Wagen genauer und nannte ihm das Kennzeichen. »Wir sehen uns hier Ecke Bremer wieder. Im Zweifelsfall in zweiter Spur halten.« Er nestelte seine Visitenkarte hervor, reichte sie Murat und zeigte auf die Mobilnummer. »Habt ihr ein Handy, um mich anzurufen, wenn ihr mit dem Wagen da seid?«

»Handy?« Murat grinste. »Smartphone!«

»Regulär erworben, hoffe ich.«

»Sicher, Chef!«

»Na, bis denn dann.«

Als sich alle drei auf den Weg machen wollten, pfiff Freisal sie noch einmal zurück. »Jungs, einer von euch kann hierbleiben. Wie gesagt: Kleinwagen – nur zwei Sitze.«

»Krass, ein Roadster«, erriet Murat. »Kenn ich, Chef. Lief gut, SLK von Mercedes, Z-4 von BMW.«

»Ist nur ein MX-5, Mazda.«

»Reisschüssel. Lief aber besser als Opel.«

Der Kleinste der drei war zugleich der Jüngste, sodass ohne Diskussion unter den Brüdern sofort klar war, wer mit Murat den Wagen abholen durfte: Der Jüngste hatte im Multikulti-Zentrum zu warten, bis die Älteren zurückkamen.

»Wo stecken Sie?«, schnarrte Freisal ins Handy.

»Bin im Präsidium«, gab Gutzeit Auskunft. »Genauer gesagt in der Kantine ... mache Pause ... sitze mit Kriminalrat Claus am Tisch. Stellen Sie sich vor, eben kamen wir auf Ihr Lieblingsthema zu sprechen.«

»Strafverteidiger?«

»Nein, Katharsis. Sie sagen doch immer, dass Poltern was Reinigendes hat. Scheint aber komplizierter: Kriminalrat Claus sagt, Katharsis meint eigentlich das Forcieren aggressiven Handelns – Sandsack und so, zum Abreagieren. Nur, der Haken daran sei, dass sich da Unzufriedenheit eher verfestigt ... potenziert, statt löst. Claus weiß, dass Sigmund Freud schon 1895 ...«

»Gutzeit, grüßen Sie mir den gescheiten Kollegen ...«

»Gerne.«

»... und kommen Sie bitte sofort zur Moabiter Markthalle. Leichenfund.« Freisal legte auf.

Der KTU-Gruppenführer kam zu ihm herüber.

»Also, der Mann hatte Papiere bei sich: polnischer Staatsbürger«, sagte der Kriminaltechniker. »Ein gewisser Andrzej Krzanowski, kommt aus Słubice.«

»Und?«

»Die Obduktion steht noch aus, aber klar ist: Kopfschuss.«

»Ach nee ...«

»Langsam, langsam. Keine Schmauchspuren. Von daher muss der Schuss aus einiger Entfernung abgefeuert worden sein.«

»Wie weit?«

»Das wissen wir noch nicht. Aber das deckt sich mit den Aussagen von Passanten: Von einem Schützen war nichts zu sehen, auch ein Schuss wurde nicht gehört. Der Musiker sei einfach so vom Stuhl gekippt.«

»Schalldämpfer?«

Der Kriminaltecniker wies mit dem Kopf in eine bestimmte Richtung.

»Sie denken ans Rathaus?«

»Ist aber reine Spekulation.«

»Schusslinie?«

»So wie der Mann auf dem Stuhl gesessen hat und wie er getroffen wurde ...«

»Einschlagwinkel?«

»Wie gesagt, die Pathologie ...«

»Aber dennoch denken Sie, die ungefähre Richtung ...«

»Könnte, muss aber nicht sein.«

»Geht ihr da gleich mal rein?«

»Auf reine Spekulation hin?« Der Beamte schaute hoch zum Gebäude. »Käme einem Blindflug gleich. Nee, Kollege, ohne Anhaltspunkt kann ich für so 'n großes Gebäude keine Leute abstellen. Würde nichts bringen. Um systematisch vorzugehen, bräuchte man einen Trupp von mindesten zehn Kollegen – zwei je Etage.«

»Aber Sie sagten doch ...«

»Das war Spekulation. Warten wir die Pathologie ab. Erst wenn's einen echten Anfangsverdacht gibt, gehen wir da rein.« Er schaute auf seine Armbanduhr. »Alleine für den Fundort werden wir jetzt noch eine gute Stunde brauchen. An Arbeit mangelt es nicht.«

»Verstehe – danke.«

Also musste er selbst den möglichen Tatort in Augenschein nehmen.

Yasmine Gutzeit stieg von ihrer Suzuki und bockte das Moto-Cross-Bike unmittelbar vor der Steinmauer des Rathaushinterhofs auf, zwischen den beiden Zufahrtstoren.

Die Spurensicherung war noch damit beschäftigt, den Fundort genauer unter die Lupe zu nehmen. Krzanowskis Leiche wurde abtransportiert.

Freisal trat zu seiner Kollegin. »Hübsche Maschine«, sagte er und legte seine Hand flach auf den Tank. »Neu?«

Gutzeit nahm den Helm ab und schüttelte ihre kastanienbraune schulterlange Mähne. »Gebraucht. 250er Hubraum – da kommt man hübsch vom Fleck.« Ihre wachen Augen funkelten vor Begeisterung.

»Und gut durch die Stadt, nicht wahr?« Freisal strich sanft über den Tank. »Meinen Wagen habe ich wegen des Staus in der Wilsnacker stehen lassen müssen.« Das klang schon beinahe mitleidheischend.

Gutzeit blickte skeptisch. Sie ahnte, was ihr Vorgesetzter dachte. »Nee, vergessen Sie's«, sagte sie. »So 'n Teil wäre nichts für Sie.«

»Warum nicht?«

Die Suzuki war ein hochachsiges Motorrad, eigentlich fürs Gelände konzipiert. Gutzeit fuhr in ihrer Freizeit Cross.

»Alleine schon das Aufsteigen ...«, gab sie charmant lächelnd zu bedenken.

»Bin zu fett, meinen Sie?« Freisal war immer geradeaus, gegebenenfalls auch die eigene Person betreffend. »Bin da am Ball!«

»Was für'n Ball?«

Freisal klopfte mit der flachen Hand auf Höhe der Innentasche an seine Wildlederjacke. »Da drin!«

»Herzschrittmacher?«

»Na, na, Kollegin!« Freisal gab sich pikiert. Er legte einen Finger an den Mund, als wolle er Gutzeit etwas streng Vertrauliches stecken. »Aber wehe, Sie petzen!«

»Raus mit der Sprache«, ermunterte sie ihn.

»Ich trage ein Esstagebuch bei mir.« Freisal guckte sich kurz um, als würde er sich vergewissern, dass niemand Drittes zuhörte. »Da schreibe ich alles hinein, was mir so zwischen die Zähne kommt.«

»Schön, schön«, sagte Gutzeit. »Dass Sie abnehmen wollen, hatten Sie schon angekündigt. Sie machen also ernst?«

»Natürlich mach ich ernst«, sagte Freisal gespielt empört. »Bin doch kein Schwätzer!«

»Pssst!«, sagte Gutzeit. »Sie sagten, Sie wollten das vertraulich behandelt wissen. Wird schwierig, wenn Sie das hier selbst so raushaun. Dennoch …«

»Was, dennoch?«

»… für so 'n Krad sollte man wie für den Polizeidienst eine Mindestgröße haben. Ich meine, in Ihren Fall …«

»Ich höre.«

»Also …«

»Nun sagen Sie schon!«

»Da hilft Abspecken alleine nicht wirklich. Oder geht's danach auf die Streckbank?«

»Empathische Worte, Kollegin!«

»Aber es gibt ja Motorroller, da steigen Sie mehr ein als auf.«

»Na, danke! Das Thema verschieben wir besser«, sagte Freisal und unterrichtete Gutzeit in knappen Worten über den Stand der Dinge.

»Sie befragen Händler, ob die was mitbekommen haben«, schlug er vor. »Und ob man was über den Musiker weiß.«

»Genau. Wer war Krzanowski? Wo, wie und von was lebte der Mann? Von Straßenmusik?«

»Geht das denn?«, dachte Freisal laut.

»Keine Ahnung«, erwiderte Gutzeit.

»Wir sollten eine etwas größere Routinerunde drehen«, sagte der Kommissar. »Wir müssen wissen, ob gegen den Mann was vorliegt.«

»Ein Klick in unsere Datenbank …«

»Gutzeit, der Mann kam offenbar aus Polen!«

»Das ist jetzt aber kein Widerspruch, oder?«

Freisal kratzte sich mit der Rechten an der Schläfe. »Wir müssen nicht nur gucken, ob bei uns was gegen ihn vorliegt, sondern auch die polnischen Kollegen involvieren.«

»Am besten gehen wir übers LKA Brandenburg. Die sollen in Słubice anfragen, ob unser Mann schon mal aufgefallen ist.«

»Wie lange, schätzen Sie, brauchen Sie dafür?«

»Kommt darauf an, wie schnell wir jemanden erreichen«, sagte Gutzeit und zückte ihr Smartphone. »Mensch, Herr Freisal, wie kommen Sie bloß mit Ihrem Uralt-Handy klar ...«

»Bestens«, sagte Freisal und staunte über das Tempo, das seine Kollegin beim Bedienen des Smartphones an den Tag legte. Er linste verstohlen zu ihr hinüber. »Sie suchen die Nummer vom LKA Brandenburg, richtig?«

Gutzeit wischte routiniert über den Touchscreen. »Ich suche nicht, ich finde. In meinem Gerät sind selbstverständlich sämtliche LKA-Rufnummern gespeichert: von Augsburg bis Zwickau.«

Sie rief im Eberswalder Präsidium an. In der Telefonzentrale nahm eine Kollegin das Gespräch an, die möglicherweise auf diesem Posten neu und im Umgang mit der Telekommunikationstechnik noch nicht geübt war. Jedenfalls vermittelte sie zuerst zur Abteilung Kampfmittelbeseitigung, dann zum Landespolizeiorchester. »Alle guten Dinge sind drei«, ermunterte Gutzeit die Dame am anderen Ende der Leitung. Und tatsächlich wurde sie mit der Fachdirektion Landeskriminalamt verbunden.

Gutzeit trug kurz und knapp ihr Anliegen vor. Dann hielt sie die flache Hand aufs Smartphone und sagte zu Freisal: »Von wegen: Alle guten Dinge sind in Brandenburg vier! Jetzt werde ich weitervermittelt an die LKA-Außenstelle Frankfurt/Oder.«

Freisal hob den Daumen.

Während Gutzeit dem Frankfurter Kollegen, Hauptkommissar Dreblow, schilderte, um was es ging, kontaktierte Freisal das Berliner LKA 2, Grenzüberschreitende Organisierte Kriminalität, in der Gothaer Straße. Er bat einen Kollegen, mal eben »in der Kundendatei« zu gucken, ob ein gewisser Krzanowski gelistet sei. Die Kundendatei war POLIKS, polizeiliches Informations- und Kommunikationssystem, das tatsächlich binnen Sekunden einen angefragten Name ausspucken, gar Schnittstellen zu anderen Datenbanken wie der des BKA oder des Landeseinwohneramtes aufzeigen konnte.

»Bleiben Sie bitte dran, Herr Freisal.« Wenige Momente später vernahm Freisal das Ergebnis seiner Personenanfrage: »Negativ.«

Nachdem Gutzeit Dreblow die Sachlage erläutert hatte, versprach dieser, die Kreiskommandantur in Słubice anzurufen und um Auskunft zu bitten. »Melde mich bei Ihnen, wenn ich mehr weiß.« Gutzeit bedanke sich und legte auf.

»Also, bei uns ist Krzanowski nicht in der Kartei«, sagte Freisal. »Und in Polen?«

»Der Kollege kümmert sich.« Wie beiläufig bemerkte Gutzeit noch: »Meine Recherche ging vergleichsweise schnell, nicht? Und im Gegensatz zu Ihnen hatte ich die Rufnummer nicht im Kopf.«

»Verglichen womit?«, fragte Freisal. Er hielt noch immer sein Handy, Baujahr 2001, in der Hand. Gutzeit schwieg vielsagend und blickte geringschätzig auf das Gerät. »Na, nun tun sie mal nicht so, als wäre mein Telefon eine Leihgabe aus dem Museum für Verkehr und Technik«, mokierte er sich.

»Nicht?«

»Ich bitte Sie! Sehen Sie mal ...« Er tippte mit dem Zeigefinger seiner Linken auf die obere rechte Kante. »... hat auch schon eine integrierte Antenne, die muss man nicht mehr mit der Hand rausziehen.« Er zwinkerte Gutzeit zu und wechselte übergangslos in den dienstlichen Modus: »Zur Sache, Kollegin: Bisher wissen wir kaum etwas über das Opfer.«

»Wenn Sie ›kaum etwas‹ sagen, wissen Sie mal wieder mehr als ich, richtig?«

Freisal wusste nur, dass Krzanowski, wie er Gutzeit informierte, wahrscheinlich ein nicht eben begnadeter Musiker gewesen war und schon länger Stellung vor der Moabiter Markthalle bezogen hatte.

»Wie lange?«, hakte Gutzeit nach.

»Also, ich habe den Mann das erste Mal bestimmt schon vor eineinhalb oder zwei Jahren hier erlebt.«

»Dann ist er am Ort kein Unbekannter. Wir werden sehen. Und Sie?«

Freisal wies mit der Hand zum Rathaus. »Unhöflich, ich weiß«, sagte er. »Dennoch eine Gegenfrage: Was sehen Sie dort?«

»Ein megahässliches Gebäude.«

»Konkret?«

»Schmutz.«

»Und sonst?«

»Fenster.«

»Was für Fenster?«

»Büros ...«

»Eben.«

»Heißt das, dass aus dem Rathaus heraus geschossen wurde?«

»Nur eine Möglichkeit. Seitlich zur Arminusstraße stehen auch Mietshäuser. Die SpuSi kann sich da nicht festlegen, die Pathologie wird's beweisen müssen. Kann der Ermittlung aber nicht schaden, sich das Rathaus schon mal angesehen zu haben. Wäre doch mal was anderes: Bürokrat ballert aus seinem Bürofenster heraus in der Gegend herum.«

»Finden Sie das jetzt komisch, Herr Freisal?«

»Also, mein Ausbilder hat immer gesagt: Der Fundort beflügelt die Fantasie des Kriminalisten.«

»Das ist jetzt aber keine Antwort auf meine Frage, oder?«

Freisal zuckte mit den Schultern.

Yasmine Gutzeit überquerte mit wehendem Haar die Arminiusstraße und verschwand in der Markthalle. KHK Freisal blickte ihr nach und stellte in Gedanken fest, dass Gutzeit in Lederkluft eine ziemlich gute Figur machte. Er überlegte, wie er selber wohl – schnuppe, ob Motorrad oder Motorroller – in

Schutzkleidung rüberkäme. Es schüttelte ihn bei dem Bild, das in seinem Kopf entstand: Presswurst.

Er betrat den zur Arminiusstraße hin liegenden Hof des Rathauses; nach nur wenigen Schritten fiel ihm linkerhand ein schwarzer Fünfer-BMW auf. Die Limousine stand dicht an der Wand auf einem reservierten Parkplatz. Ein Schild auf dem Putz klärte auf: »BzBm« – das Akronym stand für Bezirksbürgermeister. Aha, der Bürgermeister ist da, dachte Freisal, gut so. Den BzBm wollte er zuerst sprechen. Als Hausherr, sagte er sich, hat der ein Recht darauf, als Erster zu erfahren, dass sich im Rathaus möglicherweise ein Todesschütze herumgetrieben hat – oder womöglich noch immer herumtreibt.

Am Hintereingang des Gebäudes angekommen, griff der KHK nach dem Türknauf und stellte fest, dass dieser arretiert war. Hier kam man nur mit Schlüssel rein. Hatten sich der oder die Täter Zutritt über Mathilde Jacob verschafft? Freisal dachte an den an der gegenüberliegenden Gebäudeseite liegenden Mathilde-Jacob-Platz. Aber auch über das Bürgeramt hätte der Täter ins Gebäude gelangen können. Das Bürgeramt lag im Erdgeschoss und verfügte über einen separaten Seiteneingang an der Bremer Straße.

Freisal wollte gerade kehrtmachen, um hinüber zum Haupteingang am Mathilde-Jacob-Platz zu gehen, da wurde die Tür von innen aufgedrückt.

Ein Mann in mausgrauer Latzhose stand im Türrahmen. Sein musternder Blick verriet, dass er hier etwas zu sagen hatte – allem Anschein nach war er der Hausmeister.

»Normalerweise ist das hier kein Eingang. Das nächste Mal bitte außen herumgehen«, sagte der Mann freundlich, aber bestimmt. Freisal nickte verständig. »Ist nur für Mitarbeiter.«

Der Mann trat einen Schritt beiseite und hielt die Tür auf. Freisal bedankte sich und fragte, wie er denn zum Büro des Bürgermeisters käme.

»Zweite Etage.«

»Danke.«

»Keine Ursache. Aber bitte daran denken ...«

»... das nächste Mal, mach ich.«

Freisal betrat das weitläufige Foyer des Rathauses, dessen Wände bis unter die Decke mit Travertin, einem gelblich-braunen Kalkstein, verkleidet waren. Dem Kommissar schwappte eine Ästhetik zwischen Tradition und Moderne der 1920er Jahre entgegen.

Muffig, dachte Freisal. Er machte einen Schritt in den weitläufigen Vorraum und ging dann weiter nach rechts, wo er einen Fahrstuhl gesehen hatte. Er drücke den Knopf – und wartete.

Erst mal geschah nichts. Er blickte gelangweilt um sich und bemerkte, dass das Treppenhaus nur wenige Schritte entfernt lag. Vermutlich wäre er mit Stufensteigen schneller vorangekommen, aber er entschied sich fürs Warten.

»Bin ja nicht auf der Flucht«, murmelte er.

Nach ungefähr drei Minuten ertönte am Fahrstuhl ein Ding-Dong – das ließ hoffen, aber es dauerte einen weiteren Moment, bis sich die Tür des Lifts dann tatsächlich öffnete.

Die Kabine war leer. Freisal stieg ein und drücke auf den entsprechenden Etagenknopf. Als sich die Tür im Zeitlupentempo zuzuschieben begann, huschte im letzten Moment ein Mann um die Vierzig herein, dem unzählige rote, blaue und schwarze Elektrokabel um den Hals baumelten.

Der Lift setzte sich bemerkenswert langsam und sanft wie eine frei schwebende Gondel in Bewegung. Freisal blickte sein Gegenüber an und sein Gegenüber blickte ihn an.

»Hm, von elektronischen Fußfesseln habe ich schon gehört«, witzelte Freisal, um die Zeit zu überbrücken. »Ist das so was Ähnliches?«

»Halsfesseln eben«, sagte der Mann.

»Im Ernst, sieht aufwändig aus.«

»Steckverbindungen. Hier ziehen alle Tage irgendwelche Abteilungen um – ich glaube, das ist hier so 'ne Art Betriebssport. Na ja, und ich ziehe dann halt nach – die Schaltkreise der TK-Anlage, meine ich.«

Die Kabine bremste erstaunlich sachte. Freisal schaute auf seine Armbanduhr. »Ist ja ein beeindruckendes Tempo«, frotzelte er.

»Der Fahrstuhl hat sich seinen Nutzern angepasst.«

Die Türen öffneten sich. »Na, dann«, sagte Freisal, »weiterhin frohes Ziehen.«

»Dito – wohin auch immer«, sagte der Strippenzieher.

Der Kommissar war in der zweiten Etage angekommen, verließ den Fahrstuhl und wandte sich nach rechts, weil er ebendort eine Glaswand mit der Aufschrift *Bezirksbürgermeister* entdeckte.

Der Bürotrakt des BzBm war vom übrigen Flur abgetrennt; der Vorraum schien in früheren Jahren einmal als Lobby genutzt worden zu sein. Sein abgehalfterter Zustand ließ allerdings kaum vermuten, dass hier noch immer zu Empfängen geladen wurde.

Die Glastür in der Glaswand stand offen. Freisal schritt in den Trakt hinein und blieb vor einer Bürotür stehen, auf deren Schild zu lesen stand: »Bezirksbürgermeister Dr. Gottfried Wesenburg«. Er klopfte anstandshalber an, öffnete jedoch unaufgefordert die Tür und betrat das Vorzimmer.

»Tag auch«, sagte er, »muss zu Dr. Wesenburg.«

»Haben Sie einen Termin?«, fragte die Sekretärin.

»Nein«, sagte Freisal und klärte auf: »Kriminalpolizei – Termine benötige ich nur ganz selten.«

Die Vorzimmerdame blickte entgeistert, aber bevor sie vollends realisierte, wie ihr geschah, hatte der Besucher schon ihr Vorzimmer passiert und war ins offen stehende, mit dunklem Holz getäfelte Büro des BzBm gegangen. Was für eine Gruft, dachte Freisal spontan. Hier hatte einer seine Holzphase aber auch so was von ausgelebt.

Dr. Wesenburg saß hinter einem braunen Schreibtisch und sah von einem Dokument auf.

»Hab's gehört, Kripo. Guten Tag.« Er lächelte freundlich.

»Guten Tag. Freisal, Morddezernat.«

Dr. Wesenburgs Sekretärin stand hinter ihm. »Ja, aber ...«

»Passt schon«, klärte Dr. Wesenburg die Situation.

»Na, wenn's so ist ...« Die Sekretärin zuckte mit den Achseln und trat schmollend den Rückzug an.

Dr. Wesenburg, Anfang vierzig, war von mittelgroßer und gedrungener Gestalt. Sein strohblondes, dünnes Haar trug er in der Mitte gescheitelt und auf der Nase eine Lesebrille, über deren Rand er blickte. Lächelnd, denn Dr. Wesenburg schmunzelte oft und gern. Freisal trat vor den dunklen Schreibtisch und hielt dem BzBm seinen Dienstausweis unter die Nase.

»Eilsache, sozusagen.« Er ging hinüber zu der ledernden Sitzgruppe und nahm unaufgefordert Platz. »Ich darf doch?«

»Gerne.«

Dr. Wesenburg erhob sich aus seinem Chefsessel, kam herüber und setzte sich dem Kriminalbeamten gegenüber. Freisal fiel auf, dass er vom Scheitel bis zur Sohle ganz in Weiß gekleidet war. In dem düsteren Raum wirkt der BzBm wie ein Glühwürmchen in finsterer Nacht. Möglicherweise hatte er heute noch einen besonderen Auftritt. Hm, besser als ganz in Schwarz, dachte Freisal, das sähe wahrscheinlich eher nach Bestatter aus.

»Hat Ihr Besuch etwas mit dem Menschenauflauf vor der Markthalle zu tun?«

»Sie wissen schon?«

»Nichts Bestimmtes. Meine Sekretärin sagte nur, sie habe über den Flurfunk vernommen, dass da irgendwas Größeres los sei.«

»Sie haben nicht weiter nachgehakt?«

»Ich bitte Sie, hier im Kiez ist immer irgendwo irgendwas los. Allein ein größeres Polizeiaufgebot ist bei der räumlichen Nähe zum Kriminalgericht und der JVA kein Aufreger. Aber Sie informieren mich ja jetzt sicherlich genauer, richtig?«

Nachdem Freisal um ein Glas Wasser gebeten und dieses von Dr. Wesenburgs Sekretärin bekommen hatte, angelte er sich aus der offenen Dose vor sich einen Keks. Er biss ein kleines Stück ab, dann berichtete er vom toten Musiker vor der Tür.

Dr. Wesenburg zeigte sich betroffen. »Vielleicht aus unserem Haus heraus? Unglaublich!« Der Bürgermeister war der erste Mensch, bei dem Freisal feststellte, dass es offenbar möglich war, trotz vorgetragener Bestürzung die Mundwinkel gen Norden gezogen zu lassen.

»Mich würde interessieren, ob Mitarbeiter hier im Hause zur Tatzeit, also um 13.25 Uhr herum, etwas bemerkt haben. Sagen wir mal: den einen oder anderen merkwürdigen Besucher.«

»Merkwürdig?«, fragte Dr. Wesenburg. »Bei uns verkehren überwiegend merkwürdige Besucher.« Sein freundliches Lächeln steigerte sich zum wissenden Grinsen. »Im Bürgeramt präsentieren sich alle gesellschaftlichen Existenzen. Ich schlage vor, eine Rundmail abzusetzen: Wer etwas beobachtet hat, soll sich bei Ihnen melden.«

»Gut, danke. Ich komme mal eben auf das Opfer zu sprechen. Kennen Sie es?«

»Der Mann war mir bekannt, ja. Ein Pole, wie mir das Ordnungsamt mitteilte.«

»Ordnungsamt?«

»Die Kollegen hatten ihn kontrolliert, wegen der Lizenz als Straßenmusiker.«

»Und?«

»Er hatte keine. Brauchte er auch nicht. Er nutzte keinen öffentlichen Straßenbereich, sondern saß auf einem Quadratmeter Pflaster, der zum Privatgrundstück der Markthalle gehört.«

»Aha – und das war's dann?«

»Nicht ganz: Ungefähr zwei Wochen später haben zwei Mitarbeiter versucht, ihn dennoch wegzubekommen.«

»Wegbekommen klingt unschön.«

»Sie haben das Umweltamt eingeschaltet, wollten es über den Lärmschutz versuchen.«

»Was für Mitarbeiter?«

»Die ihre Büros hin zur Arminiusstraße haben.«

»Hat aber nicht geklappt?«

»Ich habe die Initiative natürlich unterbunden.«

»Ach, Sie persönlich störte die Musik nicht?«

»Nein«, sagte Dr. Wesenburg und deutete mit der Hand auf die dicke Lederpolsterung seiner halb offen stehenden Durchgangstür. »Wenn die Tür geschlossen ist, könnte man meine Sekretärin meucheln, ohne dass ich davon was mitbekäme, ha, ha.«

Ein sonniges Gemüt, dachte Freisal. »Und von der Straße her?« Er zeigte zum Fenster. »Keine Musik zu hören?«

»Herr ... ähm ...«

»Freisal.«

»Herr Freisal, da liegt die Turmstraße, nicht die Arminiusstraße. Wenn von dort etwas lärmt, dann sind es Busse, Autos und ab und an krakeelende Leute auf dem Mathilde-Jacob-Platz. Und alle Viertelstunde Martinshörner von Polizei, Feuerwehr, Justiz – wie das hier so ist ...«

»Ach so.« Freisal runzelte die Stirn. »Eins habe ich noch nicht ganz verstanden – deshalb noch mal nachgefragt, Herr Dr. Wesenburg: Warum genau hatten Sie unterbunden, dass gegen den Musiker etwas unternommen wird? Ich meine, Lärmbelästigung ist doch kein großes Ding.«

»Herr ... ähm ...«

»Freisal.«

»... wie stellen Sie sich das vor?«

»Anzeigen.«

»Anzeigen?« Dr. Wesenburg lachte. »Ha, ha, ha.«

Freisal griff erneut in die Keksdose. »Was ist daran so komisch?«

»Na, das hätte was gegeben.«

»Nämlich?«

»Schlechte Kritiken. ›Wesenburg verscheucht Polen.‹ Oder: ›Europa offen – Moabit zu.‹«

»Sie meinen, den Musiker in die Wüste zu schicken wäre politisch unkorrekt gewesen?«

»Ein Eigentor wär's geworden. Sehen Sie, Moabit ist Ortsteil vom Regierungsbezirk einer Kulturmetropole.«

»Ja und?«

»Ich hätte mich lächerlich gemacht. Wenn sich herumgesprochen hätte, dass wir hier in Moabit polnische Musik als Lärm definieren ... nicht auszudenken.«

»*Rosamunde* ...«

»Bitte?«

»Der Mann spielte immer nur *Rosamunde*.«

»Den Schlager?«

»Eben. Keine polnische Musik.«

»Ja, ja, aber wen interessiert's? Der Mann war Pole, das zählt. Ich bin ehrenamtlich im Vorstand vom Deutsch-Polnischen Kulturbund. Das hätte wirklich zu blöd ausgesehen.«

»Hm ... Haben die besagten Mitarbeiter das mitgetragen?«

»Was denn?«

»Ihre Argumente ... Ihre Entscheidung.«

»Herr ...«

»Freisal.«

»Ja, Herr Freisal ... also ... wir sind doch keine Wohngemeinschaft, sondern ein durchhierarchisiertes Amt. Mitarbeiter der Verwaltung müssen die Entscheidungen ihres Bürgermeisters nicht mittragen. Das wird in Ihrer Behörde doch nicht anders sein, richtig? Ich meine, wenn der Polizeipräsident etwas verfügt, wird das doch auch keine Grundsatzdebatten im Streifenwagen auslösen, stimmt's oder habe ich recht?«

Oh, oh, oh, dachte Freisal. Im Unterschied zu einem BzBm muss der Polizeipräsident natürlich ein Mann vom Fach sein.

Unseren Präsi kann man mögen oder auch nicht, aber zugutehalten muss man ihm auf jeden Fall, dass er erstens ausgebildeter Bundesgrenzschützer ist, zweitens bei der GSG 9 die Finger mit im Spiel und drittens dem Präsidium der Bundespolizeidirektion in Potsdam vorgesessen hatte, bevor er seine Koffer in Berlin auspackte.

Er griff noch einmal in die Dose und steckte sich einen Keks in den Mund. »Mittag fiel heute leider aus«, log er mit vollem Mund. »Der Tote …«

»Nur zu«, ermunterte ihn Dr. Wesenburg. »Sehen Sie, Herr … ähm … Freisal, ein Rathaus ist ja keine Kuschelgruppe, sondern eine Zweckgemeinschaft zwischen Politik und Verwaltung.«

Freisal spülte mit Wasser nach. »Ich weiß: Sie geben das Ziel vor und die Verwaltung macht sich auf den Weg.«

»So in etwa.«

»Hat aber, wenn's dumm läuft, schon was von Lemmingen, oder?«

»Ha, ha – böse, aber gut! Letztlich ist da was dran: Ob der Weg geradewegs über die Klippe führt, ist nicht immer vorhersehbar – ha, ha, ha.«

Na, an dem ist ja ein Komiker verloren gegangen, dachte Freisal. Läuft rum wie ein Rolf Eden für Arme und macht sich über seine Mitarbeiter lustig.

»War aber wirklich nur unter uns gesagt …«

»Natürlich. Wo, sagten Sie, erreiche ich die Kollegen, die …?«

»Sie glauben …?«

»Glauben? Das ist nicht meine Profession. Ich ermittle, und das grundsätzlich in alle Richtungen.«

Dr. Wesenburg nickte und bedeutete Freisal, er könnte in der vierten Etage beim Grünflächenamt anklopfen. Der Leiter dort, ein gewisser Hartmut Stahl, sei zusammen mit dem Chef der hiesigen Musikschule, Frieder Noll, »Wortführer in Sachen Lärmschutz« gewesen. Wenn Freisal wolle, könne er die

Kollegen herzlich vom BzBm grüßen. Noll wiederum säße im dritten Stock.

»Werde ich tun«, versprach Freisal. Er stützte sich mit den Händen auf den Knien ab, um sich aus dem Sessel hochzustemmen. Dr. Wesenburg tat es ihm gleich.

»Na, noch 'n paar Kekse mit auf'n Weg?«, fragte er grinsend. »Ha, ha.«

»Ha, ha«, echote Freisal und klemmte sich die Dose unter den Arm. »Nett von Ihnen, danke. Angenehmen Tag noch. Ach ja, wenn ich dann noch Fragen habe …«

»Jederzeit.«

Auch als der Kommissar die Räumlichkeiten längst verlassen hatte, grinste Dr. Wesenburg noch. Hatte er möglicherweise bloß vergessen, den Schalter umzulegen? Befürchtete er, dass die Sache mit der Lärmbelästigung nun doch noch nach draußen dringen könnte? Sah er sich schon auf dem Beichtstuhl bei seinem Genossen in der Senatskanzlei sitzen? Wie nur hätte er dann seinem Parteifreund, der Parteivorsitzender und zugleich Regierender Bürgermeister von Berlin war, erklären können, dass er als BzBm nach Gutsherrenart ein Lärmschutzverfahren unterdrückt hatte? Lärmschutz war zweifelsohne ein Reizwort dieser Tage, nicht zuletzt für den Regierenden: Dieser hatte, wie natürlich auch Dr. Wesenburg wusste, immer noch damit zu tun, im Vorstand einer Gesellschaft zu hocken, die den Flughafen BER doch noch fertig bekommen wollte. Wesenburgs Lächeln gefror zu Eis.

Der Fahrstuhl war da und stand einladend weit offen. Freisal trat ein. Obwohl sein Magen knurrte und er nach dem Eisbein lechzte, betätigte er den Knopf nach oben. Liegt ja so gut wie auf dem Weg, dachte er und stopfte sich einen Keks in den Mund. Er harrte der Dinge – aber nichts geschah.

»Zurückbleiben!«, rief er genervt. Krümel flogen durch die Luft. »Mann, Mann, Mann.« Ungeduldig rollte er mit den

Augen. Sein Blick blieb am zerkratzten Kabinenspiegel kleben, er sah sein Konterfei: Kekskrümel verzierten seine Mundwinkel. Unschön, dachte er, aber bei diesem Nahrungsmittel wohl nicht gänzlich zu vermeiden. Er wischte sich mit der Rechten die Gebäckreste aus dem Gesicht.

»Ich soll Sie schön grüßen vom BzBm!« Hajo Freisal linste durch die Tür, die er einen Spaltbreit geöffnet hatte.

Hartmut Stahl saß wie festgetackert vor dem Bildschirm seines Rechners. Er starrte auf die Mattscheibe und studierte den Bepflanzungsplan des ums Eck liegenden, neu zu gestaltenden Ottoparks. Ohne den Blick vom Bildschirm abzuwenden, murmelte er: »Wer sind Sie? Was wollen Sie?«

Freisal trat ein. »Guten Tag, Freisal mein Name. Wir kennen uns nicht …«

»Und warum, glauben Sie, sollte sich das ändern müssen?«

»Ich hätte zwei, drei Fragen.«

»Guter Mann, das sind zwei, drei zu viel. Ich bin beschäftigt«, sagte Stahl und starrte weiter stur auf den Monitor.

Freisal ließ sich von der offensichtlich miesen Laune des Grünflächenmanagers nicht anstecken, fragte sich nur, was dieser Stahl wohl unter dem Begriff Servicestelle verstand, der doch immerhin auf einem Schild an seiner Tür stand.

»Ist wichtig«, beharrte er. »Würde Sie sonst auch nicht aufsuchen.« Er versuchte, Stahls Aufmerksamkeit zu gewinnen. »Es geht um einen bestimmten Straßenbereich.«

»Wenn's um Bodenturnen ginge, müssten Sie sich auch beim Sportamt melden.« Okay, dachte Freisal, wohl etwas schwierig, der gute Mann. »Wissen Sie«, sagte Stahl, »ich sag immer: Wer lesen kann, ist klar im Vorteil. Meine Sprechzeiten stehen draußen neben der Tür. Übermorgen wieder, zwischen 8.00 und 9.30 Uhr. Auf Wiedersehen.«

Freisal blieb locker. Insgeheim sinnierte er, ob die vielen Stunden Deeskalationstraining, die er absolviert hatte, sinnvoll investierte Lebenszeit waren. Ganz bestimmt, so grundsätzlich, antwortete er sich im Geiste. Aber in diesem konkreten Fall?

Er schritt ohne jede Hektik zu Stahl hinüber und blieb neben dessen Schreibtisch stehen. »Herr Stahl, nur auf ein Wort«, sagte er nachdrücklich.

»Das ist ein Wort zu viel«, erwiderte der.

Freisal langte zum Monitorrand und drückte den Ausschalter.

Stahl sprang wie von der Tarantel gestochen von seinem Drehstuhl auf, der weit in den Raum hineinrollte. Der Grünflächenmann begann, wie ein Tiger im Käfig im Raum auf und ab zu marschieren.

»Sie befinden sich in akuter Lebensgefahr!«, brüllte Stahl – immerhin ein Mann von knapp zwei Metern – und baute sich vor dem ungebetenen Besucher auf. »Unaufgefordert meine Bürotür öffnen ... meinen Raum betreten ... an meinen Monitor grabschen ... sind Sie irre? Wäre ich schlecht drauf, wären Sie schon tot!«

»Danke fürs Stichwort«, erwiderte Freisal und steckte sich in aller Ruhe einen Keks in den Mund. Er trat einen Schritt von Stahl zurück – nicht weil er sich fürchtete, sondern weil Stahl eine feuchte Aussprache hatte.

Die Keksdose, die er die ganze Zeit über wie einen kostbaren Schatz unterm Arm gehalten hatte, stellte er auf dem Beistelltischchen nahe dem Schreibtisch ab.

»Was wird das?«, fauchte Stahl. »Wollen Sie hier einziehen!?«

»Weniger Dezibel bitte«, bat Freisal und hob mit der rechten Hand seinen Dienstausweis in die Höhe. »Wie gesagt, Sie kennen mich nicht. Ob Sie mich kennenlernen, liegt nicht in Ihrem Ermessen – also kommen Sie wieder auf den Teppich.«

»Polizei ...« Stahls Gesicht war tiefrot. »Wer will mir ans Leder? Der BzBm?«

»Wow.«

»Wieso ›wau‹?«

»Das sagt man doch heutzutage so.«

»Wovon reden Sie, Mann?«

Plötzlich stand eine Traube Kolleginnen und Kollegen im Türrahmen. Eine Dame mit besorgtem Gesichtsausdruck fragte: »Herr Stahl, alles in Ordnung?«

»Alles bestens, danke«, antwortete Stahl und setzte sich erschöpft auf seinen Drehstuhl. Die Kollegin schloss leise die Tür und Freisal fragte sich, ob Stahl möglicherweise Medikamente benötigte. Gibt es Pillen für Choleriker, überlegte er. Er wusste es nicht. Hießen Wutausbrüche dieses Kalibers eigentlich Choleriken?

Freisal setzte sich unaufgefordert an das Beistelltischchen und wartete ab. Die dunklen Wolken mussten sich ja irgendwann verziehen.

Stahl zog aus der Brusttasche ein weißes Arzneiheftchen, drückte auf der Alu-Rückseite eine Pille heraus und warf sie sich in den Mund. Aha, dachte Freisal.

»Sie brauchen Pillen?«, fragte er.

»Hypericum perforatum«, nuschelte Stahl. »Wirkt Wunder.«

»Hoffe, das geht mit dem Arzneimittelgesetzt konform.«

»Johanniskraut, schlucke ich seit Jahren. Mindert Verstimmung und Niedergeschlagenheit.«

»Gut«, sagte Freisal, »nehmen Sie sich die Zeit, die Sie brauchen.« Er dachte an seinen eigenen Hang, sich über Bestimmtes aufzuregen. Auch er selbst müsste etwas ruhiger werden, wenn er nicht irgendwann so in den Seilen hängen wollte wie Stahl jetzt auf seinem Stuhl.

Der Leiter des Grünflächenamtes spülte mit einem großen Schluck Mineralwasser aus einer Eineinhalbliterflasche nach, die neben seinem Schreibtisch auf dem Boden stand. »Wird schon besser«, sagte er.

»Ihre Hände zittern«, bemerkte Freisal.

»Die Nerven …«

Der KHK nahm ihm das ab; das war mit Sicherheit kein Tremor vom Saufen. Er kannte den Unterschied, denn eine

Zeit lang hatte er selbst zu tief, zu lange und auch zu oft ins Glas geschaut.

»Geht schon wieder«, sagte Stahl. »Entschuldigen Sie meinen Ausraster. Tropfen und Fass ...«

»Ihr Job ist stressig?«

»Der Auftraggeber ist stressig. Er kriegt keinen Haushalt gebacken, beschließt munter Parksanierungen ... Er berücksichtigt keine Vorlaufzeiten, die die einzelnen Gewerke nun mal so mit sich bringen ...«

»Warum ist das so?«

»Selbstüberschätzung ... Beratungsresistenz ... Machtgeilheit ... oder alles zusammen.«

»Auch der BzBm?«

»Ganz vorneweg. Zudem geht er über Leichen, um das Zepter schwingen zu können. Sieht man ihm nicht an, aber bei dem ist alles Kalkül und Mittel zum Zweck – auch sein Lächeln. Das erleichtert ihm das Sondieren von Lagen, Schmieden von Bündnissen, Kaltstellen von Leuten ... Man kann jemanden leichter abschießen, wenn man ihn vorher in Sicherheit wiegt.«

»Schlechtes Klima hier?«

»Geologisch: Eiszeit.«

Hajo Freisals Blicke streiften unwillkürlich über die Bürowände. Er versuchte, etwas Ungewöhnliches auszumachen – »Berufskrankheit«, nannte er das selbstironisch: »Immer auf der Suche nach Anhaltspunkten, auch wenn es gar keinen Anlass gibt.« Dann wandte er sich wieder Stahl zu und berichtete, warum er hier war.

Stahl zuckte mit den Schultern. »Bin ehrlich zu Ihnen«, sagte er, »für mich ist das einfach ein Stressfaktor weniger.«

»Der BzBm sagte mir, Sie wollten den Mann weghaben?«

»Wenn die Nerven blank liegen ... Der Typ war wie Salz in einer offenen Wunde. Bis zu fünf Tage in der Woche! Von früh bis spät!«

»Was heißt, bis zu fünf Tagen?«

»Es gab eine Zeit, da schien es mir so, dass er sich zusätzlich einen anderen Platz für seinen Terror ausgesucht hatte. Jedenfalls war er für einen kurzen Zeitraum bloß noch zwei Tage in der Woche …« Stahl unterbrach sich selbst. »Warten Sie … hier … kann's Ihnen genau sagen.« Er ging hinüber zu seinem Schreibtisch und blätterte in einem Tischkalender. Er hatte darüber Buch geführt, an welchem Tag Krzanowski wie lange vor der Markthalle gesessen und »gelärmt« hatte.

Freisal erkannte, dass da jemand seine Hausaufgaben gemacht hatte. »Für die Beweisführung, nicht wahr? Hat aber wenig genützt, oder? Denn der BzBm sagte mir, er habe Ihren Versuch, den Mann wegen Lärmschutz dranzukriegen, ›ein für alle Mal‹ unterbunden.«

»Allmachtsfantasien eines Lokalpolitikers, kann ich dazu nur sagen. Aber so schnell wird Stahl nicht weich. Nachdem es hier im Hause keine Unterstützung gab, habe ich privat einen Rechtsanwalt beauftragt.«

»Weiß Dr. Wesenburg davon?«

»Könnte sein. Mein Anwalt steht in Korrespondenz mit dem Justitiar des Amtes. Aber den kann ich ja nun zurückpfeifen …«

Freisals Blick schweifte für einen kurzen Moment hinüber zur Pinnwand.

»Sie sagten, der BzBm ginge über Leichen. Ein griffiges Bild …«

»Wesenburg serviert alle ab, die ihm nichts nützen. Mir sind Namen bekannt aus dem Amt, aus seiner Partei … Leute, die er möglichst klein hält, um selber größer zu erscheinen.«

»Und ausgerechnet Sie lässt er in Ruhe?«

»Wesenburg ist ein Penner, aber nicht blöd. Er macht's subtil.«

»Wie meinen Sie das?«

»Ich hatte versucht, mir ein Büro auf der anderen Gebäudeseite zu organisieren. Das wurde mir aber untersagt – von ihm persönlich. Das würde die Serviceeinheit auseinanderreißen, meinte er. ›Ihre Mannschaft sitzt hier, da können Sie als Leiter nicht einfach ausscheren.‹«

»Sie hätten doch Ihre Gesundheit ...«

»Hab ich ja. O-Ton Wesenburg: ›Wenn Sie für den Job nicht mehr fit genug sind, sollten Sie sich vielleicht einen neuen suchen.‹ Ein kaltschnäuziger Hund.«

Freisal spürte, dass zur Sache hier jetzt nicht mehr herauszuholen war, und erhob sich. »Ich danke Ihnen für Ihre Offenheit.« Er reichte Stahl seine freie Hand. Der registrierte die Geste nicht und glotzte apathisch auf die Tischplatte. Aha, das Kraut wirkt, glaubte der Kommissar und zog seine Hand wieder zurück.

»Ach, übrigens, Herr Stahl«, sagte Freisal, »weil ich da zufällig das Bild an Ihrer Pinnwand sehe: Was bedeutet es? Sieht interessant aus. Beschäftigen Sie im Amt auch Künstler?«

Stahl schien aus einer Art Trance zu erwachen. »Bin zwar Ingenieur von Beruf, habe aber vorher Bauzeichner gelernt: So 'n Logo mache ich selber.«

»Logo? Wofür?«

»Karasevdas-Gilde.«

»Was oder wer ist ...?«

»Pantelis Karasevdas: erster Olympiasieger der neuzeitlichen Spiele. Er hat mit dem Militärgewehr auf einer Distanz von zweihundert Metern alle fünfzig Schuss in die Zielscheibe versenkt.«

Zweihundert Meter – Freisal dachte darüber nach, wie groß die Entfernung zwischen Stahls Büro und dem Eingang der Markthalle sein mochte. »Interessant«, sagte er. »Meines Wissens sind mit den heutigen Langwaffen größere Distanzen zu überwinden. Aber ehrlich gesagt, mit den Dingern kenne mich nicht wirklich gut aus.«

»Das Dreifache ist locker drin. Fragen Sie mal bei sich im Haus herum: PSG1 von Heckler & Koch. Auf sechshundert Meter kann man noch Ziele mit einem Durchmesser von nur acht Zentimetern treffen. Mit Zielfernrohr, versteht sich.«

Stahl schien wieder auf der Höhe zu sein. Er blühte regelrecht auf; seine Augen funkelten vor Begeisterung. Auch er stand auf.

»Wirklich interessant«, sagte Freisal. »Sie sind Sportschütze?«

Stahl nickte. »Präzisionsgewehr: .308 Winchester ist meine Spezialität.«

Hajo Freisal war gespannt auf Frieder Noll und hoffte zugleich inständig, dass sich dieser einem Spontanbesucher von Anbeginn etwas zugewandter zeigen würde als Stahl. Pausenlos die konfrontationstherapeutische Keule schwingen zu müssen war doch ziemlich anstrengend.

Der Fahrstuhl war nicht da und auf ihn zu warten wollte Freisal vermeiden. Er beschloss entgegen seines Vorsatzes, keine Stufen zu steigen, das Treppenhaus zu nutzen. Geht ja immerhin bergab, dachte er.

Bevor er sich jedoch ins Treppenhaus begab, klingelte sein Handy; er blieb nahe beim Fahrstuhl stehen und zerrte das Gerät aus der Jackentasche. Gutzeit war dran und berichtete, dass sie immer noch in der Markthalle unterwegs sei, aber eben habe Dreblow aus Frankfurt/Oder zurückgerufen, mit interessanten Informationen. »Krzanowski«, sagte Gutzeit, »ist den polnischen Behörden bekannt. Als Kleinkrimineller.« Er sei vor gut zwei Jahren erwischt worden, wie er auf dem Bazar in Słubice Kühlschränke, Waschmaschinen, Mikrowellen vertickte, deren Herkunft er nicht habe erklären können.

»Bazar?«

»Bei uns Polenmarkt genannt. Jedenfalls konnten die Kollegen ihm nicht nachweisen, dass er gewusst haben musste, dass er Diebesgut verkaufte. Sie konfiszierten die Ware und behielten ihn auf dem Kieker. Da hat Krzanowski wohl Lunte gerochen. Plötzlich sei er verschwunden gewesen.«

»Wie, verschwunden?«

»Erst mal nur vom Bazar. Er hat sich da nicht mehr blicken lassen. War ihm vielleicht zu heiß geworden.«

»Kühlschränke – klingt nicht so, als ob das für unseren Fall von Interesse wäre.«

»Es gibt da noch was: Krzanowski könnte durchaus aus Polen geflohen sein.«

»Was heißt geflohen?«

»Nicht vor der Polizei, sondern vor einem gewissen Bartoszek, seines Zeichens Kopf eines einflussreichen Rings von Kriminellen. Der kontrolliert den größten Teil der rund achtzig Bordelle östlich von Oder und Neiße.«

»Weshalb sollte Krzanowski vor diesem Bar...«

»...toszek.«

»... Bartoszek getürmt sein?«

»Kollege Dreblow sagte, das sei ihm ad hoc zu kompliziert zu erklären. Er wisse nur eins: Wer es sich mit Bartoszek verscherze, habe schlechte Karten, egal was für ein kleines Licht oder was für eine große Nummer man sei. Bartoszek pflege Rechnungen zu begleichen – wie lange sie auch zurückliegen. In seinem Metier wird er deshalb auch Elefant genannt.«

»Wie der im sprichwörtlichen Porzellanladen?«

»Eher seines guten Gedächtnisses wegen.«

»Klingt nicht nach Friedensnobelpreisträger. Könnte es sein, dass Bartoszek Berlin eine Stippvisite der tödlichen Art abgestattet hatte, um mit Krzanowski – warum auch immer – abzurechnen? Kann man von dem polnischen Kollegen Genaueres über diesen Mann erfahren?«

»Dreblow hat eine Konferenzschaltung über Bildtelefon vorgeschlagen, zusammen mit einem polnischen Kollegen namens Wisniewski. Der habe die Causa Bartoszek besser auf dem Schirm, sei da naturgemäß näher dran.«

»Können Sie Polnisch?«

»VHS-Level A1.1: Meine Adresse, Alter, Herkunft und Hobby kann ich benennen.«

»Kindergarten-Niveau, verstehe. Aber immerhin. In Sachen Polnisch-Kenntnisse bewege ich mich noch in der Krabbelgruppe, sozusagen: kein Wort.« Freisal schnaufte unzufrieden. »Wir brauchen einen Dolmetscher. Den zu bekommen dauert.«

»Herr Freisal, Sie können sich entspannen: Wisniewski leitet eine deutsch-polnische Arbeitsgruppe zur Bekämpfung des Rotlichtmilieus. Dreblow sagte, der Kollege spricht sehr gut Deutsch. Wird nicht das Problem sein.«

»Wann können wir mit ihm reden?«

»Von Wisniewskis aus morgen schon.«

»Gut, dann machen Sie bitte die Uhrzeit aus.«

»Och nee, Herr Freisal!«

»Was denn?«

»Längst gelaufen: 8.30 Uhr.«

In der dritten Etage des Rathauses angekommen, fiel Freisal sofort auf, dass hier alles frisch renoviert war: Es roch nach Farbe, die Wände waren weiß und die Türen grau. Neutraldoof, dachte er, aber allemal besser als diese Urologen-Ästhetik im Erdgeschoss.

Frieder Noll, Leiter der Musikschule Mitte, bot ihm nicht nur einen Sitzplatz, sondern auch Kaffee an, ohne dass er darum gebeten worden wäre.

Dankend nahm Freisal an. Im Gegenzug stellte er die Keksdose in die Mitte des Tisches und signalisierte mit einer Handbewegung, dass sich Noll gern bedienen könne.

»Danke«, winkte der ab, »komme gerade aus der Kantine, gab Schokopudding – muss auf meine Linie achten.«

Ein glücklicher Mensch, befand Freisal und schob sich einen Keks in den Mund. Aber was für eine Linie eigentlich? Frieder Noll, schätzungsweise fünfunddreißig, war von schlanker Statur. Nicht mal ein kleines Bäuchlein war zu erkennen.

Nachdem er Noll unterrichtet hatte, um was es ging, erklärte der, dass er schon von der Sache erfahren habe: Zum einen wurde in der Kantine nebulös darüber getuschelt, dass vor der Markthalle ein größerer Polizeieinsatz stattfinde – von »Riesending« sei die Rede gewesen, ohne dass jemand Näheres sagen konnte –, zum anderen habe er gerade eben eine

Rundmail aus dem Büro des Bürgermeisters mit genaueren Informationen erhalten.

Schön, dachte Freisal, Dr. Wesenburg hat schon gehandelt.

»Immer schlimm, wenn jemand stirbt«, konstatierte Noll. »Aber auf solch eine Art und Weise – das ist entsetzlich.«

»Ja«, sagte der KHK. Er wollte auch bei Noll mit einem Warm-up beginnen. »Herr Noll, Sie sind als Musikschulleiter bestimmt auch Musiker.«

»Na, das will ich mal stark hoffen.«

»Was für ein Instrument spielen Sie?«

»Stimme. Bin Sänger.«

»Karaoke?«

Nolls Mund zog sich schmallippig zusammen, aber er schien ausgesprochene Nehmerqualitäten zu haben. Er blieb freundlich und erklärte: »Gesang kann man tatsächlich studieren.«

»Natürlich ...« Gott, war das peinlich. Freisal überspielte es, in dem er sofort Nolls Kompetenz abrief: »Bitte erklären Sie mir, warum das, was Krzanowski spielte, zumindest für meine Ohren so grottenschlecht klang.«

»Hartes Urteil ...«

»Aber?«

»Gerecht.«

»*Rosamunde* ... Also, ich habe bisher immer gedacht, dass deutsche Schlager einfache Lieder sind, die jedes Kind trällern kann.«

»Beim Karaoke, nicht wahr?« Noll schien doch ein bisschen nachtragend zu sein, gerierte sich aber dennoch weiterhin wohlmeinend. »Aber der Reihe nach, Herr Freisal. Ich stelle erst mal fest: *Rosamunde* ist vom Ursprung her kein deutscher Schlager, sondern eine tschechische Polka. Von 1927. Jaromír Vejvoda heißt der Komponist. Erst Anfang der Dreißiger kam der Text dazu, sodass aus dem Stück ein sogenanntes Stimmungslied wurde – im Übrigen einer der ersten Millionenerfolge der deutschen Musikindustrie.

Nur *Lili Marleen* hat es seinerzeit geschafft, derartig abzuräumen.«

Wow, sinnierte Freisal, wenn man Noll eine einzige Frage stellt, bekommt man gleich mehrere Antworten! Er hörte geduldig zu, obwohl ihn die Historie des deutschen Schlagers eigentlich nicht interessierte. »Herz, Schmerz, schubidummdumm« pflegte er diese Musik in der Polizeikantine abzukanzeln, wenn der Gesprächsstoff in Sachen »Winkeladvokaten« doch mal ausgegangen war. »Trivialkultur«, haute er dann auf den Pudding, »Gefühle wie Abziehbilder.«

Kriminalrat Claus stocherte dann wie gewohnt im Salat und dachte sich seinen Teil, während Gutzeit ansprang: »Wäre doch langweilig, wenn wir alle bloß den Boss hörten, finden Sie nicht?«

»Was, Kriminalrat Claus singt?«, hatte Freisal darauf lauthals in die Runde gefragt. Die Beamten an den Nachbartischen blickten irritiert, während Claus sich ungestört weiter seinem Salat widmete.

»Bruce Springsteen meine ich«, korrigierte Gutzeit.

»Ach?« Freisal grinste.

»Also, Kollegin«, mischte sich Claus nun doch noch ein, »das müssen Sie mal so sehen: Beim Kollegen Freisal sind auch in Sachen Vorurteile alle guten Dinge drei: Strafverteidiger, Jugendforscher und Schlagersänger.«

»Soso«, murmelte Freisal.

»Habe ich was vergessen?«

»Kriminalräte.«

»Einverstanden. Ich korrigiere: Alle guten Dinge sind vier.«

»Ich glaube«, schloss Noll jetzt seinen Vortrag, »in den Siebzigern hieß der Interpret von *Rosamunde* Daniel oder Dustin oder Dennie … auf jeden Fall Christian. Mit Nachnamen.«

»Wow, Sie kennen sich aber aus!«

»Geht so. Ähm, wie war noch gleich Ihre eigentliche Frage?«

»Warum es bei Krzanowski …«

»… so grottenschlecht klang, richtig.« Noll überlegte kurz, dann sagte er: »Statt das Lied sauber durchzuspielen, bildete Krzanowski ständig Cluster, klang alles unmotiviert … uninspiriert … unambitioniert. Er schlug regelrecht auf die Tasten ein, anstatt sie zu drücken.«

»Sie sagten Cluster – also, ich kenne das Wort in dem Zusammenhang, dass man Mord und Totschlag zu ›unnatürliche Todesfälle‹ bündelt.«

»Bündeln … ja«, sagte Noll und stand auf. Er ging zum Flipchart, das in der Ecke des Raumes stand, nahm einen Filzstift und skizzierte fünf horizontale Linien. Dann setzte er eine sechste ganz unten als Hilfslinie dazu, kringelte eine schwungvolle Figur auf die Linien und dozierte: »Das ist ein Violinschlüssel.«

»Aha.« Freisal blickte etwas ratlos.

Noll malte einige Kreise. »Das sind Töne«, referierte er, während er selbige auf die drei unteren Linien setzte. »Noten.« An ihrer rechten Seite verband er sie mit einem senkrechten Strich. Neben die schon gesetzten malte er zwischen den horizontalen Linien zwei weitere, untereinander stehende Noten. »Jetzt lassen wir mal mein ganzes Gerede von Tönen und Noten beiseite. Ich bitte Sie um eine spontane Antwort. Was erkennen Sie außer Violinschlüssel, Noten und Linien?«

Freisal starrte auf die Skizze. Nachdem er mit Karaoke schon völlig danebengelegen hatte, konnte es wohl kaum schlimmer kommen, dachte er. »Weintrauben.«

»Klasse«, sagte Noll, nun ganz Pädagoge und darum bemüht, den Schüler an der richtigen Stelle zu loben. »Cluster werden tatsächlich auch Weintrauben genannt. Aber was ist, wenn wir auf eine faule Traube beißen?«

»Wollen Sie sagen, Krzanowski spielte faule Töne?«

»Faule Töne gibt's nicht, ein Ton ist ein Ton. Beim Musikmachen kommt es darauf an, eine gelungene Kombination von Tönen einerseits und das einfühlsame Erzeugen derselben andererseits hinzubekommen. Ist das verständlich?«

»Ja.« Freisal nickte. Das Weintrauben-Bild hatte ihm, dem Genussmenschen, durchaus auf die Sprünge geholfen.

»Letzteres war das künstlerische Problem des Mannes – kein Gefühl für Musik.«

»Deshalb wollten auch Sie …«

»Nicht gleich zu Beginn – mein Herz schlägt ja erst mal für jeden, der sich aktiv mit Musik beschäftigt, egal ob Anfänger, Fortgeschrittener, Konzertierender.«

»Und was war Krzanowski?«

»Schwer zu sagen. Er hat ja immer nur versucht, *Rosamunde* zu spielen.«

»Nehmen wir mal an, er hatte tatsächlich nicht mehr auf dem Kasten, als zu hören war …«

»Anfänger, ganz klar. Das hätte aber nichts darüber ausgesagt, was möglicherweise wirklich in ihm steckte.«

»Wie hätten Sie das rauskriegen können?«

»Unterricht.« Noll druckste plötzlich herum. »Also … ich hab's auch versucht.«

»Bitte?«

»Na ja, der Krzanowski hat auf mich immerhin den Eindruck gemacht, als interessiere er sich dafür, sein Spiel zu verbessern.«

»Sie sind mit ihm ins Gespräch gekommen?«

»Hab ihn mal vor Monaten vor der Markthalle angesprochen. Aber er sagte, er könne sich keinen Unterricht leisten. Da habe ich ihm …«

»… Geld zugesteckt?«

»Nein. Aber einen Gutschein. Für einen Schnupperkurs. Unser Freundeskreis hat da ein Kontingent für Bedürftige.«

»Der Wert?«

»Einzelunterricht kostet bei uns rund 70 Euro im Monat. Der Kurs läuft ein Vierteljahr.«

»210 Euro – richtig Geld.«

»Das wird sich auch Krzanowski gedacht haben. Er hat den Gutschein verhökert.«

»Woher wissen Sie das?«

»Unsere Bons sind nummeriert. Mit Krzanowskis Ticket meldete sich ein älterer Herr an, der auf Nachfrage sagte, er habe es für 150 Euro dem Akkordeonspieler abgekauft, der immer vor der Markthalle sitzt.«

»Geschäftstüchtig, der Mann.«

»Erst ab dem Moment hab ich mich Stahls Initiative angeschlossen.«

»Verstehe. Daraus wurde aber nichts.«

»Wenn der Arbeitgeber nicht mitzieht, kann man nichts machen. Selbst der Personalrat hat sich weggeduckt.«

»Lassen Sie mich raten: Dessen Büro liegt …«

»… nicht an der Arminiusstraße, richtig.« Noll wurde nachdenklich. »Wissen Sie, Herr Freisal, wenn man Krzanowski nicht selber über viele Monate ausgesetzt war, kann man mit unserem Problem vermutlich nichts anfangen.«

»Stahl machte aber weiter. Er engagierte einen Rechtsanwalt.«

»In dem Moment bin ich wieder ausgestiegen. Mir schien, Stahl verrennt sich da in was.«

»Hatte Dr. Wesenburg also letztlich recht, den Vorgang an sich zu ziehen?«

»Er hätte die Relevanz für die betroffenen Mitarbeiter prüfen müssen. Es ging ja nicht nur um Stahl und mich: Zur Arminiusstraße hin sitzen viele Leute.«

»Wie gingen Sie mit dem Lärm weiter um?«

»Eine Notlösung ist besser als keine Lösung«, sagte Noll, stand auf, trat an seinen Schreibtisch und zog eine Schublade auf. Er holte ein Schächtelchen hervor, hob es hoch und schüttelte es mit spitzbübischem Lächeln. Es klapperte in seiner Hand.

»Beruhigungspillen?«, fragte Freisal.

»Ohrstöpsel«, sagte Noll. »Nicht wirklich bequem zu tragen, die Dinger, aber was sollte ich machen? Konnte es mir nicht leisten, mich irre machen zu lassen – egal von wem und warum. Muss meinen Laden zusammenhalten – das kostet Nerven. Ich sag nur: Haushaltssperre. Das geht schon für sich alleine genommen an die Substanz.«

»Inwiefern?«

»Rein menschlich. Erklären Sie mal einem Musiklehrer, dass Sie seinen Vertag aufs Minimum eindampfen müssen, weil kein Geld da ist, während er aber zugleich hört, dass auf ganz großer Bühne über eine halbe Milliarde verbrannt wird. Zum Beispiel für Drohnen, die nicht mal fliegen dürfen.«

Freisal nickte.

Mit der Linken drückte KHK Freisal die Tür zum Hinterhof des Rathauses auf, während er mit seiner Rechten die Keksdose vor sich hertrug wie einen kapitalen Fang. Er war noch ganz in Gedanken. Obschon Noll bei weitem gemäßigter und emotional stabiler erschien als Stahl, war auch ihm der Ärger über Krzanowski anzumerken. Ich würde meine Schiebermütze verwetten, dachte Freisal, dass sich auch Nolls Trauer um Krzanowski in Grenzen hält. Immerhin muss er nun keine Ohrstöpsel mehr tragen.

Einem Déjà-vu gleich stand plötzlich der Hausmeister vor ihm, wenngleich dieses Mal von draußen kommend. Bevor der Mann im grauen Tuch etwas sagen konnte, streckte Freisal ihm brüderlich die Dose entgegen. »Vom Bürgermeister höchstpersönlich. Wollen Sie?«

»Nein, danke.« Der Mann kniff die Augen zu Schlitzen zusammen. »Sagen Sie mal, kann es sein, dass Sie zu den Beamten da draußen gehören?« Er zeigte auf zwei Uniformierte, die auf dem Hof standen.

»Ach, sieht man mir das an?«

»Wer vom Bürgermeister was geschenkt bekommt, wird schon wer Besonderes sein. Bei dem Aufmarsch von Polizei und Feuerwehr zähle ich mal eins und eins zusammen.«

Freisal nestelte eine Visitenkarte aus seiner Jackentasche und übergab sie dem Hausmeister. »Für den Fall der Fälle.«

Nachdem der Mann einen schnellen Blick auf die Karte geworfen hatte, sagte er: »Das hätten Sie mir auch vorhin sagen können, dann hätte ich Sie nicht unnötig belehrt.«

»Sie sind hier der Hausmeister, richtig?«

»Ja. Was ist denn da drüben passiert?«

»Ein Mann wurde erschossen. Ihre Kollegen drinnen wissen schon Bescheid. Es gab eine Rundmail vom Bürgermeister.«

»Die Kollegen, ja, die wissen natürlich immer alles vor mir. Sitzen den ganzen Tag vorm Rechner – läuft ja heute alles bloß noch über E-Mail.«

Freisal überlegte, ob das ein Vorwurf war – an wen auch immer gerichtet –, entschied sich aber dafür, das nicht auch noch ergründen zu müssen. Die Säuernis, die da beim Hausmeister mitschwang, überhörte er beflissentlich.

»Unsereins latscht sich die Schuhsohlen krumm«, fuhr der fort, »aber wenn man denkt, dass einer von denen mal zum Hörer greift und mich übers Handy informiert, ist man schief gewickelt.«

»Möglicherweise wurde aus Ihrem Gebäude heraus geschossen«, informierte Freisal den Mann. »Genaues wissen wir aber noch nicht.«

Der Hausmeister trat zur Seite. »Was?« Er hielt wieder die Tür auf. »Wird ja immer schöner – das muss ich doch wissen! Ich soll ja die Hintertür regelmäßig im Blick haben. Wenn ich gewusst hätte, dass es hier Mord und Totschlag gibt, hätte ich doch die Augen offen gehalten. Vielleicht wäre mir was aufgefallen.«

»Kann ja noch kommen.« Freisal deutete auf seine Visitenkarte, die der Mann in Grau immer noch in den Händen hielt. »Dann melden Sie sich bitte.«

»Wird doch immer schlimmer hier«, brummelte der Hausmeister vor sich hin.

»Wieso denn?«

»Merkwürdiges Publikum im Haus. Wird ständig aggressiver. Und jetzt ein Toter! Also, mich wundert gar nichts mehr.«

»Was ist mit dem Publikum hier? Ihr Chef hat da auch schon Andeutungen gemacht.«

»Hab erst neulich einen rausgeschmissen.« Der Hausmeister berichtete, dass es vor vier oder fünf Wochen im Gang des Bürgeramtes zu einem Tumult gekommen sei, weil ein junger Mann von einem wartenden Kunden dabei ertappt worden war, wie er mit dem Handy ungefragt Wartende filmte. Der Mann, der neben dem Filmer im Wartebereich saß und freie Sicht auf das Handy des Nachbarn hatte, schlug Alarm; er hatte gesehen, dass seine Frau, die am drei oder vier Meter entfernten Nummernautomaten stand, um eine Wartemarke zu ziehen, das Motiv war, genauer gesagt der herangezoomte Hintern, der in einer verdammt engen Jeans steckte. Da, so der Hausmeister weiter, habe es natürlich Zoff gegeben, weil der heimliche Filmer die Aufnahme nicht löschen wollte. »Dass es mit dem noch mal Ärger geben würde, war mir klar.«

»Ach? Sie kannten ihn?«

»Wer kennt den hier nicht. Der Akkordeonspieler von drüben, vor der Markthalle!«

»So?«

»Wieso, so?«

»Sie sprechen vom Toten!«

»Der Krzanowski? Der ist das? Tja, wie gesagt: Mich informiert hier ja keiner.«

»Und wie ist das ausgegangen mit der Filmerei?«, hakte Freisal nach.

»Bin da gleich hin und habe geschlichtet«, sagte der Hausmeister. »Die Aufnahme hat Krzanowski dann doch gelöscht – widerwillig, aber gelöscht. Damit gaben sich die Frau und der Mann zufrieden.«

Der Hausmeister berichtet weiter, dass er Krzanowski unmissverständlich zu verstehen gegeben habe, dass er beim nächsten Mal die Polizei rufen würde. »Filmen ist im Rathaus genehmigungspflichtig. Könnte ja jeder kommen!« Wie zur Rechtfertigung oder Entschuldigung oder einer So-gut-wie-Autorisierung habe Krzanowski dann einen Studentenausweis aus der Tasche gezogen und erklärt, dass er an einer Filmakademie eingeschrieben sei und »Laien-Darstellerinnen« suche und deshalb ganz gern »spontan die eine und andere Probeaufnahme« mache – ohne die Beteiligten vorher zu fragen. Das käme »unverfälschter und glaubwürdiger« rüber. Der Hausmeister berichtete, er habe Krzanowski gesagt, dass er davon nichts verstehe, davon aber auch nichts verstehen müsse; was Krzanowski aber begreifen solle, wäre, dass er ratzfatz das Haus zu verlassen habe und sich nie wieder beim Handyfilmen erwischen lassen solle.

»Können Sie sich erinnern, von welcher Filmakademie der Ausweis war?«, hakte Freisal nach.

Der Hausmeister kniff die Augen erneut zu Schlitzen zusammen, diesmal wohl, um sich besser konzentrieren zu können. Dann riss er sie wie vom Donner der Erkenntnis getroffen wieder auf und sagte: »Zelle! Hab ich mir wegen dem Ulli von der Abendschau gemerkt. Meine Frau findet den ja so sympathisch.«

Freisal reichte dem Hausmeister die Hand und bedankte sich. Er trat ins Freie, der Hausmeister nahm die Schwelle hinein ins Gebäude.

»Tss, tss, der Krzanowski – is' ja 'n Ding! Und keiner aus dem Haus ruft mal an und informiert mich.«

Er zog die Tür besonders nachdrücklich ins Schloss. Der Kommissar vernahm ein kontrollierendes Rütteln.

Hajo Freisal blickte zu seinen Kollegen in Uniform hinüber. Oh, oh, oh, dachte er – ihm schwante nichts Gutes. Die Polizisten standen nicht nur mitten auf dem Hof, sondern unmittelbar neben seinem MX-5. Das Dach des Wagens war geöffnet und im Fahrzeug saßen Murat und sein großer Bruder wie zwei begossene Pudel.

»Tag, Kollegen«, begrüßte Freisal die Uniformierten. Er kannte sie nicht persönlich, deshalb kramte er mit der freien Hand den Dienstausweis aus der Innentasche seiner Jacke. »Der Wagen gehört mir. Die Jungs da sind freiwillige Helfer des Sicherheitsdienstes.« Er reichte kollegial die Keksdose hinüber. »Bitteschön, greifen Sie zu.«

»Danke«, sagte der ältere der beiden Uniformierten, nahm sich von dem Gebäck, steckte es in den Mund und ließ es krachen.

»Etwas trocken«, bemerkte er.

»Behördenkekse«, witzelte Freisal.

Nach diesem wirklich nur ganz kurzen Warm-up kam er umgehend zur Sache – er hatte Hunger und wollte zurück zu Paschke in die Markthalle. »Ist was nicht in Ordnung?«

Der jüngere Polizist meldete sich zu Wort. »Die beiden behaupten, dass sie den Wagen im Auftrag der Kripo hergebracht hätten.«

»Korrekt. Wie gesagt: Der Wagen gehört mir.«

»Schon, aber der da« – er zeigte auf den großen Bruder – »fuhr mit eingeschalteter Rundumkennleuchte und Folgetonhorn.«

Freisal war das mobile Blaulicht längst aufgefallen, das vor der Windschutzscheibe mittig auf der Motorhaube stand und munter vor sich hin blitzte. Die zwei Balken auf den Schulterklappen des jungen Kollegen verrieten, dass er ein Schutzpolizist in Ausbildung war, genauer gesagt im dritten Ausbildungsjahr. Freisal ahnte, dass nun Geduld gefragt war. Sein Gegenüber wollte offensichtlich alles besonders korrekt machen. Geht auch in Ordnung, dachte er und hörte mit interessierter Miene zu.

»Zudem«, sagte der junge Kollege, »kann sich der Wagenlenker nicht ausweisen.«

»Ah, richtig!« Freisal stellte die Keksdose auf der Motorhaube ab und nestelte Murats Ausweis hervor. »Jetzt kann er – bitteschön!«

»Sie führen den Ausweis des Mannes bei sich?«

»Ich hatte ihn einbehalten. Als Pfand sozusagen.«

»Pfand? Wofür?«

»Für den Wagen.«

»Verstehe ich nicht.«

KHK Freisal klärte die Kollegen kurz und bündig darüber auf, wie es dazu gekommen war, dass Murat seinen Wagen fuhr. Er dachte schon, damit sei die Kuh vom Eis, aber der Polizeianwärter gab sich höchst motiviert, frisch erworbene Kenntnisse an den Mann zu bringen.

»StVO, § 38: Blaues Blinklicht zusammen mit dem Einsatzhorn darf nur verwendet werden, wenn höchste Eile geboten ist … um Menschenleben zu retten, schwere gesundheitliche Schäden abzuwenden, eine Gefahr für die öffentliche Sicherheit und Ordnung zu vereiteln … oder wenn bedeutende Sachwerte zu erhalten sind.«

Freisal nickte anerkennend.

Der junge Kollege legte nach: »Laut Bußgeldkatalog, laufende Nummer 134, handelt es sich um den Tatbestand der missbräuchlichen Verwendung eines blauen Blinklichts zusammen mit einem Einsatzhorn.«

»134?«, dachte Freisal laut. »Ach, ja …« Es schien ihm wie Schuppen von den Augen zu fallen. »Das macht unterm Strich zwanzig Euro, richtig?«

»Kommt darauf an.«

»Worauf?«

»Auf den Kontext. Also, wenn …«, der Kollege druckste herum, »… ähm … sagen wir mal … wenn die beiden das Blaulicht benutzt hätten, um zu flüchten oder …«

»Hätte, hätte, Herrentoilette!«, unterbrach ihn Freisal nun doch etwas unwirsch. »Die Jungs haben das Blaulicht benutzt, mehr ist nicht. Oder sind sie zu schnell gefahren?«

»Ist mir nicht bekannt.«

»Die Jungs fahren also mit Blaulicht und halten sich an die Höchstgeschwindigkeit? Das finde auch ich bemerkenswert.«

»Das verstehe ich jetzt auch nicht«, sagte der Polizeianwärter.

Freisal wandte sich dem älteren Kollegen zu, dessen Schulterklappen ein silberner Stern zierte. »Kollege Polizeiobermeister, mal kurz auf ein Wort … unter vier Augen, bitte.« Er nahm den immer noch auf Kekskrümeln kauenden Obermeister beiseite. »Also: Unser junge Kollege ist sehr eifrig bei der Sache, was ich gut finde, so grundsätzlich …«

»Aber?«

»Wir sollten die Kirche im Dorf lassen.«

»Wessen Kirche? Welches Dorf?«

Freisal senkte die Stimme, als er zu bedenken gab: »Jetzt mal unter uns Kollegen …«

»Stopp, stopp«, unterbrach ihn der Polizeiobermeister. »Sie sind zwar der Ranghöhere, aber ich kann das hier nicht einfach deckeln, falls Sie daran denken sollten. Alleine schon wegen des jungen Kollegen nicht. Er hat den Tatbestand einwandfrei identifiziert.«

»Wer spricht denn von deckeln? Wir könnten auf interne Klärung abheben. Das wäre nachvollziehbar und befände sich absolut im grünen Bereich.«

»Konkret?«

»Ich gebe zu Protokoll, dass ich dem Wagenlenker gesagt habe, dass er mit Blaulicht und Martinshorn Wegerecht geltend machen darf, um schnell hier sein zu können.«

»Das haben Sie? Zu mehr oder weniger Halbwüchsigen –

also einer Personengruppe, die Hauptverursacher von Unfällen ist? Kollege Kriminalhauptkommissar, Sie wissen so gut wie ich, dass insbesondere bei männlichen Wagenlenkern zwischen 18 und 25 Jahren oftmals das Dreidrittel-Syndrom zum Tragen kommt: Auto, Straße, Testosteron.«

Freisal schwieg. Bedeutungsvoll. Dann gab er zu bedenken: »Sie sagten eben ganz richtig oftmals, was ja nicht immer meint. Außerdem: Ich konnte mir die Leute doch nicht aussuchen. Um mich herum standen bis auf die Jungs nur grenzdebile Gaffer.«

»Aber mit welcher Begründung denn nun ausgerechnet das Wegerecht?«

»Gefahr im Verzug – immer noch StVO, immer noch § 38: Wenn flüchtige Personen zu verfolgen sind …«

»Der Wagenlenker hat eine flüchtige Person verfolgt?«

»Nein, nicht doch! Der Wagen musste deshalb schnell hierher gebracht werden, weil eine flüchtige Person vielleicht hätte verfolgt werden müssen.«

»Wie war das noch mal mit ›Hätte, hätte …‹? Den Witz verstehe ich im Übrigen gar nicht: Heißt das am Schluss nicht eigentlich Fahrradkette? Ich kapiere auch nicht, von welcher Person Sie sprechen, die Sie eventuell … möglicherweise … womöglich glaubten verfolgen zu müssen.«

»Der oder die Killer.«

Der Polizeiobermeister kaute wieder auf Krümeln herum. »Dünnes Eis«, nuschelte er.

»Wichtig ist, dass es trägt.«

»Da bin ich mir nicht so sicher.« Der Polizeiobermeister holte tief Luft. Er straffte sich. »Also, Kollege Kriminalhauptkommissar, wenn man jemanden verfolgen muss, nimmt man einen Streifenwagen oder konfisziert den nächstbesten Wagen eines Bürgers.«

»Als vorbeugende Maßnahme? Ich bitte Sie!«

»Vorbeugendes Wegerecht? – Ich bitte *Sie*! Wirklich dünnes Eis …«

Freisal legte den Kopf schräg und blickte dem Polizeiobermeister verständnisheischend in die Augen. Der sagte: »Ihr von den Sicherheitsdiensten, insbesondere von der Kripo, ihr leistet euch manchmal ein dreifaches S: schon schöne Schote.«

Freisal nickte ergeben. Lass den Kollegen das Duell gewinnen, appellierte er in Gedanken an die eigene Eitelkeit. Das ist doch vorhin ein eindeutiges Signal gewesen, das Sie-sind-zwar-der-Ranghöhere-Blabla zeugt von einem Minderwertigkeitskomplex gegenüber einem KHK. Lenke ein, du willst doch heute noch zu deinem Eisbein kommen. Er wusste, die Situation war eine Gratwanderung. Verdammte sozialpädagogische Allüren, dachte er. Dann aber auch wieder: Nein, es war schon richtig, Murat den Wagen holen zu lassen – eine sinnvolle Probe. Der Junge hatte sie letztlich bestanden. Der MX-5 stand auf einem Hof in Berlin-Moabit, nicht an der Grenze bei Frankfurt/Oder. Freisal sah sich Murat gegenüber in der Verantwortung: Er hätte ihn explizit davor warnen müssen, Hand an die Signaltechnik zu legen. Was würde passieren, wenn der Kollege Polizeiobermeister mauerte? Er beschloss, den Verständigen zu mimen, und brachte zwar mühsam, aber doch klar und deutlich über die Lippen: »Sie haben vollkommen recht.«

»Gut«, sagte der Polizeiobermeister. Er klang zufrieden. In gönnerhaftem Ton legte er nach: »Also: Unser junger Kollege wird zu dem Vorgang eine schriftliche Stellungnahme von Ihnen erbitten – alles Weitere folgt dann daraus.«

»Damit wäre der Wagenlenker ...«

»... aus der Nummer draußen, weil Sie persönlich die Verantwortung übernehmen.«

»Danke für Ihr Verständnis.« Freisal fiel ein Stein vom Herzen. Er hatte die ganze Zeit über an Murats Bewährung denken müssen.

Beide Schutzpolizisten schritten von dannen. Freisal ging zu seinem Wagen, nahm die Keksdose von der Motorhaube und öffnete die Fahrertür. Murat saß hinterm Steuer wie ein

Häufchen Elend. »Wenn du auch nur die kleinste krumme Nummer machst«, hatte seine Anwältin versucht ihm einzubläuen, »dann fährst du ein.«

»Mann, Mann, Mann«, sagte Freisal. »Du hast ja Nerven. Wer von euch ist bloß auf die beknackte Idee mit dem Blaulicht gekommen?«

»Ich«, gestand der Größere sofort. »Gibt das Ärger? Für Murat?« Er zeigte sich ernsthaft besorgt.

»Verantwortlich ist immer der, der den Wagen lenkt – klare Sache. Aber jetzt schaltet mal endlich die Lichtorgel aus«, wies Freisal die beiden an und zeigte auf das Rundumlicht auf der Haube.

»Ich Idiot«, sagte der Größere und gab sich selbst eine Kopfnuss. Er legte den Signalschalter am Armaturenbrett auf *off*. Mit der Linken langte er über die Windschutzscheibe. Er hob die Magnethalterung des Rundumlichts vom Blech und verstaute es im Wagen zu seinen Füßen.

»Ein Wunder, dass ihr nicht auch noch die Kelle geschwungen habt«, brummte Freisal.

»Kelle? Wo?«

»Handschuhfach.« Reflexartig streckte Murats Bruder die Hand aus. »Finger weg!«, knurrte Freisal.

»Sauer, Chef?«, fragte Murat. »Bewährung Problem?«

»Das kläre ich.«

Murat schwieg betreten und stieg aus dem Wagen. Freisal drängelte ihn unwirsch von Fahrertür weg und drückte ihm die Keksdose in die Hand. »Bitte entsorgen, vorschriftsmäßig, danke.«

Er ließ sich in den Sitz fallen, sodass der ohnehin tief liegende Sportwagen noch ein Stückchen weiter in die Knie ging. Mit der Rechten ließ er den Motor an, mit der Linken gab er Murat seinen Ausweis zurück. »Nicht dass wir den noch vergessen.« Murat und sein Bruder standen unbeholfen am Wagen. »Nun geht schon. Wie gesagt, ich bring das in Ordnung.«

»Danke, Chef«, sagte Murat. »Bruder wartet schon. In der Wiclef. Multikulti-Zentrum.«

Die beiden nahmen sich jeweils einen Keks, stellten die Dose neben Freisal auf den Sitz und setzten sich mit tänzelnden Schritten in Bewegung.

»Danke fürs Herbringen«, rief ihnen der Kommissar noch nach, kaum dass sie drei, vier Meter weit gekommen waren. Sie blieben stehen und drehten sich zu ihm um.

»Kein Problem, Chef. Wenn wir noch was tun können ...«

»Lass stecken, Chef«, äffte Freisal sie mürrisch nach.

Nachdem Freisal den MX-5 neben dem Fünfer-BMW abgestellt hatte, stieg er aus, schloss das Stoffdach und ging zur Markthalle hinüber. Wenig später trat er bei Paschke an den Tresen. »Mensch, hab ich jetzt Kohldampf«, sagte er. »Ich versuch's noch mal.«

»Jerne«, sagte Paschke und angelte das von Freisal angeschnittene Eisbein aus der Edelstahlwanne. »Hab mir übrijens den Blutfleck anjekiekt. Mann! Wer macht denn so wat?«

»Tja, das ist die Preisfrage schlechthin.«

»Keen Telefonjoker parat? Also, wenn man mir frajen tät ...«

»Rübe ab, aus die Maus?«

»Ick weeß, dit darfst du ja nich' mal denken.«

»Denken dürfte ich das, nur wollen wollte ich das nicht.«

»Wie ooch imma: Jar nich' so einfach, wa? Bist doch ooch eener von hier: Janz große Klappe und imma mittenmang.« Paschke brachte das Essen persönlich an den Stehtisch. »Aber wat een juter deutscher Beamter is' ...«

»Hör ich da Ironie?«

»Würd ick mir nie erlauben, Herr Kommissär. Jetzt hau mal rin – nich' dit dir da noch 'ne Leiche zwischenfunkt. Aber pass uff ...«

»... is' heiß, wie's sich's jehört, ich weiß.«

Gut fünfzehn Minuten später hatte Freisal das Eisbein verdrückt, und just in dem Moment, als er sich den Mund mit einer Serviette abwischte, trat Gutzeit an seinen Stehtisch.

»Dachte mir, dass ich Sie hier treffe.«

»'tschuldigung«, erwiderte Freisal, weil er im selben Moment rülpsen musste. »Zu schnell gegessen«, rechtfertigte er sich.

»Zu schnell oder zu fett?«

»Immer rein in offene Wunden, was?« Freisal kramte sein kleines chinesisches Büchlein hervor, schlug es auf und notierte, was er gerade verspeist hatte. »Jede große Reise beginnt mit einem kleinen Schritt«, sagte er versonnen. Er klappte das Notizbuch wieder zu, verstaute es und stieß ein weiteres Mal auf.

»Vielleicht das nächste Mal doch besser einen Salat?«

»Denkbar.«

»Tja ja, Menschen sind weniger veränderbar, als wir glauben«, sinnierte Gutzeit laut.

»So jung und schon fatalistisch?«

»Wissenschaft«, sagte Gutzeit. »Gallup-Studie.«

»Gall... was?«

»Die Gallup Strategy Consulting ist das international führende Meinungsforschungsinstitut mit Sitz in Washington, D.C.«

»Nie gehört.«

»Herr Freisal, nicht nur ein Claus kennt sich aus«, reimte Gutzeit.

»Heißt?«

»Ergebnisse unzähliger Umfragen, auch in Belangen von Mitarbeiter-Motivation. Nicht Dienstwagen, höheres Gehalt und mehr Urlaub sind primär gefragt, sondern ...«

»Na, nun mal raus mit der Sprache – scheint Ihnen ja wichtig zu sein.«

»... die gute Beziehung zum Chef bringt's.«

»Und was hat das nun mit uns zu tun?« Freisal lächelte provokativ.

»Gegenfrage: Kann es sein, dass Sie sich gerade darüber ärgern, das Eisbein gegessen zu haben, und jetzt einen Blitzableiter benötigen?«

»Unsinn!«, polterte Freisal und schlug mit der flachen Hand auf den Stehtisch, dass er nur so wackelte.

»Ich verstehe ...«, konstatierte Gutzeit. »Nun kommen Sie mal wieder zu sich! Was kann ich für Ihre Essgewohnheiten?!«

»Gutzeit ...«

»Ja?«

»... Ihr nicht übertriebener Respekt vor Ihren Vorgesetzten ...«

»Ich höre.«

»... hat was.« Er rang sich ein Lächeln ab.

»Ganz Ihre Schule.«

Stimmt, dachte Freisal. Vor zwei Jahren war Gutzeit nach Abschluss der Polizei-Akademie ihm zur Seite gestellt worden, um – wie er sie damals begrüßt hatte – »die Untiefen der Praxis« kennenzulernen.

Er tauschte seinen leeren Teller bei Paschke gegen zwei volle Tassen Espresso ein. Paschke empfahl: »Nach 'n Eisbeen musste 'n Wodka kippen. Is' jut für die Verdauung.«

»Lass stecken.« Freisal winkte ab. »Bin erstens im Dienst und zweitens abstinent.« Er nahm die Espressotassen und trug sie an den Stehtisch hinüber.

»Gibt's neue Erkenntnisse?«, fragte er Gutzeit, während er die Tassen abstellte und eine seiner Kollegin hinüberschob.

Yasmine Gutzeit nippte erst einmal am Espresso, dann berichtete sie: »Habe mit ein paar Händlern gesprochen, natürlich auch mit Paschke. Der Musiker war zwar bekannt, den meisten aber nur vom Sehen – oder, natürlich, auch vom Hören. Er soll acht Stunden vor der Halle gesessen und musiziert haben.«

»Ja, schlimm!«

»Sie wissen mehr?«

»Haben Sie Krzanowski nie spielen gehört?«

»Nein. Die zwei- oder dreimal, die ich bisher mit Ihnen zusammen hier war, stand sein Akkordeon immer verwaist vor dem Stuhl.«

»Dann wird er wohl Pause gemacht haben. Geht ja auch nicht anders: acht Stunden Gerumpel – hintereinander, ohne Unterbrechung ... also, das wäre wohl auch für den Abgebrühtesten zu viel des Schlechten.«

»So wird's wohl gewesen sein. Pause, meine ich. Bei Fritz

Walthers Flosse, vierter Gang links. Krzanowski hat auf Fischbrötchen gestanden.«

»Hm … Fischbrötchen? Gibt's bei Paschke auch.«

»Paschke hat Krzanowski nicht sonderlich gemocht. Er sagte mir, er habe nicht mit ihm plaudern wollen – Krzanowski aber mit ihm.«

»Warum hat Paschke nicht mit Krzanowski plaudern wollen? Paschke redet doch mit jedem.«

»Der sei ihm zu anstrengend gewesen. Er habe seine Deutschkenntnisse verbessern wollen.«

»Na, da war er bei Paschke ja an der richtigen Adresse«, stellte Freisal ironisch fest.

»Krzanowski habe unzählige Fragen zur deutschen Aussprache gestellt.«

»Sagt Paschke?«

»Nein, jetzt Flosse … ähm, Walther.«

»Was hat Walther davon, wenn ihm jemand wie Krzanowski das Ohr abknabbert?«

»Einen neuen Stammkunden.«

»Verstehe. Also, wenn Walther mit Krzanowski gut konnte, weiß er möglicherweise auch, wo sich der Mann vor und nach seinem Musikmachen herumtrieb. Krzanowski musste doch spätestens zum Schlafen …«

»Wer Walther fragt, weiß mehr.«

»Sagt Walther?«

»Sage ich.«

»Konkret, bitte!«

»Wohnmobil, alter Fiat, Ducato-Alcoven. Immer morgens, wenn Walther seine Ware in die Halle schleppte, sah er Krzanowski ›mit der Rostlaube‹ einparken.«

»Sagen Sie nicht, das Fahrzeug steht …«

»Unmittelbar vor der Markthalle.«

Freisal dachte kurz nach. »Okay. Wenn Krzanowski hier einparkte …« Mit herausforderndem Blick spielte er den Ball zu Gutzeit hinüber.

»… dann musste er woanders auch ausgeparkt haben, ist schon klar«, vervollständigte die den naheliegenden Gedanken.

»Hat er vielleicht in einer Seitenstraße campiert?«

»Unwahrscheinlich, Parkraumbewirtschaftung. Das Ordnungsamt ist dafür bekannt, um Falschparker herumzuschwirren wie die Motte ums Licht.«

»Sagt auch Walther?«

»Nein, das sagt jetzt Paschke. Also«, kombinierte Gutzeit, »Krzanowski wird mit seinem Wohnmobil auf einem Platz für Camper untergekommen sein.«

»Mitten in der Stadt? Ich meine, der wird doch nicht Tag für Tag aus dem Speckgürtel angereist sein.«

»Das haben wir gleich«, sagte Gutzeit. Sie holte ihr Smartphone hervor, dann wischte und tippte sie auf dem Touchscreen herum.

»Aha. Gar nicht weit weg von hier, genauer gesagt in der Chausseestraße 82, gibt es eine sogenannte Reisemobilstation.«

»Klingt nach Tankstelle.«

»Ist aber ein Stellplatz, speziell für Caravans.«

»Nie gehört.«

»Warum auch? Sie und Ihr Zweisitzer …«, merkte Gutzeit schnippisch an.

Freisal überhörte die Spitze. Kann ja nicht auf jeden Spruch reagieren, dachte er.

»Zack!«, sagte Gutzeit. »Schon bin ich auf der Webseite des Stellplatzes. Also, die schreiben hier, dass sie sich in der unmittelbaren Nähe diverser Geschäfte des täglichen Bedarfs wie Supermarkt, Bäcker, Fleischer, Friseur, Imbisse und eine Pizzeria befänden. Da ließe es sich aushalten, schreiben die weiter.«

»Chausseestraße«, sagte Freisal. »Ich fahre da vorbei, ist ja ein Katzensprung.«

»Über die Perleberger, stimmt.«

»Zehn Minuten?«

»Nicht mit dem Auto.«

»Stimmt auch wieder: Berufsverkehr.« Freisal blickte auf seine Armbanduhr. Zwischenzeitlich war es 15.30 Uhr geworden. »Stau-Stau«, murmelte er den selbst ersonnenen Superlativ vor sich hin. »Spätestens ab drei degenerieren Fahrzeuge in Mitte zu Stehzeugen. Uneffektiv.«

»Ausgenommen, man fährt ...«

»... eine Suzuki, hab schon verstanden.«

»Wir sehen uns im Präsidium?«, vergewisserte sich Gutzeit.

»Ja. Vorher noch etwas: Waren Sie schon bei den Pächtern der Halle hier?«

»Nein«, antwortete Gutzeit. »Hab ich für Sie übriggelassen.«

»Und noch was: Krzanowski soll mit einem Studentenausweis einer Filmakademie Zelle im Rathaus unterwegs gewesen sein und dort versucht haben, mit dem Handy Leute zu filmen. Ist aber erst auf- und dann hinausgeflogen. Ich hab in Erinnerung, dass die SpuSi zwar den Pass von Krzanowski erwähnte, aber sonst nichts, oder?«

Gutzeit zuckte die Schultern. »Von mehr weiß ich auch nicht. Die SpuSi wird doch nicht vergessen haben ...« Sie zückte ihr Smartphone, wischte und tippte. »Das haben wir gleich.« Sie schaltete den Lautsprecher ein, damit Freisal mithören konnte.

»Kollegin, na, hören Sie mal!«, schnarrte es hörbar empört aus dem Gerät. »Bloß weil wir uns bei Auftritten an Fundorten mit weißen Overalls verkleiden, sollte man uns nicht mit einer Laienspielgruppe verwechseln. Wenn da mehr Papiere gewesen wären, hätten wir Ihnen das natürlich umgehend mitgeteilt. Ansonsten haben wir zu tun, schön' Tag noch!« Damit war die Leitung gekappt.

»Wie ist der denn drauf!?« Gutzeit runzelte die Stirn.

»Vermutlich als Kind zu wenig *Sesamstraße* geguckt. Sonst wüsste er, dass es keine dummen Fragen gibt, sondern nur bescheuerte Antworten.« Freisal dachte nach; er tippte sich dabei mit dem rechten Zeigefinger ans Kinn. »Gutzeit, checken

Sie mal eben, wo sich diese Akademie befindet, und notieren Sie das – danke.«

»Mach ich«, sagte sie und googelte die Filmakademie Zelle. Nebenbei stichelte sie: »Hätten Sie eigentlich nicht Anspruch auf ein Dienstsmartphone?«

»Hätte … hätte, Herrentoilette! Natürlich hab auch ich so 'n Ding, liegt im Präsidium, originalverpackt. Ist mir zu kompliziert, das Teil. Das Handy genügt mir – in der Regel. Jetzt ist's die Ausnahme. Also, bitte … wo bleibt die Info?!«

»Is' ja schon gut, war nur eine Frage. Sind ja beinahe so übellaunig wie der Kollege von der SpuSi.«

»Bin halt verärgert.«

»Über mich?«

»Über mich: Das Eisbein eben hätte …«

Gutzeit nickte verständnisvoll.

»Mein schlechtes Gewissen muss Sie nicht belasten – es gehört ganz alleine mir.«

»Kein Widerspruch«, konstatierte Gutzeit und notierte Adresse und Telefonnummer der Filmschule in ihren kleinen Notizblock. »Katzensprung«, bemerkte sie. »Schultheiss-Brauerei. Ums Eck an der Stromstraße. Schlage vor, ich klopfe da mal gleich an, bevor ich in die Chausseestraße fahre. Dann können Sie schon mal die Pächter befragen. Okay?«

Freisal nickte; einverstanden, so grundsätzlich. »Aber checken Sie erst mal, ob da jetzt überhaupt jemand da ist; nicht dass Sie hinlatschen und dann wie 'n Ochse vorm verschlossenen Scheunentor stehen.«

Er bemerkte, dass die Hose zwickte. Auch seine Jacke empfand er plötzlich als unangenehm stramm am Körper liegend. Während Gutzeit die Nummer der Akademie wählte, fasste sich Freisal unwillkürlich ans Knie. Es schmerzte. Gibt's eigentlich Dienst-Rollatoren?, fragt er sich und musste grinsen. Solange Schmunzeln über sich selbst noch möglich ist, ist Hopfen und Malz nicht verloren, dachte er und löffelte den mit Espresso getränkten Zucker.

Gutzeit signalisierte mit der freien Hand, dass sie jemanden am Hörer hatte. Freisal ging zum Tresen hinüber und stellte beide Tassen darauf ab.

»Sag mal, Paschke, wer managt denn hier eigentlich die Halle? Wie heißt der Pächter?«

»Die Hensels«, antworte Paschke. »Dit sind nich' bloß Pächter. Den' jehört dit Janze. Haben jeerbt, soweit ick weeß. Aber janz umjängliche Leute, keene neureichen Schnösel. Dit Büro find'ste im erst'n Stock. Is' über die Bremer zujänglich. Wat willst'n da?«

»Vielleicht wissen die mehr über den Musikus.«

»Na ja, immahin ham sie dem Polaken jestattet, draußen rumzutröten.«

»Polake? Hast du was gegen unsere Nachbarn?«

»Komm mir keener so! Ick meen ja nur – Jott hab ihn selig –, dit mir der Knilch jewaltig uff'n Keks jejangen is'. Im Hochsomma, wenn alle Tür'n uffsteh'n, hat man den sein Rumjekaspa bis hier drinne jehört.«

»Verstehe«, sagte Freisal und zahlte. Wie beiläufig fragte er: »Mal was anderes, kennst du dich auch mit Salaten aus?«

»Haste uff eenmal wat jegen meen Eisbeen?«

»Ach, vergiss es, Paschke«, sagte Freisal. Er nahm das Wechselgeld entgegen. Dann pfiff er wie gedankenverloren *Rosamunde*. Aber so schief, wie er dabei grinste, war klar, dass es sich um einen vorsätzlichen Akt von Gehässigkeit handelte.

»Hör bloß uff. Ick kann's nich' mehr hör'n!«

»Wir geh'n dann mal«, sagte Freisal.

»Besser is' et«, brummte Paschke. »Macht's mal jut.«

»Paschke, das machen wir.«

Gutzeit hob den Daumen als Zeichen dafür, dass sie ihren Besuch in der Akademie hatte ankündigen können. Freisal kam zu ihr herüber. »Und?«

Gutzeit berichtete, dass sie mit dem Inhaber der Akademie

gesprochen hatte. Zelle mit Vornamen Christof und mit dem Abendschau-Ulli weder verwandt noch verschwägert, nicht einmal bekannt. Von Hause aus Kameramann, war Zelle selber einst Student an der Münchener Filmhochschule gewesen und hatte vor Jahren für eine ARTE-Tierdoku den Grimme-Preis bekommen. Er sei Spezialist für Filmaufnahmen bei Tierdokus. Keine einfache Sache, man benötige Geduld und vor allem einen unentdeckten Standort, habe Zelle frei nach dem Motto Klappern gehört zum Handwerk ungefragt kundgetan, vermutlich in der Annahme, mit der Anruferin eine potenzielle Bewerberin um einen Platz für den nächsten Studiendurchlauf an der Strippe zu haben.

Nachdem Gutzeit seinen Redeschwall unterbrochen und den Anlass ihres Anrufs klargestellt hatte, habe Zelle schwer zu atmen begonnen – und sei sofort bereit gewesen, mit der Polizei über Krzanowski zu reden.

»Gut«, sagte Freisal. »Wir treffen uns dann im Präsidium, oder, wenn's länger dauern sollte, telefonieren wir.« Er hob seinen rechten Arm zum Gruß und machte sich auf zum Ausgang Arminiusstraße, der zwischenzeitlich von der SpuSi wieder freigegeben worden war.

»Machen wir«, rief ihm Gutzeit in den Rücken und ging in die entgegengesetzte Richtung durch den breiten Mittelgang zum Ausgang Bugenhagenstraße, rechts entlang zur Stromstraße und zur Schultheiss-Brauerei. Alles in allem würde es ein Spaziergang von knapp drei Minuten werden.

Als Gutzeit die Akademie Zelle betrat, war sie erstaunt. Die Filmschule bestand nur aus einem etwa fünfzig Quadratmeter großen Raum, in dessen Zentrum ein großer runder Tisch stand. Eine Tür ging von dem Raum ab. *Fundus* stand mit dickem Filzer auf einem A4-Papier, das als Türschild fungierte. Etwas abseits drückte sich der Schreibtisch von Zelle wie verschämt an die Wand. Genau genommen war das einzige Indiz dafür, dass man sich in einer Filmschule befand, der uralte riesige Scheinwerfer, der, umfunktioniert zur Hängeleuchte, unmittelbar über dem Tisch von der Decke baumelte.

Gutzeit reichte Zelle zur Begrüßung die Hand und stellte sich und ihr Anliegen vor. Ihr fiel auf, dass sein Händedruck weich war – unangenehm weich, als fasse sie in Watte. Nicht sonderlich appetitlich war sein Jackett anzusehen: Schuppen auf den Schulterpolstern. Sein mittellanges, dunkelbraunes, scheinbar fettiges Haar lag streng nach hinten gekämmt, es war mit einem Schießgummi zu einem Pferdeschwanz gebunden. Zelle war eine schlacksige Erscheinung und relativ hochgewachsen. Die hippe schwarze Hornbrille sollte vermutlich dokumentieren, dass man es mit einem Künstler zu tun hatte. Wie nebenbei ließ Gutzeit ihren Blick durch den weiß getünchten, sachlich gestalteten Raum schweifen.

Auf die »unaufgeregte Atmosphäre hier« angesprochen, erläuterte Zelle, dass man in der Akademie die Theorie, das heißt die Grundlagen des Handwerks erlerne. Nebenan gäbe es noch einen kleinen Raum für Kostüme und Kleinrequisiten. Ansonsten lenke ganz bewusst kein Ambiente der Marke »Jeden Moment kommt Johnny Depp um die Ecke« vom Studieren ab. Bei den praktischen Übungen allerdings wäre es schon wichtig, »das Filmemachen zu fühlen, zu riechen, zu schmecken«. Dies würden die Kooperationspartner in Film- und Tonstudios ermöglichen.

»Aber auch die Sets vor der eigenen Tür.« Womit er den Innenhof der ehemaligen Brauerei meinte. »Oder aber das Sudhaus, das einstige Kesselhaus der Brauerei. Mit seinen polierten Kupferkesseln ist es eine begehrte Kulisse bei den Studenten«, sagte Zelle. »Es stehen dort gerade Aufnahmen an, weshalb sich unser Lehrraum als Leerraum darstellt«, witzelte er, wohl um bei der Ermittlerin nicht den Eindruck aufkommen lassen, seine »Akademie« wäre ein potemkinsches Dorf kurz vor der Pleite.

Nachdem beide sich an den Tisch gesetzt hatten, kam Gutzeit zur Sache: »Studenten, gut ... Also, der Krzanowski, der studierte hier ... eigentlich was?«

»Wir bieten Ausbildungen in drei Sparten: Kamera, Regie, Szenenbild. Krzanowski war für Kamera eingeschrieben.«

»Und, wie machte er sich so?«

»Ein schwieriger Typ. Er schwänzte drei Tage in der Woche die Vorlesungen. Sagte, er müsse seinen Lebensunterhalt als Musiker verdienen.«

»Und wo?«

»Als Pianist beim Grips-Theater.«

»Wunschdenken?«

»Warum?«

»Krzanowski spielte Akkordeon, und zwar vor der Markthalle in der Arminiusstraße.«

»Das wusste ich nicht. Hätte ich mir aber denken können. Der Mann war ein Spinner!«

»Ein hartes Wort«, stellte Gutzeit fest.

Zelle legte beide Hände aufs Gesicht, dann rieb er sich angestrengt die Augen. »Im Vertrauen gesagt: Ich habe Krzanowski nur aufgenommen, weil ich den Kurs sonst nicht voll bekommen hätte. Ein hartes Geschäft, die Aus- und Weiterbildungsbranche. Manchmal muss man Kröten schlucken.«

»Aber warum Spinner?«, hakte Gutzeit nach.

Zelle berichtete, dass Krzanowski beim Auswahlgespräch erklärt habe, »das künstlerische Erbe von David Hamilton« antreten zu wollen; ja, auch er wollte erklärterweise Filme schaffen, die im Auge des Betrachters an »die Schönheit der Bilder eines Raffael« erinnerten. Er habe von »harter Kost mit weicher Optik« gesprochen und damit Erotik-Thriller gemeint, die wären, Krzanowskis Meinung nach, schwer im Kommen. Hardcore-Krimis, in denen die Darstellung von Mordexzessen dominierte, seien »Schnee von gestern«.

»Stimmt das denn?«, wollte Gutzeit wissen. »Dachte, Schweden- und Norwegen-Krimis liegen nach wie vor vorne – und da geht's ja nicht gerade zimperlich zu.«

»Keine Ahnung, wie Krzanowski zu seiner Einschätzung gekommen ist. Mir ist auch unklar, was das überhaupt sein soll: Erotik-Thriller.«

»Sie erwähnten Raffael«, konstatierte Gutzeit. »Das war doch …« Sie dachte nach.

»Italienischer Maler des 15. Jahrhunderts; galt als Meister harmonischer Bildkomposition, berühmt für seine zuckersüßen Madonnenbilder.«

»Richtig«, erinnerte sich Gutzeit. »Aber wer ist David Hamilton?«

Zelle zog die Stirn kraus. Im Singsang eines routinierten Referenten erläuterte er: »David Hamilton, britischer Kunstfotograf: Ende der Siebziger letzten Jahrhunderts wurde er berühmt mit Filmen wie *Bilitis*: Junge Mädchen, genauer gesagt Minderjährige, werden in schwelgenden Landschaften leicht bekleidet oder nackt abgelichtet. Das Wesentliche aber war, dass Hamilton vor seine Objektive Weichzeichner setzte. Tatsächlich entstand so eine Bildsprache, die an Gemälde von Raffael erinnerte.«

»Minderjährige? Nackt? Kinderpornografie?«, wollte Gutzeit wissen.

»Der Vorwurf Softporno stand damals tatsächlich im Raum«,

erwiderte Zelle. »Ist aber von keinem Gericht bestätigt worden. In der Branche liefen die Streifen unter Kitsch – nicht mehr, nicht weniger. Hamilton selbst meinte, er habe auf Bildern die Schönheit junger Nymphen festhalten wollen, die selbst überrascht würden von der Faszination Sinnlichkeit in ihrer Pubertät.«

»Ach was?«, kommentierte Gutzeit ironisch. »Klingt nach Pädophilie, wenn Sie mich fragen. Werde ich mir näher anschauen, falls es notwendig werden sollte. Dass Krzanowski so einem Filmemacher nacheiferte, machte ihn schon zum Spinner?«

»Bei einem unserer letzten Gespräche habe ich ihn gefragt, was für ein Thema sein Kurzfilm für die Abschlussarbeit haben würde. Er sagte – halten Sie sich fest! –, er wolle einen Nachruf auf Hamilton produzieren. Unter Mitwirkung von auf minderjährig geschminkten Kommilitoninnen.«

»Wo wäre da das Problem?«, fragte Gutzeit.

»Hamilton lebt noch – er ist knapp über achtzig.«

»Nachruf auf einen Lebenden?«

»Spinner, sag ich doch.«

»Hm.« Gutzeit überlegte, ob es möglicherweise eine gar nicht so unoriginelle Idee wäre, einen Nachruf auf einen lebenden Pädophilen zu produzieren. Als Statement. Aber das hatte nicht wirklich mit dem zu hinterfragenden Sachverhalt zu tun. Sie konzentrierte sich wieder auf das Wesentliche.

»Am Telefon sagten Sie, dass Sie Krzanowski nach nur zwei Monaten hinausgeworfen haben. Warum?«

»Einerseits hatte sich eine Nachrückerin gemeldet, die seinen Platz einnehmen konnte, andererseits … Na ja, es gab Beschwerden über ihn. Aus der Regieklasse. Er sei Studentinnen heimlich gefolgt, geradezu nachgeschlichen. Ob Supermarkt, Biergarten oder Diskothek, Krzanowski habe an ihnen gehangen wie eine Klette. Er soll auch vor Damentoiletten nicht Halt gemacht haben.«

»Ich fass es nicht!«

»Kommt noch besser: alles mit laufender Handykamera.«

»Krzanowski ein Stalker?«, fragte Gutzeit. »Aber was sollte das Filmen?«

»Ich habe ihn darauf angesprochen. Er sagte, er verstünde die Aufregung nicht, und verteidigte sich allen Ernstes mit dem Argument, dass er in Vorbereitung auf seinen Nachruf die Natürlichkeit weiblicher Bewegungsabläufe studieren wolle. Und das ginge am besten, wenn die Frauen nicht wüssten, dass sie gefilmt werden.«

»Auf der Damentoilette? Krass!«

»Ist Stalking mittlerweile nicht ein Straftatbestand?«, fragte Zelle.

»Paragraf 238, Nachstellung«, erläuterte Gutzeit.

»Hätte ich Krzanowski anzeigen müssen?«

»Nein. Stalking wie im vorliegenden Fall wird nur auf Antrag des Opfers verfolgt. Da hätten die Frauen selbst zur Polizei gehen müssen.«

»Glaube nicht, dass sie das wollten«, meinte Zelle. »Gut, dass der Wichser weg ist, haben sie gesagt, als ich sie informierte, dass ich Krzanowski vor die Tür gesetzt hatte.«

»Hatte er wenigstens die Studiengebühr bezahlt?«, wollte Gutzeit wissen. »Immerhin rund viertausend Euro, steht auf Ihrer Webseite. Und als Straßenmusiker ...«

»Ich hatte mich mit einer Anzahlung von fünfundzwanzig Prozent begnügt und für den Rest Ratenzahlung vereinbart. Das ist üblich.«

»Tausend Euro hat er also hingelegt. Woher hatte Krzanowski das Geld? Vor der Markthalle wird's ihm kaum zugeflogen sein.«

»Keine Ahnung.«

»Gibt's staatliche Fördermöglichkeiten?«

»Für unsere Kurse hätte Krzanowski einen sogenannten Prämiengutschein bekommen können. Dafür hätte er jedoch nachweisen müssen, dass sein zu versteuerndes Jahreseinkommen nicht fünfundzwanzigtausend Euro übersteigt.«

»Wäre doch bestimmt machbar gewesen«, vermutete Gutzeit.

»*Versteuertes* Einkommen«, wiederholte Zelle. »Aber wie gesagt, zu seiner finanziellen Situation kann ich nichts sagen.«

»Danke.« Gutzeit reichte Zelle die Hand. »Ich gehe der Einfachheit halber davon aus, dass Krzanowski hier bei uns keine Steuern gezahlt hat. Aber noch was: Können Sie etwas zum persönlichen Umfeld des Opfers sagen? Hatte er Freunde in Berlin?«

»Schwer vorstellbar.«

»Warum?«

»Meines Wissens lebte er in einem Wohnmobil – alleine. Der Wagen stand im Hof, wenn er zum Unterricht kam. Wohl ein überzeugter Einzelgänger. Da scheinen soziale Umfelder von Hause aus eher überschaubar, oder?«

»Vielleicht. Nochmals danke.«

Nachdem Freisal die Markthalle über die Arminiusstraße verlassen hatte und zur Bremer Straße gegangen war, betrat er den ums Eck liegenden Eingang zu einem relativ engen Treppenhaus. Er stieg schnaufend die Stiegen hoch zum Büro der Hallen-Eigentümer: Sylvia und Haiko Hensel.

Er traf Haiko Hensel an, einen Enddreißiger in Jeans und dunkelgrauem Jackett mit weinrotem Seidenschal.

Jetzt saß ihm Hensel in einer Sitzgruppe von drei weißen Cocktailsesseln gegenüber.

»Danke, dass Sie sich Zeit nehmen«, eröffnete Freisal und erläuterte den Grund seines Besuchs.

»Ja, unfassbar!« Haiko Hensel hatte natürlich längst vom Toten vor seiner Tür gehört und zeigte sich betroffen. Aber bevor der Kommissar auf das Opfer zu sprechen kam, wollte er erst einmal mehr über die Markthalle wissen – »als Geschäftsmodell«, wie er sagte. Während Hensel zu erzählen begann, blickte sich der Kommissar im Büro um. Er mochte das mediterrane Flair, eine Atmosphäre von Leichtigkeit. Die Wände waren in Terrakotta gehalten, die Bodenfliesen cremefarben und das Mobiliar bestand bis auf die ledernen Sitzgelegenheiten aus hellem Holz. Im Raum gab es keine Ecke und kein Fensterbrett, die nicht mit Pflanzen dekoriert war.

Nachdem Hensel erzählt hatte, dass seine Frau und er die Halle vor gut einem Jahr übernommen hatten, stellte Freisal fest: »Sie lieben es grün, nicht wahr?«

»Pflanzen strahlen Ruhe aus. Und sie sind schön anzusehen.«

»Wie die Palmen in der Halle«, sagte Freisal. »Wirklich beeindruckend.«

»Danke. Man muss was tun, um sich abzusetzen vom Umfeld. Phoenix canariensis: kurzer Stamm, Wedel federförmig, Höhe drei Meter.«

»Nicht billig, oder?«

»Miete 150 Euro pro Woche – pro Exemplar.«

»Macht aber was her.«

Hensel fühlte sich geschmeichelt und erklärte, dass ihm die Gestaltung der Halle besonders am Herzen läge. »Als Impresario sozusagen«, sagte er. Seine Frau sei indes die eigentliche Managerin. Als Betriebswirtin habe sie es mehr mit den Zahlen als er. Auf die Nachfrage hin, dass die Unternehmung sicherlich nicht »aus der Portokasse« zu bezahlen sei, sondern hohe Investitionskosten mit sich gebracht habe, berichtete Hensel frank und frei, dass seine Frau das Projekt »knallhart durchkalkuliert« habe und er ohne ihren Sachverstand schon lange vor der Neueröffnung die Segel gestrichen hätte. Es schwang Stolz mit, dass sie beide das geschafft hatten. »Was da auf einmal an Auflagen im Raume stand – allein schon von Seiten des Denkmalschutzes!«

»Der ist hier sehr streng, ja?«

»In Moabit werden sogar Einschusslöcher aus dem Zweiten Weltkrieg geschützt.«

»Sie meinen die Rathausfassade?«

»Man kann's auch übertreiben, oder?«

»Da kenne ich mich nicht aus.« Freisal hielt sich bedeckt; seine persönliche Meinung zur Rathausfront, die mit Hensels Wahrnehmung konform ging, tat nichts zur Sache. Er hatte in vielen Jahren Ermittlungsarbeit gelernt, dass Verbrüderungsversuche mit zu Befragenden einem Ermittler, wenn es denn hart auf hart kam und beispielsweise ein anfangs harmloser Zeuge zum Verdächtigen mutierte, alles andere als weiterhalfen. »Sagen Sie, Herr Hensel, habe ich das richtig verstanden: Sie selber sind kein Kaufmann – eher Impresario?«

»Ich hab mal Theaterwissenschaften studiert. Wie's im Leben so kommen kann ...« Das hatte jetzt nicht unglücklich geklungen, dachte Freisal. Die Begründung folgte auf dem Fuße: »Es ist eine schöne Herausforderung, Kunst und Kultur an Orten zu initiieren, an denen man es vielleicht gar nicht für möglich hält. Die Markthalle ist eine besondere Perle. Wir hängen sehr an ihr.«

»Trägt sich das Geschäft schon? Bei Ihren Investitionen, meine ich. Man sagt doch, dass man erst nach drei Jahren wirklich übern Berg sei.«

»Rechnen müssen wir nach wie vor.« Hensel überlegte kurz, schob dann nach: »Sehen Sie, die Markthalle dient ja primär dazu, Geld gegen Güter zu tauschen – also erst mal eine rein zweckorientierte Dimension.«

»Soll heißen?«

»An einem bestimmten Punkt kommt auch der Impresario ins Spiel.«

»Mehraufwand?«

»Naturgemäß. Denn die spannende Frage ist, ob und wie weit sich die zweckorientierte Dimension erweitern lässt. Um, sagen wir mal, eine neue Sinnebene. Kunden sollen mit Freude und Neugierde herkommen, sie dürfen gerne auch länger verweilen – sollen aber, bitteschön, auch wiederkommen. Alles in allem auch eine Frage des Wohlfühlens.«

»Wohlfühlen? Klingt ja beinahe schon altruistisch«, merkte Freisal an.

»Das wäre übertrieben«, erwiderte Hensel. »Aber mir geht es tatsächlich auch um den Kiez. Um Kunst und Kultur.«

»Sie sagen mir – und Ihrer Frau?«

»Für Sylvia steht das Ökonomische im Vordergrund, aber das ist auch richtig so. Da ergänzen wir uns, um die Qualität zu erreichen, die uns vorschwebt.«

»Qualität – heutzutage ein Gummibegriff, oder?«

»D'accord: Qualität kommt gleich nach ›Bio‹ und ›umweltfreundlich‹. Aber für uns ist – jetzt wieder so ein Begriff – auch Nachhaltigkeit tatsächlich nicht nur ein Schlagwort. Mir ist es lieber, wenn die Kunden regelmäßig wenig Gutes als kurzfristig viel Schlechtes konsumieren. Das Erstere hat im Gegensatz zum Letzteren auch langfristig Bestand: ökonomisch, ökologisch, sozial.«

»Aber gibt es nicht auch Leute, die regelmäßig viel vom Guten konsumieren wollen?«

»Die Leute, von denen Sie sprechen, verfügen über eine entsprechende Kaufkraft. Die wohnen aber nicht hier im Kiez.« Hensel führte aus, dass seine Frau und er dennoch von Anfang an vom Image eines »Billigheimers oder gar einer Ramschhalle« weg gewollt hatten: »Keine Plastikpullover aus Fernost, kein Flaschenbier am Imbisstresen, keine Pornohefte unterm Ladentisch. Stattdessen regionale Waren«, erklärte er selbstbewusst. »Feinkost, Fleisch- und Fischwaren, Käse- und Milchprodukte, Gemüse, Obst, Gewürze, auch Blumen, bis hin zum Bier aus einer Hausbrauerei. Alles immer frisch, weil kurze Lieferwege!« Zum Portfolio, so Hensel weiter, würden aber auch Kunsthandwerker gehören, die Schmuck, Gemälde und Fotografien anböten. Und alles das »in gepflegter Atmosphäre.«

Tatsächlich gerierte sich die Halle angenehm aufgeräumt, fand Freisal, nicht zuletzt, und das war ein zentrales Thema im Bezirk, was die Sauberkeit betraf: Die Moabiter Markthalle präsentierte sich als eine eigene, hübsch herausgeputzte Welt. Vergleichsweise. Freisal dachte an die ungepflegten Straßenzüge in der unmittelbaren Nachbarschaft. Da nahmen sich seiner Wahrnehmung nach auch vereinzelte Aktivitäten von Bewohner kaum mehr als rührend aus, wenn sie die Erde um den ein oder anderen Baum im Frühjahr mit Stiefmütterchen, im Sommer mit Sonnenblumen bestückten. Bunt bemalte Stromkästen sollten farbenfrohe Kontrapunkte gegen das Moabiter Grau setzen. Aber mehr als Tropfen auf heiße Steine bewirkten diese Privatinitiativen in der Gesamtheit des verlotterten Erscheinungsbildes kaum. Oder hatte Freisal nur verlernt, auch kleine Schritte zu würdigen? Vielleicht.

In der Markthalle, erläuterte Hensel weiter, sollten die Menschen sich angenommen fühlen. »Von daher spielt auch Kultur eine wichtige Rolle.« Im Mittelgang, zwischen edlen

Weinen auf der einen und der Espresso-Bar auf der anderen Seite, habe man ein Podest als Bühne und ein Klavier aufgestellt – »für Konzerte jedweden Stils«.

»Jeder kann da rauf?«

»Nichts muss perfekt sein, aber wer hier auftritt, der sollte wissen, was er tut – und das mit Herzblut. Ein Geigenquartett der Musikschule ist mir lieber als ein abgehalfterter Barpianist.«

»Ah, hier spielen Schüler der Musikschule? Dann kennen Sie auch Frieder Noll?«

»Sicher. Ein sehr engagierter Mann.«

»Also, Herr Hensel, wenn ich das mit dem Niveau jetzt richtig verstanden habe, dann war Krzanowski da von vornherein aus dem Rennen, oder?«

»Ja, er beherrschte sein Instrument nicht. Vollkommen unambitioniert.«

»Das sagt Noll auch: unambitioniert.«

»Ja, ohne Ambition ist alles nichts.«

»Dennoch haben Sie Krzanowski vor der Halle spielen lassen?«

»Meine Frau wollte das so, und sie hatte ja auch recht damit.«

»Womit?«

»Bestandsschutz.« Freisal verstand nicht. »Sehen Sie, Krzanowski war vor uns hier. Wir wollten die Sache behutsam angehen und nicht gleich die erstbeste Nase, die uns nicht passt, vom Hof jagen. Krzanowski schien irgendwie zum Kiez dazuzugehören – die Leute mochten ihn ja trotz alledem.«

»Trotz ...?«

»Geklimper, ja. Anders formuliert: Niemand übernimmt eine alteingesessene Kneipe und streicht als Erstes die Wände weiß. Überhastete Aktionen können Altkunden verprellen.«

»Aber wenn Krzanowski als Musiker schon keine Leuchte war, taugte er denn, sagen wir, menschlich etwas? Sie mussten ja mit ihm auskommen. Wir wissen, dass er den Kontakt zu Händlern gesucht hat, um über Gespräche besser Deutsch zu lernen.«

»So? Klingt vernünftig. Aber ansonsten kann ich dazu nichts sagen. Ich kannte Krzanowski nicht näher. Ja, gut, ich habe ihn dann und wann bei Flosse stehen sehen, aus der Ferne. Wir haben uns immer freundlich von Weitem gegrüßt, das war's auch schon.«

»Krzanowski war nicht sauer auf Sie?«

»Warum hätte er das sein sollen?«

»Na ja, weil Sie ihn nicht auf die Bühne ließen.«

»Ach so, nein. Er hat diesbezüglich nie angefragt. Ich vermute mal, der Mann hatte eine gesunde Selbsteinschätzung – gibt ja ganz andere Straßenmusiker in der Stadt. Ausgebildete Konzertgeiger. Ich meine, in manchen Fußgängerzonen können Sie virtuos gespielte Suiten hören! Ich denke, der Krzanowski hatte mit seinem Herumdilettieren eine Masche gefunden, um sich die Butter aufs Brot zu verdienen.«

»Scheint so, ja. Das Publikum warf ihm bei allem Nichtkönnen immerhin Bares in die Mütze.«

»Ich weiß. Sie auch?«

»Ähm … ja.«

»Und warum?«

»Nun ja …«

»Wegen der Musik?«

»Weniger.«

»Mitleid?«

»Hm …«

»Sehen Sie!«

Freisal bedankte sich bei Hensel, dass er sich Zeit für das Gespräch genommen hatte. Er stemmte sich mühevoll aus dem Sessel hoch und philosophierte für einen Moment still über den Trend zu tief liegender Sitzgelegenheiten. Oder die eigene körperliche Unbeweglichkeit.

Als er im Treppenhaus stand, drehte sich der Kommissar

noch einmal um und fragte: »Wann könnte ich mal Ihre Frau sprechen?«

»Eigentlich jederzeit, aber sie wird Ihnen auch nicht mehr sagen können«, antwortete Hensel.

»Routine. Kripo-Standard, alle Seiten gehört zu haben.«

»Natürlich.« Aber heute, so Hensel, sei seine Frau den ganzen Tag unterwegs. »Sie ist hier die kaufmännische Leiterin und hat von daher öfter Außentermine.« Sie sei erst beim Finanzamt, dann mit der Hausbank verabredet.

»Gut, dann versuche ich's ein andermal«, sagte Freisal und schritt gemächlich die Stufen hinab. Mir scheint, dachte er, heute gehe ich besonders viele Stufen bergauf, bergab … und ich befürchte, es werden nicht die letzten gewesen sein.

»Meine Frau ist erst beim Finanzamt, dann mit der Hausbank verabredet«, hatte Haiko Hensel gesagt – und es offenbar nicht besser gewusst. Vor ungefähr drei Stunden hatte sich Sylvia Hensel mit den Worten von ihm verabschiedet, dass sie sich nach den Terminen beim Finanzamt und bei der Bank »noch mit dem Steuerberater« treffe.

Das war gelogen. Sylvia Hensel, mit ihren fünfunddreißig Jahren knapp fünf Jahre jünger als ihr Mann, hatte sich aufgemacht in den nicht jugendfreien Teil ihres seit Jahren andauernden Doppellebens.

Dass sie einen »Außentermin« hatte, stimmte zwar, jedoch hatte der »Steuerberater« nicht die Bohne mit der Halle zu tun. »Steuerberater« war der Nickname eines gut gebauten Mannes Ende zwanzig mit blonder Mähne, der bei der Agentur JoyBoy unter Vertrag stand. Außerhalb der virtuellen Welt war »Steuerberater« unter dem Künstlernamen Simba real zu erleben, so erläuterte die Agentur ihren Neu- und Bestandskundinnen auf ihrer Webseite. Er stünde ihnen »hautnah wie zur absolut freien Verfügung«; ein »erfahrener und einfühlsamer Outdoor-Spezialist – auch für gewagtere Spiele«: *Simba hat eine Schwäche für Nala. Wollen Sie seine Nala sein?*

So weit die unterschwellige Rhetorik der Werbeansprache von JoyBoy, gedacht als Einstieg in ein überschwelliges Spiel namens Publicsex. Die Namen Simba und Nala waren im Übrigen keine eigenen Kreationen, sondern aus Disneys *Der König der Löwen* abgekupfert. Möglicherweise sollte so das Animalische der Offerte betont werden. Auch der weitere Text unter der Überschrift »Dein König der Löwen« war von der Musical-Ankündigung der Hamburger Stage Entertainment GmbH inspiriert, besser gesagt plagiiert: »In der Öffentlichkeit Berlins, in der die Tiere im Herrschaftsbereich von

Mufasa, dem König der Löwen, in purer Lust am Dasein zusammenleben, wächst das kleine Löwenjunge Simba auf. Sein Übermut und seine Ungeduld, endlich groß und erwachsen zu werden, spornen Simba zu Mutproben und gewagten Ausflügen mit seiner Freundin, der jungen Löwin Nala, an.«

Nun mochte sich das im Kontext von Publicsex vielleicht etwas kindisch ausnehmen, dennoch muss festgestellt werden, dass die Nachfrage nach Simba vergleichsweise groß war. Das wiederum mochte an den Keywords, die potenzielle Nalas zu decodieren wussten, gelegen haben: »Übermut«, »Ungeduld«, »Mutprobe« und »Ausflüge«. Medienberichten über Publicsex in Berlin zufolge war das Wort »Ausflüge« ein Synonym für »Sex an öffentlichen Orten«. Dass auch die Reihenfolge der verwendeten Wörter einen verschlüsselten Sinn ergab, nämlich der Abfolge der Kontaktaufnahme mit Simba entsprach, schien dagegen wohl doch eher Zufall zu sein: »Melde dich«, »Vereinbare einen Termin«, »Triff dich«, »Genieße es«.

Simba war im richtigen Leben Fitnesstrainer in einem Sportstudio und hieß Wolfgang; sein bürgerlicher Name aber war den Nalas nicht bekannt, weil er ausschließlich unter seinem Künstlernamen in Erscheinung trat. Seinen makellosen Körper vermarktete er ausnahmslos über JoyBoy, und er konnte ausschließlich von Frauen gebucht werden. Männer, die versuchten, an ihn heranzukommen, indem sie sich bei JoyBoy mit falschen Identitäten in den Kundinnenbereich einschmuggelten, hatten schlechte Karten. JoyBoy war ein hochprofessioneller Agenturbetrieb. »Women only!« leuchtete nicht umsonst von jeder Seite der Website. Darüber hinaus war das virtuelle Herzstück der Agentur mit einem Siegel vom TÜV Saarland versehen. Datenschutz war JoyBoy wichtig. Ebenso die persönliche Sicherheit der Kundinnen sowie der von der Agentur betreuten JoyBoys. Unter der Rubrik »Philosophie« hieß es auf der Website: »Diskretion ist unser erstes Gebot. Wir sind uns bewusst, dass unser Angebot gewissen gesellschaftlichen Vorbehalten gegenübersteht. Aber dass sich deine Fantasie frei entfalten kann, ist uns Motivation und Anliegen zugleich. Sollte doch einmal etwas nicht zu deiner Zufriedenheit sein, finden wir eine Lösung – mit der du leben können wirst, als wäre nichts geschehen.«

Zum Ersttreffen mit Neu-Nalas wurde Simba stets von einem Leibwächter chauffiert. Sollte sich herausstellen, dass hinter einer Petra ein Peter steckte, der »schon lange davon geträumt« hatte, mit Simba einen »Ausflug« zu machen, würde Peter schmerzhaft auf den sinnbildlichen Teppich geholt, was in der Regel das harte Erdreich eines versiegelten Parkwegs war. Für Helge, der sich als Helga ausgegeben hatte, endete der »Ausflug« mit einem Aufenthalt im Krankenhaus. Und der echte Christian landete als falsche Christine mit dreifachem Kieferbruch auf der Intensiv, weil er in Verkennung der Lage Simbas Chauffeur überreden wollte, Simba wenigstens »einmal anfassen« zu dürfen.

Das Portfolio von JoyBoy selbst kannte keinen Chauffeursdienst mit in Nahkampf geschulten Fahrern für die bei der Agentur unter Vertrag stehenden Steuerberater, Theaterintendanten, Jumbopiloten und so weiter. Es wurde mit einem Kooperationspartner, der unweit der polnischen Grenze seine Zentrale hatte und in Berlin eine Dependance betrieb, »vertraulich zusammengearbeitet«. Das schien notwendig, weil es zwischen Anbieter und Nachfrager auf dem Markt der käuflichen Liebe immer wieder, wie Simba sagen würde, »zu unschönen Missverständnissen« kam. Möglicherweise war die Ursache, dass Callboys ihre Dienste in der Regel Männern anboten. Simba und seine Kollegen stellten eine Ausnahme dar, als sie, wie die Agentur warb, »auf Frauen geeicht« waren. Simba sei, so die Agentur, zudem »der wahre König der Löwen«, was vermutlich nicht als Abgrenzung zu Mufasa, dem eigentlichen King in Disneys Löwenreich, gedacht war, sondern vielleicht einfach nur als Bild dafür stehen sollte, dass Wolfgang, wenn denn gewünscht, sehr unerschrocken zur Sache ging.

Über die Jahre hatte Wolfgang alias Simba seine persönlichen Lieblingsorte gefunden, als da waren die Aussichtsplattform auf dem Berliner Fernsehturm mit seinen dreihundertachtundsechzig Metern Höhe, aber auch das Dach des Treptowers mit immerhin noch einhundertfünfundzwanzig Metern. Quickie mit Ausblick – eine unbeschreibliche Erfahrung, dachte Simba oft nach vollzogenem Akt.

Sylvia Hensel empfand da wie er. Wäre sie eine nicht schwindelfreie Nala gewesen, die beim Höhensex in kontraerotischen Diss-Sress geriet, hätte Simba selbstverständlich eine Alternative parat gehabt. »Eine traumhafte, obschon nur siebenundvierzig Meter hoch liegende Location«: die Kuppel des Reichstags. Wegen der strengen Kontrollen am und im Gebäude stellte sich dieser Ort als ein ganz besonderes Wagnis dar, wenn man nicht erwischt werden wollte. »Wirklich eine Herausforderung«, auch für einen Routinier wie Simba.

Obschon Simba mit dem Alleinstellungsmerkmal »Höhensex« allein auf weiter Flur stand, arbeitete er nur nebenbei bei JoyBoy. Er wurde zwar drei- bis viermal pro Woche gebucht, doch machte das seinen, wie er sagte, »Broterwerb als Six-Pack-Trainer« nicht überflüssig. Eine Tatsache, die insofern nicht wundern musste, als eine Untersuchung der *Neuen Zürcher Zeitung* herausgefunden haben will, dass die Tätigkeit eines Callboys keine »Vollzeitstelle« sei, weil es einfach zu wenige Frauen gäbe, die deren Dienste in Anspruch nähmen. Das Problem dabei sei, so die Zeitung, hausgemacht, weil das Gros der männlichen Prostituierten nicht einmal in der Lage sei, eine »ansprechende Anzeige« aufzusetzen oder in »geeigneter Weise« auf Frauen zuzugehen. Es genüge eben nicht, tausendundeine Sexualtechnik wie im Schlaf zu beherrschen. »Das Anschmeißen des Lustmotors bei einer Frau ist keine Aufgabe aus dem Bereich der KFZ-Mechanik.« Unterm Strich bestünde der »Mann für gewisse Stunden« wohl eher als Fiktion, wie im gleichnamigen Spielfilm mit Richard Gere; das Bild des »einfühlsamen wie gebildeten, omnipotenten wie fantasievollen Liebhabers zur Miete« sei eher »Mythos als Realität«. In Berlin sollten der Schätzung einer Beratungsstelle für weibliche wie männliche Prostituierte nach rund sechshundert Callboys am Start sein. Davon wiederum verdinge sich nur ein Dutzend »exklusiv« beim weiblichen Geschlecht. Und dieses Dutzend stünde bei einer Agentur namens JoyBoy unter Vertrag.

Ein Dutzend? Immerhin!, würde Sylvia Hensel sagen. Davon genügt mir ein Zwölftel, nämlich Simba – der Löwe, der zu mir passt.

Just in dem Moment, als KHK Freisal Haiko Hensel besucht hatte, war Sylvia Nala Hensel mit ihrem König der Löwen verabredet und Simbas Vorschlag gefolgt, sich in der Lobby des Hotel Park Inn zu treffen, um auf der Dachterrasse in rund hundertfünfzig Metern Höhe auf spezielle Art und Weise den Ausblick zu genießen.

Sylvia Hensels Lust am Risiko, beim Publicsex entdeckt zu werden, ohne entdeckt zu werden, hatte nichts zu tun mit einer wie auch immer gearteten Freude am Auffliegen oder zumindest mit einer Gleichgültigkeit gegenüber dem Entdecktwerden bei sexuellen Handlungen. *Bild online* sprach, vielleicht etwas missverständlich, von »öffentlichem Sex«, als handele es sich um ein staatlich subventioniertes Freizeitprogramm. Die *B.Z.* titelte »Sexspiele mitten im Tiergarten« und lieferte gleich eine Art Akzeptanzanalyse mit: »Berliner empört.« Es folgte ein Text, der sich wie ein Observationsprotokoll las: »Bremer Weg im Tiergarten, 15.03 Uhr. 280 Meter entfernt von der Siegessäule nehmen sich zwei Männer in die Arme, küssen sich, ziehen sich aus. Dann haben sie Sex – vor den Augen von Spaziergängern, Joggern, Fahrradfahrern.«

Der innenpolitische Sprecher der Berliner CDU wurde zu dem Aufreger zitiert, dass »solche« Sexspiele im Tiergarten »gestoppt« gehörten. Warum er nur von »solchen« Spielen, nämlich denen unter Männern, sprach, blieb unklar; dem Gleichbehandlungsgrundsatz gemäß hätte es ihm um Sexspiele generell gehen müssen. Der zuständige Ordnungsstadtrat, zum Sachverhalt befragt, gab zu Protokoll: »Anzeigen gegen die Männer gab es bislang nicht, daher sehen wir noch keinen Handlungsbedarf. Ich betone aber, dass Grünanlagen eine andere Zweckbestimmung haben.« Die *B.Z.* weiter: »Neben dem Anblick von Männern, die sich öffentlich befriedigen, kritisieren Spaziergänger auch, dass benutzte Kondome und Kondomverpackungen auf den Parkwegen zurückbleiben.«

Hartmut Stahl vom Grünflächenamt Mitte verriet dem *Kurier* aus berufenem Munde nicht nur am Rande, sondern mit entsprechendem Sendungsbewusstsein: »Wir müssen den Bereich zweimal am Tag säubern. Das ist das Maximum dessen, was wir nach Einsparungen im Bezirk noch leisten können.« War das eine Kritik an den Haushältern im Bezirk? »Na was denn sonst!«, hätte Stahl auf Nachfrage geantwortet. »Dank der Schwulen im Park kann ich endlich öffentlichkeitswirksam darauf hinweisen, dass Berlin seine Bediensteten knechtet. Wird gespart, bis es quietscht – und das alles nur, um einem Phantomflughafen nachzujagen. Steuergelder werden versenkt und keiner, nicht mal der Regierende, kann oder möchte erklären, wann, wie und warum das Geld wo versickert.« Für Stahl war nicht erst seit gestern der BER zum fiskalischen BERmuda-Dreieck mutiert.

Die Aussage des Ordnungsstadtrats, dass keine Anzeigen vorlägen, bezog sich vermutlich auf besagte »Männer im Tiergarten«; berlinweit waren entsprechende Verfahren, unabhängig von sexuellen Präferenzen, durchaus anhängig: rund zweihundertfünfzig an der Zahl, und jedes einzelne firmierte unter »Erregung öffentlichen Ärgernisses«.

Knallten bei den Delinquenten die Sexualhormone durch? Oder ging es frei nach der uralten Parole »legal, illegal, scheißegal« schlicht und ergreifend um Provokation? Wohl schwer, jedenfalls nicht abschließend zu beantworten. Fakt indes schien der *B.Z.* zufolge, dass unter Heteros vornehmlich die Reitstellung praktiziert wurde, was die Überwachungskameras vor dem Reichstag, aber auch Videomitschnitte aus der U-Bahn und YouTube-Videos dokumentierten.

Gerade bei den ganz jungen Leuten war da ein Exhibitionismus auszumachen, den Sylvia Nala Hensel überhaupt nicht teilte, nicht teilen durfte! Natürlich musste ihr daran gelegen sein, nicht gesehen zu werden. Alles anderes wäre einem G.A.U. gleichgekommen – sie als Geschäftsfrau! Schließlich betrieb sie mit ihrem Mann ja nicht irgendeinen Kiosk ums Eck, sondern managte eine der letzten vollständig erhaltenen historischen Markthallen Berlins. Weit über die Bezirksgrenzen hinaus waren die Hensels bekannt geworden und gehörten mittlerweile zum handverlesenen Personenkreis der AG Wirtschaftsförderung des Senats. Das schmeichelte ihnen natürlich, nicht zuletzt wegen der ständigen Anfragen von Journalisten, die über das »neue Konzept der Markthalle« berichten wollten. Der Kehrseite der Medaille war sich Sylvia Hensel natürlich auch bewusst: Sie stand in gewissem Sinne unter öffentlicher Beobachtung, und es wäre nicht auszudenken, was geschehen würde, wenn bestimmte Medienvertreter von Nala erführen. Da waren in letzter Zeit schon ganz andere Leute für bei weitem weniger schlüpfrige Sachverhalte wie unsaubere Doktorarbeiten oder Autofahren mit besoffenem Kopf abgeschossen worden.

Die C- oder zumindest doch D-Prominenz der Hensels in Berlin rührte im Übrigen auch daher, dass sie kurz nach Neu-Eröffnung der Arminiusmarkthalle den mit 10.000 Euro dotierten Innovationspreis Berlin-Brandenburg gewonnen hatten. In der Laudatio hieß es: »In Moabit wird mit der neuen alten Markthalle der innovative wie integrative Gedanke lebendig, einen Handelsplatz auch zum soziokulturellen Treffpunkt zu profilieren – und das alles für und mit einer auf Toleranz und Respekt rekurrierenden Vielvölker-Kiezkultur.«

Vor diesem Hintergrund bestand die »Beziehung« Nalas zu Simba. Dass die Sache, wenn da mal was schiefliefe, keine rein private Angelegenheit von Sylvia Hensel bleiben könnte, lag auf der Hand. Um dieses Risiko auszuschließen, hätte Nala Simba Lebewohl sagen müssen.

Aber wer kann schon aus seiner Haut?, dachte Sylvia Hensel oft. Sie jedenfalls konnte es nicht. Im Büro hing über ihrem Schreibtisch nicht zufällig eine Postkarte, die sie von Simba zu ihrem Fünfunddreißigsten vor ein paar Monaten bekommen hatte. Darauf stand in weißen Lettern auf weinrotem Grund: »No Risk, no Fun!«

Hajo Freisal stand vor den verschlossenen Toren des Rathaushinterhofs und kam nicht an seinen MX-5 heran. Er ging ums Gebäude herum, um es über den Haupteingang am Mathilde-Jacob-Platz zu versuchen.

Im Foyer des Rathauses trat er zu der verglasten Pförtnerloge. Niemand war zu sehen. Auf sein Klopfen hin kam ein gemütlicher älterer Herr in Strickjacke aus einem hinteren, nicht einsehbaren Raum geschlurft.

»Guten Tag. Möchte zum Hausmeister«, sprach Freisal in das runde, geöffnete Fensterchen der Glasfront.

»Is' ganz schlecht«, sagte der Mann.

»Mag sein, dennoch – es ist wichtig.«

»Der Hausmeister ist nicht mehr da. Hat Feierabend.«

Freisal schaute auf seine Armbanduhr. Der Stundenzeiger stand auf vier. Vom LKA-Gebäude an der Keithstraße wusste er, dass Hausmeister gerne schon in aller Herrgottsfrühe ihr Tagwerk begannen, um entsprechend früh nach Hause gehen zu können.

»Ich habe meinen Wagen …«

»… auf dem Hof geparkt?«

»Genau.«

»Is' ganz schlecht.«

»Wer kann denn sonst das Tor aufschließen?«

»Is' …«

»… ganz schlecht, ich weiß.« Auch Freisals Geduld war endlich. Er zückte seinen Dienstausweis und klatschte ihn an die Scheibe. Ohne Hast setzte sich der Pförtner eine an einer dünnen Kordel um den Hals baumelnde Lesebrille auf die Nase und studierte das Dokument gründlich.

»Ach so …«

»Wie, ach so?«

»Ich mein', da könnt' ja jeder kommen …«

»Na, das wäre dann aber …«

»… ganz schlecht. Aber in Ihrem Fall …«

»Wäre freundlich.«

Während der Pförtner – »dann hole ich mal den Schlüssel« – in den Nebenraum verschwand, machte sich Freisal schon auf den Weg zum unweit gelegenen Hintereingang. Ihm fielen zwei große Pflanzen auf, die an der Wand standen. Die Hensels sind überall, dachte er gut gelaunt. Zwei Farne flankierten eine etwa drei Mal vier Meter große Gedenkinschrift: *Zu Ehren der Opfer des Nationalsozialismus. Sie haben für uns gelitten, damit wir in Freiheit leben können.* Das Blattwerk wies einen seltsam grauen Schimmer auf. Das befeuerte Freisals Neugierde: Er trat näher an das Grün heran, aber letztlich musste er die Pflanzen nicht berühren, um zu begreifen, dass sie ein Fake waren. Das Grau, das er für Staub gehalten hatte, war schlichtweg verblasste Farbe. Plastikblumen zu Ehren der Opfer? Schön war anders! Wenn das Hensel sehen würde …

Als Freisal kurz darauf mit seinem Wagen vom Hof rollte, bedankte er sich beim Pförtner, indem er seine rechte Hand an die Schiebermütze legte. Der Pförtner, der das Tor für ihn aufhielt, lugte verstohlen ins Wageninnere. Möglicherweise fand er, dass der Kommissar etwas beengt saß. Freisal selbst hingegen empfand den Platz im MX-5 als ausreichend und komfortabel. »Was für ein Halt im Schalensitz«, schwärmte er den Kollegen in der Kantine vor. »Ihr in euren Daimlers und BMWs rutscht doch auf den breiten Sesseln in der erstbesten Kurve hilflos hin und her.«

»Also, mein Mercedes hat Sportsitze«, hatte ihm Kriminalrat Claus erst neulich widersprochen. »Mir scheint, ich muss auf fünf erhöhen.«

»Was?«

»Vorurteile.«

KHK Freisal steuerte zur Stromstraße und bog wenig später nach links in die Altonaer Straße ein. Das LKA 1, Delikte am Menschen, in der Keithstraße lag nur gute drei Kilometer von der Markthalle entfernt; er würde seiner Erfahrung nach rund sieben Minuten benötigen. Eigentlich. Jedoch nicht nachmittags, aktuell würde es wohl das Doppelte an Zeit dauern, mindestens. Ab der Atonaer Straße floss der Verkehr gen Großer Stern erwartungsgemäß zäh, das heißt die ausgewiesene Höchstgeschwindigkeit von 50 km/h blieb Wunschdenken, mehr als vierzig waren nicht drin. Egal, Hauptsache, es rollt, dachte Freisal, aber kaum gedacht, schon gebremst. Zeit genug, Gutzeit anzurufen und schon mal zu hören, ob es neue Erkenntnisse gab. Er steckte sich den Knopf ins Ohr.

Gutzeit ging ran. »Ja?«

»Bin unterwegs zum Präsidium«, informierte Freisal. »Was gibt's von Zelle zu berichten, was von den Campern?«

»Bingo!«, rief Gutzeit. Sie klang sehr zufrieden.

»Bingo? Na, dann dekodieren Sie mal, damit ich Ihre Freude nachvollziehen kann.«

Yasmine Gutzeit hatte just ihre Befragungen beendet und stand unmittelbar vor dem Campingplatz, auf dem Trottoir der Chausseestraße, wo sie die Suzuki geparkt hatte. Der Verkehr lärmte immens und sie brüllte ins Handy: »Also, Befragung Zelle. Hamilton-Fan, verhinderter Filmer, fleißiger Stalker.« Bezüglich der Camper fasste sie zusammen: »Auch hier ist Krzanowski bekannt!«

»Heißt?«

»Hausverbot – seit letzter Woche!«

»Mal wieder Frauen nachgestellt und erwischt worden, wie er dabei filmte?«

»Nein, er hat gedealt.«

»Womit?«

»Navis – um die hundert Euro pro Stück.«

»Wann war das genau?«

»Noch vor seinem Rausschmiss bei Zelle.«

»Vielleicht wollte er sich das Studiengeld verdienen?«

»Oder die Produktionskosten für den Nachruf auf Hamilton.« Freisal verstand nur Bahnhof, aber Gutzeit redete schon weiter. »Interessant ist auch Folgendes: Krzanowski war wohl bei den Campern nicht sehr beliebt; seine Bemühungen, Beziehungen aufzubauen, waren gescheitert. Bei Krzanowski, hat mir ein Camper erzählt, hätte man immer das Gefühl gehabt, dass da das dicke Ende noch nachkommt, wenn man sich zu sehr auf ihn einlässt. Ein Typ der Sorte ›Reichst du ihm den kleinen Finger, nimmt er die ganze Hand‹, sagt ein anderer Camper. Also, der Krzanowski ...«

Es rauschte in Freisals Telefon; Gutzeit klang zunehmend abgehackt. »Mistempfang«, fluchte er. »Verstehe ... Sie ... schlecht. Hallo? Hören Sie ...?«

»Im Präsidium mehr!«

»Was?«

»Prä-si-di-um!«

Die Leitung brach endgültig zusammen. Freisal riss sich den Knopf aus dem Ohr.

Kurz vor dem Großen Stern kam der Verkehr endgültig ins Stocken: Aus nicht offensichtlichen Gründen war die vom Kreisverkehr abgehende Hofjägerallee dicht. Nichts ging mehr. Er stand geschlagene zehn Minuten. Vormittags, als Freisal auf der entgegengesetzten Fahrbahn der Hofjägerallee, also vom LKA kommend, in Richtung Kriminalgericht Moabit unterwegs gewesen war, war alles noch im Lot gewesen. Er runzelte die Stirn – wohl auch darüber, dass in Berlin immer irgendwo und irgendwie im öffentlichen Raum geschraubt, gehämmert und gestrichen wurde, ohne dass man die Bürger vorher darüber informierte. Dann kam wieder Bewegung ins Spiel. Er trommelte mit den Fingern aufs Lenkrad und kuppelte genervt im Stop-and-go-Modus. Mehr vor Langweile als aus Notwendigkeit schaute er in den linken Seitenspiegel und zog eine neidvolle Grimasse: Hinter sich beobachtete er einen Motorradfahrer, der sich geschickt an der Reihe der wartenden PKW vorbeischlängelte. Das Krad näherte sich dem MX-5 und hielt in Höhe der Fahrertür. Erst in diesem Moment realisierte Freisal, dass es sich nicht um einen Motorradfahrer, sondern um eine Motorradfahrerin handelte. Gutzeit schob das Visier hoch.

»Immer noch nicht weiter?« Ihre Augen funkelten vor Schadenfreude. »Als wir telefonierten, stand ich noch in der Chausseestraße. Sie hatten ein paar Kilometer Vorsprung.«

»Kein Kommentar. Wie's aussieht, wird's heute nichts mehr.«

»Präsidium passé?«

»Sie sehen doch selbst ...«

»Ist nicht so einfach – mit 'nem Auto, meine ich.«

»Hübsch gehässig.«

»Frau tut, was Frau kann.«

»Lassen wir's für heute gut sein. Bringt nichts. Was soll's auch? Tötungsdelikte werden selten an einem Tag aufgeklärt. Morgen sehen wir weiter.«

»Wie Sie meinen«, sagte Gutzeit. »Viel Spaß noch – und immer schön nach vorne gucken.«

Sie schob das Visier hinunter, gab Gas und schlängelte sich weiter an der Kolonne vorbei.

Zwanzig Minuten später passierte Freisal den Großen Stern. Im Kreisverkehr nahm er die Ausfahrt Straße des 17. Juni. Sicherlich, das war ein Umweg in Richtung Kreuzberg, wo er wohnte, und es lief auch nicht wie geschmiert, aber es lief.

An der Kreuzung Ebertstraße angelangt, bog er rechts ab. »Mann, Mann, Mann«, brummte er. Seine Wohnung, Chamissoplatz, nahe Mehringdamm Ecke Gneisenaustraße, genauer gesagt zwischen Arndtstraße und Willibald-Alexis-Straße, lag rund vier Kilometer, das hieß: zehn Autominuten entfernt. Überschaubar, dachte Freisal, was sich denn auch bestätigen sollte.

Eigentlich hatte Hajo Freisal erst übermorgen seinen zweiten Termin. Eine innere Stimme sagte ihm aber, dass es gut wäre, jetzt schon mal bei Dr. Balsam vorbeizuschauen; vielleicht hatte sie Zeit. Das Eisbein lag ihm zwar nicht mehr quer im Magen, dafür aber schwer auf der Seele.

Nachdem er den Wagen nahe seinem Wohnhaus in der Arndtstraße geparkt hatte, ging er über die Nostitz- in die Bergmannstraße. Dann stand er vor der Praxis und spähte verstohlen durchs Schaufenster. Nicht dass da gerade ein Kurs läuft oder so, dachte er. Dem war nicht so. Freisal sah Dr. Balsam an ihrem Schreibtisch sitzen. Sie las in einem Buch.

Er trat, begleitet vom Geräusch des Türglöckchens, ein. Dr. Balsam schaute vom Buch auf und begrüßte ihn mit freundlichem Lächeln. Freisal lächelte etwas gequält zurück.

»Lassen Sie mich raten, Sie wollen Ihren Termin übermorgen absagen.«

»Wie kommen Sie denn darauf? Nein, das will ich nicht.«

»Gut! Vor Ihnen war nämlich ein Klient hier, der eine, sagen wir mal, längere Anlaufzeit benötigt, sich aufs Abspecken einzulassen. Er hat seine Sitzung abgesagt.« Dr. Balsam zuckte mit den Schultern. »Aber so komme ich endlich dazu, die Nase in ein Buch zu stecken, das nichts mit dem Beruf zu tun hat.«

»Das ist jetzt aber betont positiv gedacht, nicht wahr? Immerhin werden Ihnen die Einnahmen fehlen.«

»Das stimmt. Aber hören Sie mal«, sagte Dr. Balsam und las begeistert vor: »Es ist töricht, sich im Kummer die Haare zu raufen, denn noch niemals ist Kahlköpfigkeit ein Mittel gegen Probleme gewesen.« Sie kicherte und ihre Fröhlichkeit steckte Freisal an. Er spürte, dass ihm Dr. Balsams Heiterkeit gut tat. Balsam … der Name war Programm.

»Chinesische Weisheit?«, fragte er.

»Mark Twain für Boshafte«, sagte sie. »Ein erbauliches Büchlein.« Freisal schmunzelte. Dr. Balsam klappte das Buch zu. Nach einer kurzen Pause sagte sie: »Was führt Sie heute schon zu mir?«

Freisal nahm Platz und ließ ohne herumzudrucksen die Katze aus dem Sack. »Genau genommen ist mir heute nicht zu

Scherzen zumute.« Er nestelte sein Esstagebuch hervor und schob es ihr hinüber. »Mein Buch ist nicht so amüsant wie Ihres.«

Dr. Balsam las die Einträge. Freisal war überrascht, dass sie mit einem Lob begann. »Kompliment, dass Sie tatsächlich alles aufschreiben!« Er nickte stumm. »Warum so geknickt?«, fuhr sie fort. »Wer nicht weiß, wohin er will, der darf sich nicht wundern, wenn er ganz woanders ankommt.« Mit dem Zeigefinger tippte sie auf das Twain-Buch. »Steht auch hier drin. Und Sie wissen, wo Sie hin wollen. Also, bitte! Sehen Sie, das Sichvergewissern über ein Symptom ist der Anfang der Beseitigung desselben. Wenn ich das richtig sehe, hatten Sie vor dem Eisbein in der Kantine schon gegessen. Und zwischendurch gab's Kekse.

»Tja.«

»Wissen Sie noch, warum? Ich meine, Hunger wird's kaum gewesen sein, oder?«

»Eigentlich nicht.«

»Sondern?«

»Tja, wenn ich das bloß wüsste.«

»Die Frage, die nahe liegt, ist, was haben Sie erlebt, das Sie so über die Stränge schlagen lässt? Was war der Auslöser, was der Mangel? Nährstoff, Abwechslung, Zuwendung? Nährstoff schließen wir mal aus, einverstanden?«

Freisal berichtet kurz von seinem Arbeitstag. Er schüttelte ungläubig den Kopf. »Wirft mich das Auffinden von Toten mittlerweile aus der Bahn?«

»Ist das wahrscheinlich? Ich meine, salopp gesagt, Mord und Totschlag ist doch nicht erst seit gestern Ihr Geschäft. Mal andersherum: Sie erzählten, Sie seien zuvor beim Gericht als Zeuge gewesen. Es klang in Ihrer Schilderung nicht unbedingt so, als hätten Sie das gern getan. Den Strafverteidiger haben Sie Olive genannt, weil er seine Haare mit etwas zu viel Gel in Form bringt.«

»Diese Advokaten drehen es immer, wie sie's brauchen.«

»Höre ich da Mangel an Akzeptanz oder Anerkennung Ihrer Arbeit gegenüber?«

»Ähm ...«

»Könnte das sein?«

»Also ... so gesehen ... möglich. Anderseits: Wie sollte die Olive meine Arbeit auch anerkennen können, wenn sie doch im selben Moment ihren Mandanten rauszuhauen hat.«

»Bleiben Sie mal ganz bei sich, bitte. Schließt das, was Sie berichteten, Respekt vor Ihrer Arbeit aus?«

»Hab den Eindruck, ja. Ich meine, geht's im Kern respektloser, als mich zu fragen, ob ich eine Abhörgenehmigung eingeholt hatte, obschon nicht abgehört worden ist? War die Olive so sehr mit ihrer eigenen Inszenierung beschäftigt, dass sie verschiedene Fälle durcheinanderwarf? Wie dumm ist das denn?«

»Höre ich richtig heraus, dass Sie am meisten die Eitelkeit des Strafverteidigers wurmt? Hat die Eitelkeit Auswirkungen auf den Prozess? Ich meine, fährt der Angeklagte deshalb besser, weil sein Verteidiger sich als ... ähm, als Olive geriert?«

»Vermutlich ... nein.«

»Bleibt also übrig, dass der Strafverteidiger Ihnen im gewissen Sinne eine dumme, zumindest aber überflüssige Frage gestellt hat?«

»Ja. Nennen wir es ruhig dumm.«

»Könnten Sie sich da nicht entspannt zurücklehnen?«, fragte Dr. Balsam. Ohne eine Antwort abzuwarten, zitierte sie einen weiteren Gedanken von Twain: »Das Recht auf Dummheit gehört zur Garantie der freien Entfaltung der Persönlichkeit.«

Es war offensichtlich, dass sie sich das Lachen verkniff. Ihre Wangen bliesen sich auf, wurden rund und runder; kaum zwei, drei Sekunden später begannen Dr. Balsam und Hajo Freisal gemeinsam zu lachen.

Bevor sich der KHK verabschiedete, bestätigte er, dass es »selbstverständlich« bei der verabredeten Sitzung übermorgen bliebe – und dass er wie verabredet versuchen werde, es bei drei Mahlzeiten am Tag zu belassen.

»Sollten Sie wieder vor einer Fressattacke stehen, probieren Sie's mal mit 'nem Telefonjoker.«

»Heißt das …«

»Genau – rufen Sie mich einfach an! Der psychische Druck, der zu unnötiger Nahrungsaufnahme führt, lässt sich oftmals mit einem Gespräch abbauen.«

»Ich nehme Sie beim Wort, Frau Dr. Balsam.«

»Unbedingt, Herr Freisal.«

Hajo Freisal wohnte am Chamissoplatz, im schmucken Wohnquartier mit Mietshäusern aus der Gründerzeit: neobarocke Viergeschosser, innen wie außen mit viel Stuck verziert.

Er befreite seinen Briefkasten vom Wust Werbezettel und Anzeigenblätter. Als er eine Handvoll Werbung in den unter den Briefkästen stehenden Papierkorb stopfte, huschte ihm durch den Kopf: Was hat es bloß mit diesem Krzanowski auf sich? In diesen Gedanken vertieft, wandte er sich nach links zum Treppenhaus. Er bewohnte in der ersten Etage eine Vierzimmerwohnung – alleine. Die Wohnung war Freisal eigentlich zu groß geworden, nachdem Inge vor einem Dreivierteljahr ihre Koffer gepackt und sich zumindest räumlich von ihm getrennt hatte.

»Brauche Abstand«, hatte Inge unmittelbar nach ihrem Auszug erklärt. »Wortwörtlich.«

Seine Suche nach einem kleineren Domizil war erfolglos geblieben, denn er wollte unbedingt am Chamissoplatz wohnen bleiben. Aber genau genommen wünschte er sich, dass Inge zurückkäme. Sie hatte von ihm, so hatte er im ersten Trennungsschmerz gedacht, wohl einfach die Nase voll gehabt, weil sie mit dem Schichtdienst eines Polizisten nicht mehr klarkam. Von wegen. Später erst hatte er den wahren Grund akzeptieren können. Das halbe Jahr vor ihrem Auszug hatte KHK Freisal tief, zu tief ins Glas geschaut – regelmäßig, abends. »Um abschalten zu können«, wie er Inge sagte. Dass sie nicht mittrank, war ihm am Ende gar nicht mehr aufgefallen.

Die Konditionierung zum Gewohnheitstrinker hatte er sich mit gutem Rotwein besorgt. Sein Favorit war ein dreijähriger Recher Herrenberg Frühburgunder gewesen, direkt vom Winzer aus Rheinland-Pfalz, kistenweise. »Wegen des Rabatts«, hatte Freisal Inge erklärt. Die Flasche Wein kostete rund zweiundzwanzigfünfzig. »Was? Zweiundzwanzigfünfzig?«, hatte Inge fassungslos nachgefragt. Sie arbeitete als Finanzbuchhalterin bei einem Elektronikkonzern und hatte das mal eben überschlagen. »Hajo, da du mittlerweile jeden Abend eine Flasche leerst, macht das bei dreißig Tagen rund sechshundertfünfundsiebzig monatlich!« Inge hatte den Kopf geschüttelt. Dann hatte sie noch gesagt, dass er sich nicht nur des Geldes wegen nicht jeden Abend »die Kannte geben« sollte. Er rede dann so viel Unsinn und wiederhole sich ständig, das mache sie traurig. Und, natürlich, mit dem Geld wüsste sie Besseres anzufangen. »Eine Woche Hiddensee zum Beispiel.« Dort waren sie nach der Wende gerne hingefahren. Aber Freisal hatte abgewinkt. »Gute Weine kosten nun mal Geld«, hatte er sich gerechtfertigt und argumentiert, dass das doch kein Ding sei, finanziell, »für einen leitenden Beamten«.

»Meinst wohl eher: leidenden Beamten«, sagte Inge spitz.

»Der Mantel im Öffentlichen Dienst ist nicht sehr weit geschnitten, hält aber schön warm«, erwiderte Freisal.

»Das klingt nicht glücklich, Hajo.«

»Bei der Kripo zu sein hat mit Glück auch nichts zu tun.«

»Sondern?«

»Mit einer Aufgabe.«

»Böse Jungs überführen, ich weiß – und kann's schon lange nicht mehr hören. Darf ich dich an deine Tiraden wegen des letzten Prozesses erinnern?«

»Denke mittlerweile, das muss man sportlich nehmen. Schau mal, alle machen nur ihren Job: die Staatsanwälte, die Richter, die Strafverteidiger.«

»Sind ja ganz neue Töne.«

»Eine Frage von Haltung.«

»Eine Frage der Flasche?«

»Was?«

»Hajo, ich habe die Gläser, die du heute Abend schon intus hast, nicht mitgezählt, aber kann es sein, dass du dir was schön trinkst?«

»Papperlapapp, ich trinke, weil's schmeckt. Aus die Maus!«, sagte Freisal. Und betete, während er das gefüllte Weinglas an die Lippen führte, handelsübliches Gourmet-Gebrabbel herunter. »Inge, dieser Tropfen ist eine Diva, die euphorische Begeisterung hervorruft.« Er stieß auf und verzog das Gesicht. Sodbrennen. »Komm, probier doch auch mal 'n Schluck, damit du weißt, wovon ich rede. Dieser Wein besitzt intensive Frucht- und Waldbeeraromen.«

Inge hatte ihm einen Vogel gezeigt und vorgeschlagen, dass er gleich morgen zum Hausarzt gehen sollte, um mit ihm über »die Trinkerei« zu reden. Sie befürchtete, dass hinter den Gelagen mittlerweile mehr als nur »Genusssucht« steckte, sie glaubte nicht mehr daran, dass ihr Mann mehrere Tage hintereinander ohne Wein auskommen könnte. Psychisch nicht. Körperlich nicht. Das sagte sie ihm auch.

Aber Freisal wollte davon nichts wissen; er wähnte sich selber »in Topform« – ab dem zweiten Viertel. Dass das Aufstehen am nächsten Morgen beschwerlich war, zudem der Kreislauf zickte und der Schädel brummte, relativierte er mit der Floskel, er sei eben nicht mehr der Jüngste. Er hatte sich daran gewöhnt, verkatert den Dienst anzutreten, manchmal sogar, wenn es besonders spät geworden war, mit einer substanziellen Menge Restalkohol im Blut im Präsidium aufzutauchen. Gehöre Gott sei Dank nicht zur Motorradstaffel, hatte er einmal gedacht, bevor er sich gegen den schalen Geschmack im Mund eine Pfefferminzpastille einwarf. Am frühen Nachmittag war ihm dann nicht selten nur noch der eine Gedanke im Kopf herumgegangen: Frühburgunder – »der Tropfen mit der tollen Struktur und außerordentlichen Reife«.

Am Abend von Inges Auszug hatte es so geklungen: »Inge, dieser Wein wurde für siebzehn Monate in neuen Barriques gelagert und zeigt sich mit tollen Burgunderaromen. Sag mal, wo ist denn die Karaffe? Der Winzer schreibt, man solle den Wein vor dem Trinken dekantieren, da er nicht filtriert ist.« Er hatte die Flasche noch nicht geöffnet, da war Inge, von ihm unbemerkt, schon längst zur Tür hinaus. Mit zwei Koffern. Die hatte sie schon Tage vorher gepackt und im Flur abgestellt als Hinweis auf ihre bevorstehende Flucht. Aber der Kriminalhauptkommissar hatte davon offenbar nichts mitbekommen.

Eines Morgens, Inge war schon eine Woche lang weg, begann Freisal, sein Problem dann doch zu realisieren, als er wie gewohnt mit fadem Geschmack und pelziger Zunge aufwachte und ins Bad schlurfte.

Er blickte in den Spiegel. Fixierte sein Konterfei. Ihm fiel auf, dass seine dunklen Tränensäcke zugenommen hatten und tief hingen. Sein Gesicht war seltsam blass, beinahe schon gräulich. Er fasste sich an die Stirn. Sie war kalt und nass. Er schwitzte. Er fühlte sich wackelig auf den Beinen, bemerkte, wie ihn ein leichter Schwindel überkam – und dann dieses leise, hohe Pfeifen in den Ohren.

Freisal fuhr sich mit der Rechten durchs zerzauste Haar, das ihm strähnig ins Gesicht hing, und strich es zur Seite. Hatte er sich am Abend zuvor, als eineinhalb Flaschen Wein auf der Strecke blieben, noch eingeredet, dass es wirklich der Schichtdienst war, mit dem Inge nicht klarkam, so gestand er sich jetzt ein, dass das Saufen an allem schuld war.

Er meldete sich telefonisch krank. Nach dem Duschen schlurfte er in die Küche. Die letzte Flasche Wein stellte er in den Müll. Ungeöffnet. Knapp eine Stunde später saß er vor seinem Hausarzt. Der verschrieb ihm Medikamente, die ihn über den Tag bringen sollten: gegen den hohen Blutdruck, für bessere Stimmung, aber auch gegen Entzugserscheinungen. Wie ein kleiner Junge, der etwas angestellt hatte, fühlte sich der erwachsene Mann; seine Körperhaltung sprach Bände: hängende Schultern, in sich zusammengesunken. Er fühlte sich nicht nur kraftlos, sondern hohl, leer, ausgelaugt. Freisal dachte an Inge. Er hatte bei ihr, schoss es ihm durch den Kopf, wahrscheinlich nur noch eine minimale Chance. Aber die wollte er nutzen.

Nachdem der Hausarzt zu einem stationären Entzug geraten und Freisal eingewilligt hatte, bekam er die Überweisung ins Jüdische Krankenhaus, Wedding, und die Information mit auf den Weg, dass die Entgiftung, die drei bis fünf Tage dauern könne, und die zwei- bis dreiwöchige Entzugstherapie kein Spaziergang würden, aber zu schaffen seien. »Sie müssen es wollen«, hatte der Arzt gesagt. »Das ist das Ausschlaggebende.« Anschließend wäre eine mehrwöchige Reha-Maßnahme denkbar, in der »persönliche Strategien entwickelt und eingeübt« würden, »abstinent bleiben zu können«. Aber das würden die Mediziner und Psychologen vor Ort gemeinsam mit dem Patienten entscheiden. Freisal hatte stumm genickt, als der Arzt ein Taxi rufen ließ.

»Ins Jüdische Krankenhaus«, hatte er gesagt.

Ein Vierteljahr ging ins Land und Hajo Freisal war trocken. Weitere vier Wochen vergingen, bevor Inge bereit war, wieder mit ihm zu sprechen – anfangs nur am Telefon, dann aber, weitere Wochen später und wie von ihm gewünscht, »von Angesicht zu Angesicht« im Chamisso. Das Chamisso war das Café am gleichnamigen Platz, in dem es sich Inge und Hajo Freisal, als es zwischen ihnen noch stimmte, sonntags gerne bei Kaffee und hausgemachtem Kuchen gut gehen ließen. Das Chamisso war für beide ein positiv besetzter Ort.

Freisal berichtete vom Krankenhaus; dort habe er sich auch mal gleich das Rauchen abgewöhnt. »Die Gelegenheit war günstig«, witzelte er. Ansonsten sei er seit sechs Wochen wieder im Dienst. Kriminalrat Claus habe ihn persönlich unterstützt, nach dem Hamburger Modell wieder einzusteigen. »Aber das Allerneueste ist, ich überlege, abzuspecken.«

»Kann nicht schaden«, sagte Inge.

»Alles nur für dich.«

»Bitte?«

»War ’n Scherz, Inge.«

Inge kniff ihn zur Strafe kommentarlos in den Arm. »Na, deinen Humor haste ja noch.«

»Hab gelernt, dass Veränderungen nicht stellvertretend funktionieren. Entweder man macht’s in erster Linie für sich …«

»… oder man lässt es sein, was auch sonst?«

Es entstand eine kleine Pause. Inge schaute wie tagträumend aus dem Fenster; es sah beinahe so aus, als dächte sie an die Zeit, als alles noch im Lot war zwischen ihrem Mann und ihr. Freisal taxierte Inges Profil. Ein schönes Gesicht, dachte er.

Er wusste, dass das, was ihm auf der Zunge lag und was er Inge sagen wollte, furchtbar ins Auge gehen konnte. Er nahm seinen ganzen Mut zusammen. »Inge …«

»Ja?« Sie wandte sich wieder Freisal zu.

»Ich muss dich etwas fragen.«

»Dann frag.«

»Also … kommst du irgendwann zurück?«

»Ach Hajo, was soll ich dazu sagen.«

Er legte behutsam seine rechte Hand auf ihre. »Sag, wie es ist, bitte.«

»Ich weiß noch nicht«, antwortete Inge. »In diesem letzten Jahr …«

»Kannst du mir verzeihen, Inge?«

»… ist was zerbrochen.«

»Inge, ich hab dich …«

»Sag jetzt nichts mehr, Hajo – bitte.«

»Wie du meinst.«

»Lass mir einfach Zeit.«

»Ja. Natürlich.«

Seitdem sie ausgezogen war, waren Freisal und Inge zwar kein Paar mehr, aber sie blieben verheiratet. »Ab fünfzig wird’s mit der gegenseitigen Absicherung relevant«, hatte er Tage später in einem Telefonat zu bedenken gegeben. »Stell dir vor, ich kippe morgen um – wäre doch schade um die Witwen-Ansprüche.«

Inge hatte sich darauf eingelassen, unter einer Bedingung: »Aber wir lassen uns scheiden, wenn ein anderer Mensch in das eine oder andere Leben tritt.«

»Natürlich«, hatte Freisal gesagt – und doch bloß gehofft, dass Inge zurückkäme in die einst gemeinsame Wohnung am Chamissoplatz.

Als er sich jetzt in Richtung Treppe wandte, erschrak er: Frau Sorge, Mitte achtzig und dement, stand plötzlich wie aus dem Nichts vor ihm. Sie trug ihren blumengemusterten Morgenrock, dazu rote Pantoffeln. »Mensch, Frau Sorge, was schleichen Sie denn hier herum?«

Er hatte von Frau Sorges Tochter erfahren, dass bei seiner Nachbarin dreimal am Tag der Pflegedienst vorbeikam, denn die alte Dame wollte nicht in ein Heim. Das hatte die Tochter akzeptiert und für die Mutter entsprechende Dienstleister wie auch einen »Fahrbaren Mittagstisch« engagiert. Und auch die Tochter selbst oder die Enkelin kam nach der Uni täglich zu Besuch. Alles gut und schön, dennoch nicht ausreichend, hatte Freisal erfahren, um Frau Sorges Bedarf an Betreuung zu decken. Natürlich stand die alte Dame so nicht vierundzwanzig Stunden am Tag unter Aufsicht. Es kam immer wieder vor, dass sie sich alleine auf den Weg machte. Sie schaffte es selten weiter als bis zu den Briefkästen, weil sie sich unmittelbar, nachdem sie die Wohnung verlassen hatte, nicht mehr erinnerte, wohin sie eigentlich hatte gehen wollen.

Frau Sorge wohnte im Parterre rechts. Freisal begleitete sie zurück an die Schwelle ihrer weit aufstehenden Wohnungstür.

»Sie sind ein freundlicher Mann«, sagte die alte Dame beglückt.

»Ja, Frau Sorge.«

»Darf ich Sie was fragen?«

»Immer, Frau Sorge.«

»Woher kenne ich Sie bloß?«

»Ich bin Hans-Joachim Freisal, Ihr Nachbar im Ersten.«

»Ach so ...« Frau Sorge zog verlegen lächelnd und sehr sachte die Tür hinter sich zu.

Freisal stieg die Stufen hinauf. Er war müde und gleichzeitig ließen ihn die Gedanken um Krzanowski nicht los. Warum wird ein Straßenmusiker Opfer eines Kapitalverbrechens?, überlegte er. Kann Musik wirklich derart belasten, dass man ihr ein gewaltsames Ende bereiten muss?

Wenig später saß er im Wohnzimmer. Er hatte den Fernseher eingeschaltet und irgendein Moderator irgendeines Magazins erzählte von irgendeiner Katastrophe. Freisal sah nicht hin und bemerkte, dass unabhängig vom Fall Krzanowski plötzlich uralte Motive von Tätern, gegen die er einst ermittelt hatte, in seinem Kopf auf den Plan zu treten drohten. Er erinnerte sich, dass das immer der Moment gewesen war, in dem er den Korken aus der Flasche gezogen hatte. Vergangenheit, dachte er, Geschichte ...

Er schaltete seinen museumstauglichen Videorecorder an und schob eine VHS-Kassette ein, die am Fuße des Fernsehtischs auf einem Stapel gelegen hatte. Über die Jahrzehnte hatte er unzählige TV-Mitschnitte von der DTM gesammelt, der Deutsche Tourenwagen Masters. Immer dann, wenn KHK Freisal Dienstliches gefangen hielt und seitdem er mit dem Trinken aufgehört hatte, unternahm er mit dem 1972er-Wettbewerb einen Befreiungsschlag: Sein Namensvetter, der Stuck, hatte damals den Meistertitel geholt, mit einem Ford Capri, dreihundert PS. Als Jugendlicher hatte Hajo Freisal dieses Rennen im Fernsehen live verfolgt.

Er drückte die Rückspultaste, und während das Videoband ratternd zum Anfang spulte, dachte er für einen kurzen Moment an Yasmine Gutzeit. Vor seinem geistigen Auge sah er, wie seine Kollegin geschickt die Wagenkolonne hinter sich gelassen hatte. Ob Gutzeit schon mal was von Hajo Stuck gehört hatte?

Er erschrak bei diesem Gedanken, denn ihm wurde bewusst, dass zu der Zeit, als seine Kollegin geboren sein mochte, der Ford Capri schon Geschichte gewesen war. Gutzeits genaues Geburtsdatum kannte er nicht; seiner Schätzung nach konnte es um Mitte der Achtziger liegen.

Endlich baute sich das Videobild auf. Zuerst zuckte und flimmerte es, dann blieb es stabil. Hajo Stuck stieg ins Cockpit seines Wagens. Hajo Freisal, vierzig Jahre später, ließ sich tiefer in seinen Fernsehsessel sinken.

Am nächsten Tag saß Freisal schon früh im Präsidium am Rechner und recherchierte im Internet in Sachen Karasevdas-Gilde. Auf der Website der Gilde las er, dass »die Anforderungen an den Schützen in Belangen der eigenen Konzentrationsfähigkeit, der Koordination sowie der Körperbeherrschung« immens seien und dass auch von daher der Schießsport »insbesondere für Personen, die sonst in einem stressigen Berufsalltag stehen, zur Entspannung geeignet« sei: »Das Schießen führt zur inneren Selbstreflexion und damit zur mentalen Kraftentfaltung.«

Vereinslyrik, dachte Freisal. Er erinnerte sich an Stahls Verhalten, das sich beim besten Willen nicht mit Entspannung in Einklang bringen ließ. In einem Punkt aber lag er auf jeden Fall falsch: Die Gilde war kein Verein, sondern ein privater Club. Dessen »Präsident«, so hieß es im Impressum der Website, war ein »e. K.«, was »eingetragener Kaufmann« meinte: Sebastian Sauter. Die Gilde hat mit der Gemeinnützigkeit einer Schießsportgemeinschaft so viel zu tun wie eine Wehrsportgruppe mit einem olympischen Kader, folgerte Freisal – nichts!

Er klickte sich durch die Rubriken der Website. Unter »Über uns« stand zu lesen, dass es keinen »Vereinszwang mit Hierarchie, Vereinsmeierei und langen Versammlungsabenden« gäbe. Unter »Leistung« hieß es, dass man einen »Schieß-Coach« buchen könne, der sich »den individuellen Bedürfnissen« eines Interessenten anpasse. Ob »Schießübungen zur Freizeitgestaltung oder als Wettbewerbstraining« auf dem Programm stünden, entscheide »der Schütze« selbst. Im Übrigen nicht zuletzt auch darüber, ob er »eine Waffenbesitzkarte« anstrebe. Und weiter: »Unsere Schützen schießen nicht mit veralteten und klobigen Luftdruckwaffen – vielmehr stehen

Klein- und Großkaliber zur Verfügung. Unsere Präzisionsgewehre gehen über die Großkaliber .38 Special und reichen bis zu den schweren Kalibern .357 Magnum im Kurzwaffenbereich.«

Aha, dachte Freisal, demnach steht Stahl mit einer Gesellschaft – erklärterweise »nach amerikanischem Vorbild« – in Verbindung, die ohne falsche Bescheidenheit von sich behauptet, auf modernsten Schießanlagen »hochwertiges Equipment« zur Verfügung zu stellen: »Wir ergänzen und erweitern ständig unser Arsenal.«

Klingt beinahe so, als könne man bei denen auch mit einer Panzerabwehrrakete trainieren. Interessant, dachte er und rief das interne elektronische Informationssystem der Berliner Polizei auf. War die Gilde schon mal irgendwie auffällig geworden oder lag gar etwas gegen den Club vor? Er tippte den Namen ein. Fehlanzeige. Er gab »Sebastian Sauter« ein. Wieder nichts. Auch »Hartmut Stahl« förderte nichts zu Tage.

Freisal klickte sich zurück auf das noch geöffnete Browser-Fenster, das auf die Webseite der Gilde zeigte. Unter »Kontakt« fand er die Telefonnummer der Geschäftsstelle, die von Montag bis Freitag, 8 bis 16 Uhr geöffnet hatte. Normale Bürozeiten, das ging wohl nur, wenn der Laden, wie er schon vermut hatte, hauptamtlich organisiert war. Ein weiteres Indiz dafür, dass die Gilde durch und durch betriebswirtschaftlich aufgestellt war. Aber das war für sich allein genommen nicht ruchbar – in einer Zeit, in der ökonomische Prämissen allerorten die Leitplanken des gesellschaftlichen Zusammenlebens zu setzen schienen. Frau Sorges Tochter hatte ihm vor noch nicht allzu langer Zeit, bevor sie sich für einen Pflegedienst entschied, berichtet, dass sogar ein bestimmter kirchlicher Pflege-Verbund als sogenannte Holding organisiert sei; ihr sei bei der Betrachtung der Website aufgefallen, dass unter »Wer sind wir?« zuforderst von »zentralen Bereichen« wie »Controlling, Qualitätsmanagement und Marketing« gesprochen wurde, nicht vom Pflegersonal. Frau Sorges Tochter hatte sich für einen Pflegedienst entschieden, der, wie sie sagte, »zwar nur klein« sei, »dafür aber keine großen Sprüche klopft«.

Hajo Freisal schaute auf die Uhr rechts unten am Rand des Bildschirms. »7.55 Uhr«, stellte er fest und tippte auf dem Zahlenfeld des Festnetztelefons die Rufnummer der Gilde ein. Nach nur zwei Freizeichen ging jemand ran. Eine freundliche, beinahe schon singende Frauenstimme verkündete: »Karasevdas-Gilde, der erste Sportschießclub in Deutschland nach amerikanischem Vorbild, guten Morgen, Sie sprechen mit Julia-Maria Möller, was kann ich für Sie tun?«

»Freisal, guten Morgen!«, erwiderte der KHK. »Das ist aber eine freundliche Ansprache.«

»Wer bei der Karasevdas-Gilde arbeitet, kann gar nicht anders, als gut gelaunt sein«, entgegnete Julia-Maria Möller. »Womit kann ich dienen?«

»Ich würde gerne Herrn Sauter sprechen.«

»Worum geht's?«

»Ich hätte da zwei, drei Fragen zu einem Ihrer Kunden. Es geht um Herrn ...«

»Entschuldigen Sie«, unterbrach Möller, »aber selbstverständlich geben wir keine Auskünfte über unsere Mitglieder – und am Telefon schon gar nicht.«

»Recht so«, sagte Freisal, »ich habe ganz vergessen zu sagen, dass ich von der Polizei bin. Schauen Sie bitte mal auf ihre Rufnummernkennung. Dort sehen Sie am Anfang eine Vier-Sechs-Sechs-Vier, richtig?«

»Ja.«

»Das ist die Einwahl des Landeskriminalamtes. Ich bin Kriminalkommissar.«

»Ja, ich sehe die Nummer zwar ... aber die ist mir nicht bekannt. Genau genommen könnte ja jeder ...«

»Verstehe. Würden Sie Herrn Sauter bitten, mich über die Vier-Sechs-Sechs-Vier-Null zurückzurufen? Da meldet sich dann die Zentrale des LKA. Er soll sich bitte mit Kommissar Freisal verbinden lassen.«

»Ich leite Ihren Wunsch nach Rückruf gerne weiter. Darf ich Herrn Sauter auch mitteilen, um was es geht?«

»Gewaltdelikt«, sagte Freisal. »Auf Wiederhören!« Er legte auf.

Keine fünf Minuten später rief Sauter an. Er klang beunruhigt. »Gewaltdelikt? Und das soll mit uns zu tun haben?«

»Danke, dass Sie zurückrufen, Herr Sauter. Ich ermittle in einem Mordfall. Gestern passiert. Moabiter Markthalle«

»Ähm ... Herr....«

»Freisal.«

»Herr Freisal ... ja, also ... unser Club hat eine einwandfreie Reputation, um das mal gleich zu sagen. Auch Staatssekretäre sind bei uns Mitglied.« Sauter klang beinahe schon besorgt.

»Sie können durchatmen, Herr Sauter«, empfahl Freisal. »Dass der Fall etwas mit der Gilde zu tun habe, hat niemand behauptet. Vorerst geht es um reine Routinefragen. Die betreffen einen Ihrer Kunden.«

»Hartmut Stahl, ich weiß. Die Markthalle war ja gestern in der Abendschau. Aus dem Rathaus heraus geschossen ... unfassbar! Da ich weiß, dass Stahl im Rathaus arbeitet und er aus seinem Hobby kein Hehl macht, hab ich mir schon gedacht, dass sich die Polizei bald bei uns melden wird. Die Passion des Schießsports hat nun mal kein gutes Image. Kommt gleich nach den Jägern. Was wollen Sie wissen?«

»Wie gut kennen Sie Stahl?«

»Seit zehn Jahren Mitglied. Zudem engagiert er sich im Beirat unserer Gilde. Er kümmert sich da um die Werbung.«

»Logo?«

»Ja, und was sonst noch so anfällt: Website, Schaukasten am Clubhaus und so weiter.«

»Ehrenamtlich?«

»Wir sind kein Verein, Herr Freisal, sondern ein Wirtschaftsunternehmen. Er bekommt natürlich eine ordentliche Aufwandsentschädigung, wie alle Beiratsmitglieder.«

»Wie ordentlich?«

»Sechshundert.«

»Lukrativ so als Nebenerwerb.«

»Jetzt fragen Sie mich aber nicht, ob er das Geld ...«

»Bin nicht vom Finanzamt. Was meinen Sie, ist das Geld die einzige Motivation für Stahl?«

»Denke, nein; die Gilde ist Stahl ans Herz gewachsen. Quasi eine Art Familienersatz.«

»Keine Frau, keine Kinder?«

»Na, Sie fragen ja vielleicht Sachen.«

»Routine, wie gesagt.«

»Meines Wissens ist Stahl kinderlos und geschieden. Aber dazu befragen Sie ihn besser selbst.«

»Ja. Was ist Stahl so für 'n Typ? Eigenbrötler? Oder gesellig?«

»Ein ganz Umgänglicher.«

»Tatsächlich? Mir wäre er beinahe an die Gurgel gegangen, bevor er wusste, mit wem er es zu tun hatte.«

»Ja gut, er neigt zum Aufbrausen, das stimmt schon. Aber wenn er Luft abgelassen hat, ist auch wieder gut.«

»Luft ablassen, auch am Schießstand?«

»Nee, im Beirat. Disktutieren ist nicht seine Stärke.«

»Schießen aber schon?«

»An der Waffe ist Stahl konzentriert und entspannt. Entspricht auch seiner Trefferquote. Er ist amtierender Schützenkönig der Gilde!«

»Bisher kein Zwischenfall am Schießstand?«

»Was für ein Zwischenfall?«

»Gut«, sagte Freisal und bedankte sich bei Sauter, der sich seinerseits erbat, dass die Gilde in der Öffentlichkeit nicht mit dem Toten vor der Markthalle in Zusammenhang gebracht würde.

»Wegen der Reputation, verstehe«, konstatierte der KHK.

»Beim jetzigen Stand der Ermittlungen sehe ich keinen Grund, dass ich die Person Stahl oder seine Mitgliedschaft bei Ihnen publik machen müsste.«

»Danke.«

»Keine Ursache. Die Polizei zerrt niemanden aus Jux und Tollerei ins Rampenlicht.«

»Natürlich nicht.«

»Aber doch noch was: Wäre es denkbar, dass auch Sie unser Gespräch vorerst für sich behalten?«

»Ja«, sagte der Geschäftsführer. »Nur die Telefonistin ... Was sag ich, wenn sie nachfragt?«

»Die Wahrheit: Routineanruf der Polizei. Sie weiß ja nicht, über wen wir gesprochen haben.«

Um 8.15 Uhr kam Gutzeit ins Büro. Unterm rechten Arm trug sie ihren Helm, unterm linken eine ungefähr dreißig Zentimeter große Zimmerpflanze, genauer gesagt eine Bergpalme. Sie stellte die Pflanze mit dem dünnen wie langen Blattwerk auf Freisals Schreibtisch ab. »Guten Morgen«, sagte sie. »Na, was sagen Sie dazu?«

»Morgen«, erwiderte Freisal müde. Er blickte auf die Pflanze. »Wie haben Sie die denn transportiert?«

»Zwischen Tank und Bauch geklemmt.«

»Wow. Aber schon etwas mickrig, oder?«

»Bitte?«

»Wächst die noch?«

»Wird bis zu einen Meter hoch – wenn man sie pflegt, versteht sich.«

»Wer ist man?«

»Sie und ich. Muss natürlich gegossen werden, aber nicht zu viel. Ich schlage vor, ich fange damit an. Nächste Woche dann Sie und so weiter.«

»Einverstanden«, murmelte Freisal mies gelaunt.

»Schlecht geschlafen?« Gutzeit bekam es immer sofort mit, wenn ihrem Chef etwas quer lag.

»Wie kommen Sie denn darauf?«

»Normalerweise hätten Sie danke gesagt.«

»Wofür?«

»Ist nicht Ihr Ernst, oder?«

Sie nahm die Pflanze vom Tisch und ließ sie senkrecht in seinen Papierkorb plumpsen. Erst in diesem Moment nahm Freisal den Fettnapf wahr, in den er getreten war. Er zog die Palme wieder heraus und stellte sie zurück auf den Schreibtisch. »Entschuldigen Sie«, sagte er, »war blöd von mir. Natürlich, danke – das ist sehr aufmerksam von Ihnen. Eine wirklich schöne Pflanze.«

»Was ist denn los?«

»Tatsächlich: Hab nicht besonders geschlafen. Außerdem schlecht geträumt …«

»Wollen Sie mir sagen, wovon? Könnte helfen.«

»Autorennen: 1972, Ford Capri …«

»Ein Klassiker!«

»Was? Sie kennen Stuck?« Freisal staunte.

»Na, nun machen Sie sich mal nicht älter, als Sie sind, Kollege. Wie Ihnen nicht entgangen sein dürfte, ist Motorsport mein Hobby. Natürlich kenne ich Hans-Joachim Stuck. Beweis gefällig? Ich sag nur: Weltmeister.«

»Ach so …«

»Wie, ach so? Geht's jetzt los bei Ihnen?«

»Womit?«

»Midlife-Crisis … oder dieses Was-bin-ich-für-ein-alter-Sack-Syndrom. Kenne ich von meinem Vater: Ist gerade sechzig geworden. Der nervt voll ab mit seinem Dauer-Depri.«

»Ja, vielleicht ist da was dran. Und … ich hatte Ihnen ja davon erzählt – das mit meiner Frau … Manchmal kommt's halt hoch.«

Gutzeit erkannte den Ernst der Lage. Ihr Vorgesetzter, sonst nie um einen Spruch verlegen, war an diesem Morgen offenbar wirklich nicht gut drauf. Sie ging neben Freisal in die Hocke und stützte sich mit beiden Armen an der Schreibtischkante ab. »Ich hatte verstanden, dass da noch alles im Fluss ist«, sagte sie. »Ihre Frau hat Sie doch gar nicht richtig verlassen – sie braucht halt Abstand, haben Sie gesagt.«

»Ja.« Freisal legte die flache Hand auf Gutzeits Unterarm. »Danke.«

»Wissen Sie, für mich ist das Glas immer halb voll.«

»Na ja – für mich war das Glas immer ganz voll.« Freisal lächelte verlegen.

»Sorry, ähm ... dann nehmen Sie eine Medaille und drehen Sie sie einfach auf die andere Seite.«

»Besser.«

»Oder fahren Sie mal wieder 'ne Ralley.«

»Zu alt.« Gutzeit blickte böse. Freisal schob schnell nach: »Mein MX-5, meine ich.«

»Da haben Sie aber gerade noch mal die Kurve gekriegt.«

Sie stieß sich mit den Armen ab, kam in die Senkrechte und ging zum Espresso-Automaten, der auf einem niedrigen Aktenschrank neben dem Fenster stand. Sie legte ein Pad ein. »Sie auch?«

»Danke, nein – hab schon zwei.«

Freisal wandte seinen Blick wieder zum Monitor und berichtete Gutzeit vom Telefonat mit Sauter. »Was der nur an Waffen findet?«, sagte er mehr zu sich selbst. Yasmine Gutzeit kam mit einer Tasse zurück an seinen Schreibtisch, nippte am Espresso und ließ sich zeigen, wovon er sprach. Freisals Zeigefinger berührte den Bildschirm; er hatte die Bildergalerie der Gilde geöffnet. »Sehen Sie«, sagte er, »das da ist der Stahl, Leiter des Gartenbauamts. Sitzt in einem der Büros im Rathaus Tiergarten zur Arminiusstraße hin.«

Das Foto zeigte Stahl mit einer halbautomatischen Langwaffe im Arm. Untertitelt war das Bild mit »Hartmut Stahl ist seit vielen Jahren zufriedenes Club-Mitglied.« Freisal unterrichtete Gutzeit auch über seine Begegnung mit dem, wie er sagte, »Choleriker vom Amt«.

»Der läuft noch frei herum?«, fragte Gutzeit.

»Warum sollte er nicht?«

»Bei dieser Faktenlage …«

»Was denn für Fakten? Selbst wenn aus dem Rathaus heraus geschossen wurde, muss das mit diesem Waffennarr hier nichts zu tun haben. Das ist ja kein Foto aus dem Untergrund, sondern eins auf der Homepage eines beim Amtsgericht Charlottenburg eingetragenen Kaufmanns.« Freisal klickte auf das Impressum. »Sehen Sie?«

»Sollten wir Stahl nicht trotzdem verhören? Frage mich, mit was für Waffen er so trainiert – vielleicht gibt es aus der KTU noch Hinweise zur Tatwaffe. Oder er offenbart Täterwissen.«

»Als da wäre?«

»Kopfschuss.«

»Vergessen Sie's.« Freisal winkte ab. »Hier«, sagte er und schob die Tageszeitung, die neben dem Monitor lag, zu Gutzeit hin. »Seite sieben: Kopfschuss weiß seit heute jedes Kind. Zudem lief es gestern schon in der Abendschau.«

Gutzeit überflog die Nachricht in der Rubrik »Polizeireport«. »Okay«, sagte sie, »aber wo genau am Kopf, steht hier nicht. Also, Ihrem Bericht nach wäre Stahl schon ein prima Kandidat für IPA.« Sie sprach von der Investigativ-psychologischen Analyse. »Für mich wäre es jedenfalls ein prima Anlass, IPA zu üben.«

Bei IPA ging es im Kern um das Auswerten der Wortprotokolle von Vernehmungen, um Verdächtige priorisieren zu können: Nach der Identifikation von Verdächtigen war zu bestimmen, wer von diesen am ehesten als Täter in Frage kommt. Eine Schweizer Polizeipsychologin hatte jüngst in der Fachzeitschrift *Die Mordkommission* darüber geschrieben. »Viele absurd wirkende Rechtfertigungen eignen sich hervorragend, um daraus Fragen über soziale Beziehungen und über das Rechtsverständnis des Beschuldigten herzuleiten«, zitierte Gutzeit aus dem Kopf. »Deren Beantwortung wiederum gibt viel preis über Aspekte des subjektiven Verschuldens.«

In der *Mordkommission* hatte weiter gestanden: »Die kognitive Überlastung beim Lügen bewirkt vielerlei Ungereimtheiten und Fehlleistungen in den Aussagen, diese sind für geschickte Folgefragen zu nutzen. Gewisse Täter lassen sich von ihrem Geltungsdrang verleiten, andere wiederum haben eine neuropsychologische Dysfunktion in der semantischen Sprachverarbeitung. Beides hinterlässt verräterische Spuren in den Aussagen, die ihre wahren Handlungen und Absichten preisgeben, man muss die Protokolle nur gründlich analysieren, um sie zu entdecken.«

»Was soll Stahl preisgeben?, fragte Freisal. »Für mich läuft der herum wie ein offenes Buch. Sie hätten ihn mal über seinen Bürgermeister reden hören sollen.«

»Vielleicht ist das nur seine Masche: Flucht nach vorn als einzige große Lüge. Ungereimtheiten lassen sich mit IPA jedenfalls herausfinden.«

»Sie meinen, wer lügt, braucht ein gutes Gedächtnis?«

»Das ist nicht ganz der Punkt.«

»So? Was schreibt denn die Kollegin aus der Schweiz dazu?«

»Beim Lügen rekapituliert man nichts Selbsterlebtes, sondern erfundene Fakten. Sich an jedes Detail einer erfundenen Geschichte mehrmals hintereinander widerspruchsfrei zu erinnern, ist unmöglich: ›kognitive Überlastung‹ heißt das.«

»Wow – das alles steht in *Die Mordkommission*?« Freisals Unterton war nicht frei von Ironie.

»Schön, Sie sind so weit offenbar wieder obenauf.« Gutzeit kannte die Ignoranz ihres Chefs gegenüber neuesten wissenschaftlichen Trends. »Wortprotokolle entsprechen einer Spurensicherung im ›Tatort Kopf‹.«

»Klingt gut. Aber ist das wirklich neu?«

»Herr Freisal, warum so ablehnend?«

»Wir müssen das Rad nicht noch mal erfinden. Ist doch klar, dass Inhalt und Form einer Aussage auf mögliche Widersprüche hin geprüft gehören.«

»Aber es kommt auf die Systematik der Analyse an. Auch der berufliche Werdegang und die persönlichen Interessen und Begabungen eines Delinquenten müssen als Tätermerkmale in die Waagschale geworfen werden, um …«

»Okay, Kollegin, gewonnen. Muss mir wohl den Text erst mal durchlesen, bevor wir weiterdiskutieren.«

»Kompliment.«

»Wofür?«

»Ihre Einsichtsfähigkeit.« Gutzeit lächelte provozierend.

»Alte Schule.« Freisal grinste zurück. Dann sagte er ernst: »Eine offizielle Vernehmung sehe ich bei Stahl nicht. Aber wenn Sie wollen, besuchen Sie den Mann für eine freiwillige Befragung. Lassen Sie ihn ein wenig über die Gilde plaudern, das wird ihn zugänglich machen; dann versuchen Sie, seinen Lebenswandel zu hinterfragen: Familie, Freunde, Feste. Aber auch harte Fakten wie die Gilde-Nebeneinkünfte. Aber ziehen Sie sich warm an und denken Sie daran: Er muss zustimmen, sollten Sie die Befragung aufzeichnen wollen, um später ein Wortprotokoll anfertigen zu lassen.«

»Schon klar. Das mit der Zustimmung zum Aufnehmen ist doch nun wirklich basic.«

»Glauben Sie mir, Gutzeit, wenn man von einer bestimmten Methode überzeugt ist, können einem auch schon mal Basics wegrutschen. In meiner Personalakte reihen sich entsprechende Vorgänge jedenfalls aneinander wie Perlen auf einer Schnur.«

Gutzeit zog die Stirn kraus. Bei allem Respekt, dachte sie, aber Freisal klingt mir jetzt zu onkelhaft. Sie war froh, dass sich pünktlich um 8.30 Uhr auf seinem Bildschirm die verabredete Videokonferenz mit Dreblow und Wisniewski aus Słubice ankündigte. Der grüne Button »Anruf annehmen« leuchtete unten rechts am Rand des in zwei virtuelle Bildschirme geteilten Monitors.

»Kommen Sie, setzen sich neben mich«, sagte Freisal, »damit wir beide gut im Bild sind.«

Gutzeit schob sich einen Bürostuhl an seinen Schreibtisch und ließ sich neben ihm nieder. Freisal klickte mit dem Cursor auf Grün. Die schwarzen Flächen auf dem Bildschirm erwachten zu Leben: Rechts war Dreblow, zugeschaltet aus Frankfurt, links Wisniewski aus Słubice zu sehen. Beide saßen offenbar jeweils bei sich im Büro am Rechner und schauten frontal in die wenig schmeichelhafte Webcam-Optik. Wer von beiden wer war, ließ sich an den eingeblendeten Rufnummern mit den jeweiligen Ortsvorwahlen erkennen.

Freisal begrüßte die Kollegen und stellte Gutzeit und sich kurz vor. Dann kam Wisniewski sogleich zur Sache. Er sprach mit etwas monotoner Stimme, wie zumindest Gutzeit auffiel – dafür aber in klaren Sätzen.

»Krzanowski ist tot. Das hat mir der Kollege aus Frankfurt schon berichtet. Aber was genau ist passiert?«

Freisal berichtete von Krzanowskis Geklimper vor der Markthalle und die Umstände seines Todes. »Kollege Dreblow sprach gestern von einem gewissen Bartoszek, vor dem Krzanowski nach Deutschland geflohen sein könnte«, sagte er. »Könnte es da einen Zusammenhang mit unserem Fall geben?«

»Bartoszek ist ein Fuchs«, erläuterte Wisniewski. »Er bleibt stets im Hintergrund. War bisher nicht zu überführen, obwohl er mehr schwarze Flecken auf seiner Weste hat als ein Schornsteinfeger. Aber unsere Beweise diesbezüglich sind nicht stichhaltig genug.«

»Sie kennen diesen Herrn schon länger?«, fragte Freisal.

»Wir sind an Bartoszek seit drei Jahren dran. Irgendwann macht er einen Fehler.«

»Wobei?«, hakte Gutzeit nach.

»Er kontrolliert nicht nur die Bordellszene, sondern hält auf sämtliche lukrative wie illegale Geschäfte in den Grenzregionen seine Hand. Bekommt den Hals nicht voll genug. Er muss ja mal den Überblick verlieren. Wäre normal. Dann wird er Fehler machen. Darauf warte ich.«

»Was für Geschäftsquellen außer Prostitution meinen Sie?«

»Altmetallhandel, genauer gesagt Leitungskabel von Bahntrassen. Kupfernes Gold, sozusagen. Allein in Niederschlesien wurden in den vergangenen Jahren Leitungen im Wert von zwei Millionen Zloty gestohlen. Das sind über sechshunderttausend Euro.«

»Sehen Sie irgendeinen denkbaren Zusammenhang zum Mord an Krzanowski?«, fragte Gutzeit.

»Bartoszek wird stinksauer auf Krzanowski gewesen sein. Er hat vor einem dreiviertel Jahr einen seiner fähigsten Mitarbeiter, einen Spezialisten für Starkstrom, im Stich gelassen. Für bestimmte Jobs ist Krzanowski dann und wann in die Heimat gefahren. Wir hatten ihn auf dem Schirm.«

Dreblow meldete sich zu Wort und erklärte, »dass er in Sachen Kabelklau mit Wisniewski in einer grenzüberschreitenden Sonderkommission zusammenarbeite. »Bartoszeks Plan war es, eine Eisenbahnlinie zwischen Breslau und Opole lahmzulegen, um die Kabel zu stehlen. Den bisherigen Erkenntnissen nach war Krzanowski angeheuert worden, um an der Trasse Schmiere zu stehen, vor allem aber auf kommende Züge zu achten.«

»Aber Krzanowski«, fuhr nun Wisniewski fort, »hatte übers Handy von einem Kumpel Bartoszeks eine Warnung erhalten, dass jemand die Polizei gerufen habe, die schon unterwegs sei, und dass man die Aktion abbrechen solle. Das dokumentiert das Abhörprotokoll vom Handy, das Krzanowski benutzt hat. Und jetzt kommt's: Anstatt die Warnung an seinen Kompagnon, der sich auf dem Gleisbett befand und sich an einem Weichenkabel zu schaffen machte, weiterzugeben, schlich sich Krzanowskis klammheimlich davon. Er entwischte den Fahndern in dieser Nacht. Der Mann im Gleisbett wurde angetroffen. Tot.«

»Stromschlag?«

»Nein. Das war ein Spezialist. Es handelte sich wohl um eine Ironie des Schicksals – so sagt man doch in Deutschland?«

»Kommt drauf an«, antwortete Freisal.

»Er wurde von einem Zug erfasst.«

»Vor dem Krzanowski eigentlich hätte warnen sollen«, führte Freisal zu Ende.

»Heißt das, da ziehen bei Ihnen zwei Leute nachts los, um alleine hunderte Meter Kabel abzuschleppen?«, fragte Gutzeit.

»Verehrte Kollegin«, sagte Wisniewski, »die Trupps zum Abtransport warten immer ein Stück abseits, um nicht unnötig aufzufallen. Ein Großteil der auf den Kabelabtransport wartenden Männer konnten abseits der Trasse festgenommen werden.«

»Und woher wissen Sie, dass es sich bei dem zweiten Mann am Gleis um Krzanowski handelte?«, hakte Gutzeit nach.

»Er wurde verpfiffen. Von einem jungen Kerl aus der Gruppe der Verhafteten, ein Jugendlicher. Hatte die Hosen gestrichen voll und glaubte, sich damit einen Vorteil verschaffen zu können. Aber wir haben ihn sowieso wie alle anderen wieder auf freien Fuß setzen müssen, weil ihnen eine Absicht des Diebstahls nicht stichhaltig nachzuweisen war.«

Freisal kratzte sich am Kopf. »Demnach haben sie Krzanowski nicht zur Fahndung ausgeschrieben, weil Sie auch ihm nichts hätten juristisch belastbar vorwerfen können außer ...«

»... nachts zwischen Breslau und Opole an der Bahntrasse gestanden zu haben«, ergänzte Gutzeit. »Das wird auch in Polen nicht strafbar sein.«

»Sie sagen es«, bestätigte Wisniewski. »Aber die Frage, die für Sie von besonderem Interesse sein dürfte, ist doch diese: Hat Bartoszek Krzanowski in Berlin aufspüren und eliminieren lassen?«

»Wegen eines verpatzten Kabelklaus?« Gutzeit schüttelte ungläubig den Kopf.

»Nein, wegen des Verlusts eines Spezialisten«, sagte Wisniewski.

»Wenn Sie einverstanden sind, Frau Gutzeit, Herr Freisal«, schlug Dreblow vor, »überlegen der Kollege Wisniewski und ich mal, ob wir Bartoszek tatsächlich in die Nähe ihres Falls gerückt bekommen. Geben Sie uns einen Tag Zeit, ja? Bitte senden Sie uns dafür eine Kopie der Ermittlungsakte, inklusive des Gutachtens des Pathologen und so weiter.«

»Gut«, sagte Freisal. »Wir müssen allen Spuren nachgehen.« Er bedankte und verabschiedete sich und klickte auf den Button »Gespräch beenden«.

Kaum dass die Videoverbindung beendet war, klingelte das Telefon. Freisal nahm das Gespräch an. Yasmine Gutzeit wollte sich wie verabredet auf den Weg zu Stahl machen, aber der Kommissar hob eine Hand. Sie wartete.

»Aha«, murmelte Freisal, »interessant. Danke. Wiederhören.« Er legte auf. »Wir nehmen Fahrt auf«, sagte er und wählte die Nummer der SpuSi.

»Morgen, Kollege, es geht um die Sache Markthalle. Der Hausmeister vom Rathaus war eben in der Leitung. Er will was entdeckt haben im frisch renovierten dritten Stock, zur Arminiusstraße hin, genauer gesagt auf einem der Herrenklos. Er sprach von Spuren an einem gewaltsam geöffneten Fenster. Wann rückt ihr aus? Gut. Liegt euch der Bericht der Gerichtsmedizin vor? Noch besser!«

Gutzeit stutzte. »Hätte das nicht gestern den Kollegen auffallen müssen? Oder waren die gar nicht im Rathaus?«

»War ja noch Spekulation, von wo aus der Schuss abgegeben worden sein könnte.« Freisal schob Gutzeit eine Kladde hin. »Pathologie. Kam schon ganz früh rein. Anhand von Tatort-Rekonstruktionen und errechnetem Einschlagwinkel verdichtet sich die Spekulation zum Verdacht.«

»Es ist also erst jetzt amtlich, dass …«

»Eben. Die Fantasie eines Kommissars mag eine Befragung rechtfertigen, Spurensicherer benötigen von Anbeginn ihres Einsatzes Butter bei die Fische.«

»Auch von Ihrem Ausbilder?«

»Auf eigenem Mist gewachsen.« Freisal tippte mit dem Finger auf den Kladdendeckel. »Den Berechnungen nach liegt der

Tatort in der dritten Etage – verdammt viele Räume und noch mehr Fenster. Aber Hausmeister sei Dank: Wie's aussieht, steht der Tatort fest: Mitarbeiter-WC.«

Gutzeit schnappte sich ihren Helm.

Kurz nachdem Gutzeit das Büro verlassen hatte, betrat KHK Mario Fechner den Raum, einen roten Aktendeckel unterm Arm. Fechner war vor Jahren Freisals Partner im Morddezernat gewesen, dann aber zu Klau & Raub gewechselt, wie das Dezernat für Diebstahl intern scherzhaft genannt wurde. Fechner war schon immer ohne Warm-up ausgekommen, also gleich zur Sache, und leitete nun bündig ein, dass er vom Fall des getöteten Musikers in der Zeitung gelesen habe.

»Gibt's schon Erkenntnisse über das Opfer?«, fragte er. »Außer dass er Pole war, meine ich.«

»Wenig«, sagte Freisal. »Habe eben mit einem Kollegen aus Słubice gesprochen. Unser Mann ist dort bekannt. Kleinkrimineller. Nun heißt es abwarten, ob sich eine brauchbare Spur entwickelt.« Er atmete tief durch. »Und?«, fragte er dann, »willst du wieder bei mir mitmischen?«

»Nix da«, wies Fechner die Vermutung entschieden von sich. Er hatte sich vor vier Jahren nicht ohne Grund versetzen lassen. Damals war er gerade zum ersten Mal Vater geworden und hatte mit Freisal einen Kindsmord aufzuklären: Die Leiche eines Einjährigen war in Marzahn in einem Altpapiercontainer gefunden worden. Befund: unnatürlicher Tod, Todesart: stumpfe Gewalt. Es konnte ermittelt werden, dass der Liebhaber der Mutter das Geschrei des Kleinkindes »nicht mehr ertragen« und gedacht hatte, ein Schlag auf den Hinterkopf habe »noch niemandem geschadet«.

Im Verlauf der Vernehmung des Mannes, der wenig Reue gezeigt und von einem »Missgeschick« gesprochen hatte, war Fechner dann die Hutschnur gerissen: Mitten im Verhör hatte er dem Beschuldigten physische Gewalt angedroht für den Fall, dass er nicht seinen »flapsigen Tonfall« ändere. Dieser

Vorfall sprach sich im Präsidium herum und Fechner zog die Reißleine, bevor es andere tun konnten.

»Ob's da eine Verbindung zu deinem Fall gibt, weiß ich nicht«, sagte Fechner. »Aber angesprochen will ich's wenigstens haben.« Er berichtete, dass er vor einer Woche Schutzgelderpresser in der Moabiter Markthalle in flagranti erwischt habe. »Wohl ein Trio aus Polen. Wir sind eingeschritten, nachdem die Bande schon bei zwei Händlern abkassiert hatte und gerade dabei war, den dritten einzuschüchtern.«

»Was für Händler genau?«

»Bei denen das Geschäft brummt: Delikatessen- und Weinhändler. Aber auch den Fischstand. Die gehen in der Halle reihum. Immer der gleiche Auftritt: Erst stehen sie am Stand, pöbeln und schubsen Kunden regelrecht weg. Dann schüchtern sie gezielt den Händler ein.«

»Womit?«

»Ab heute zahlst du wöchentlich fünfhundert Euro, dafür beschützen wir dich und deine Familie. Wenn du nicht zahlst, könnte deiner Frau oder deiner Tochter nächste oder übernächste oder überübernächste Woche was zustoßen.«

Wieso hatte ihm Haiko Hensel nicht davon berichtet?, fragte sich Freisal. Stattdessen machte er einen auf Friede, Freude, Kulturkuchen.

»Wisst ihr schon, wer dahintersteckt?«

»Wir haben einen dingfest machen können. Ein Mann aus Polen, groß, breit – und sehr schweigsam.«

»Sagtest du nicht Trio?«

»Dumm gelaufen, der Zugriff. Zwei konnten abhauen. Seitenausgänge. Das hatten wir unterschätzt, waren zu sehr auf die Haupteingänge Arminiusstraße und Bugenhagenstraße fokussiert.«

Freisal dachte nach. Unter seinem rechten Auge zuckte es.

»Ich habe diesen Hensel natürlich auch befragt, wie's so läuft in der Halle«, sagte er. »Schutzgelderpressung ... so was im eigenen Laden, das ist doch keine Bagatelle!« Er kniff die

Augen zusammen. »Ihr habt die Bande also in flagranti ertappt und einen von denen festnehmen können – immerhin. Ihr hattet die Gruppe schon länger im Visier?«

»Nicht wirklich. Wir wussten zwar davon, dass es Wochen zuvor ähnliche Vorfälle in der Kreuzberger Markthalle und in der in Mitte gegeben hatte, aber in Moabit gab es dann einen konkreten Tipp.«

»Von wem?«

»Von Hensel. Er gab zu Protokoll, dass ein Gerücht die Runde machte. Er habe davon von einem Walther, Fischstand Flosse, gehört. Er konnte sich sogar daran erinnern, wann das gewesen sein soll: 24. September, 14 Uhr.«

»Wie jetzt? Hensel nimmt ein Gerücht wahr und kann sich später an die Uhrzeit erinnern?«

»Er sagte, er habe wenige Minuten, nachdem er von dem Gerücht gehört habe, einen Telefontermin mit dem Pflanzenverleiher gehabt. Von daher könne er Tag und Uhrzeit genau eingrenzen.«

»Hm. Wie kam dieses Gerücht zustande? Anders gefragt: Seit wann kündigen sich Schutzgelderpresser an? In der Regel stehen die urplötzlich vor einem Opfer und kassieren es ab.«

»Undichte Stelle vielleicht«, sagte Fechner.

»Hilft nichts«, sagte Freisal. »Muss noch mal zu Hensel. Aber vorher hätte ich gerne Näheres über den Erpresser-Fall gelesen«, sagte er zu Fechner. »Und wer ist der Typ, den ihr gekascht habt?«

»Der hatte keine Papiere dabei. Bei der Festnahme sagte er nur ›Nix deutsch‹ – klang nach polnischem Akzent. Hab mir gedacht, dass dich das interessiert.« Fechner reichte die Akte herüber.

»Danke.«

Freisal überflog den Bericht über den verpatzten Zugriff und las Befragungsprotokolle von Händlern quer. Er blätterte weiter. Bei dem unmittelbar nach der Verhaftung aufgenommenen Polizeifoto stutzte er. Der Mann auf dem Bild, der sich mit glattrasiertem Schädel, Stiernacken und aggressivem Gesichtsausdruck präsentierte, hatte was von American Pitbull. Er schaute sich das Foto genauer an.

Der Bildausschnitt reichte bis zur Brust des Mannes, der ein ärmelloses schwarzes Shirt trug. Die breiten Schultern und durchtrainierten Oberarme konnten einem Wladimir Klitschko alle Ehre machen, aber ansonsten hatte er nicht die Bohne vom Charme des ukrainischen Champions. Der Habitus erinnerte Freisal eher an einen Kneipenschläger; sein leicht vorstehender Unterkiefer sollte wohl Gefährlichkeit signalisieren, und die Tätowierung, die den gesamten rechten Bizeps wie ein Band umspannte, möglicherweise eine gewisse Verwegenheit andeuten.

Das Motiv des Tattoos erregte das Interesse des KHK: Es bestand aus einem Band sich wiederholender, spiegelverkehrter Z. »Schön ist anders«, sagte er.

»Friedlich vermutlich auch«, sagte Fechner.

»Ein Pole also?«

»›Nix deutsch‹ jedenfalls.«

»War der Dolmetscher schon da?«

»Ja. Aber unser Kunde spricht offenbar nicht mit jedem. Auch nicht auf Polnisch.«

Freisal tippte mit dem Finger auf das Tattoo. »Fechner, guck mal: komisch, oder?«

»Tattoos sind in. Fußgelenk, Handgelenk, Oberarm – wo und was auch immer. Oder was meinst du?«

»Wenn ich das einzelne Element des Tattoo-Bandes betrachte, erkenne ich die Wolfsangel.«

»Wolfsangel, Wolfsangel ... äh, das war doch ...«

»Adjutanten der Hitlerjugend trugen das Symbol als Ärmelaufnäher. Aber auch die SA-Standarte Feldherrenhalle. Ich würde euren Polen, der sich mit einem Symbol der Nationalsozialisten schmückt, gern mal kennenlernen. Das läge quasi auf dem Weg zu Hensel – wärst du einverstanden? Ist ja eigentlich dein Kunde.«

»Kein Thema. Aber so kurzfristig bekommen wir keinen Dolmetscher.«

»Vermute mal, den brauchen wir gar nicht. Ich hab da so eine Idee.«

Fechner zückte sein Handy und meldete sie bei der JVA an. »Erneutes Verhör des Mannes aus Polen.«

Fechner saß sichtlich angespannt im Wagen. »Dass du immer noch diese Kiste fährst«, grummelte er.

Freisal lenkte den offenen MX-5 über die Wilhelmstraße. »Kiste? Vorsicht!«

»Liegt so flach auf der Straße, dass der Busfahrer hinter uns es bestimmt nicht mal bemerkt, wenn er uns überrollt.«

»Falsch: Der Wagen liegt so flach, dass wir beim nächsten Bus unter dessen Bodenblech durchfahren, um ihn zu überholen.«

Fechner klammerte sich am Türgriff fest.

»Sag mal, Kollege, mich würde mal deine Meinung interessieren. Der Musiker soll nebenbei geklaute Navis vertickt haben. Könnte das was mit organisierter Kriminalität zu tun haben? Vielleicht noch eine ganz andere Polen-Gang?«

»Wie teuer soll so 'n Navi denn sein?«

»Einhundert.«

»Kinderkram.«

»Wieso?«

»Die OK interessiert sich nur für Neuwertiges aus Wagen der Premiumklasse. Da reden wir eher vom Zehnfachen je Gerät. Pro Diebeszug können da locker zwanzig Dinger eingesackt werden. Die sind organisiert wie die Leute in einer Boxengasse. Alles in allem dauert so ein Bruch nicht länger als drei Minuten. Die Verfahren müssen in der Regel eingestellt werden. Die Typen werden eingeflogen, über Tegel, als Touristen getarnt, und genauso schnell sind die auch wieder weg. Die Ware geht über die Autobahnen in den Ostblock. Euer Musiker wird vielleicht irgendwelche billigen Geräte unters Volk gebracht haben, die irgendwo vom Laster gefallen sind.«

»Na, dann ...« Krzanowski war also ein Gelegenheitshehler. Offenbar keine ernst zu nehmende Spur.

Freisal stellte den MX-5 in unmittelbarer Nähe des Gefängnisses und des Gerichts ab, Alt-Moabit 12 a. Beide Gebäude standen auf ein und demselben Grundstück zwischen Turmstraße und Alt-Moabit. Die Justizvollzugsanstalt, in der auch Untersuchungshäftlinge untergebracht waren, war mit der Rückseite des Kriminalgerichts verbunden.

Als die Kommissare den Beobachtungsraum betraten, saß der Pole bereits hinter der Panorama-Spiegelwand im Vernehmungszimmer am Tisch und wartete darauf, erneut verhört zu werden. Ein Sicherheitsbeamter, der es dem Anschein nach körperlich mit dem Festgenommenen im Ernstfall durchaus hätte aufnehmen können, bewachte von innen die Tür.

»Mich kennt er nicht«, sagte Freisal, »er wird dich erwarten. Eine gute Voraussetzung, um ihn zu überraschen.«

»Was hast du vor?«

»Ich will herauszufinden, ob er uns wirklich nicht versteht.«

»Und was ist mein Part dabei?«

»Hingucken – insbesondere in dem Moment, wenn ich den Raum wieder verlasse. Kamera ab!«

Fechner klickte auf einer PC-Tastatur die Enter-Taste.

KHK Freisal betrat wortlos den in grelles Neonlicht getauchten fensterlosen Vernehmungsraum. Er ging gemächlich um den Tisch herum und fixierte dabei den Mann, der mit verschränkten Armen und breitbeinig auf dem Stuhl saß. Er setzte sich dem Mann gegenüber und rutschte mit dem Stuhl leicht nach rechts, um sich exakt in das Sichtfeld des Polen zu begeben, sodass dieser ihn wahrnehmen musste. Die Blicke der Männer trafen sich.

Er begann mit seinem Warm-up, wenngleich zur Abwechslung nonverbaler Natur. Ein einfaches Spiel, überschaubare Regel: Wer zuerst den Blick vom andern abwandte, hatte verloren. Der Mann gegenüber nahm den Blickkontakt nicht nur an, sondern aktiv auf – das heißt, er versuchte, mit bohrendem Blick Herr der Situation zu werden. Aber Freisal hielt dem nicht nur stand, er tauchte tief ein in die grauen Augen des anderen.

Eine lauernde Stille lag im Raum, nichts weiter geschah. Der Bewacher verhielt sich so unauffällig, als wäre er gar nicht da. Nicht einmal ein Räuspern war zu vernehmen, weder von ihm noch von den Duellanten. Es vergingen geschlagene fünf Minuten.

Weiter im Blickkontakt und ohne mit der Wimper zu zucken, fing der Kommissar schließlich an zu sprechen.

»Mein Name ist Hans-Joachim Freisal, von der Mordkommission. Und Ihrer?« Keine Antwort. Okay, das war zu einfach gedacht, zugegeben. Freisals Blick klebte an dem seines Gegenübers. »Ich möchte Ihnen eine Geschichte erzählen. Haben Sie Zeit?«

Respekt, dachte Fechner, er hat nach wie vor nicht nur die besseren Nerven, sondern auch einen treffenden Witz.

»Also, nehmen wir beide doch mal an«, begann Freisal betont gespreizt, »ich hätte den Mord an einem Menschen aufzuklären. Nehmen wir weiterhin an, dass der Tote ein Neonazi war. Hintergrund seines Todes könnte, sagen wir mal, eine gewisse Unstimmigkeit im Milieu sein. Wie das Leben so spielt, könnte es auch sein – und nun, aufgepasst, kommen Sie mit ins Spiel –, dass es eine Zeugenaussage gibt, die Rückschlüsse auf den Täter zulässt. Diese Beschreibung passt in unserer kleinen Geschichte exakt auf Sie, also wie die Faust aufs Auge. Kennen Sie dieses Sprichwort?« Der Mann starrte weiterhin unbeeindruckt; in seinem Gesicht zeichnete sich nicht die geringste noch so kleine Regung ab.

»Sie müssen dazu nichts sagen, Sie könnten sich ja selbst belasten. Mein Besuch bei Ihnen hat vorerst nur den einen

Grund: Ich will, dass Sie wissen, dass es ab heute für Sie möglicherweise nicht mehr nur um Schutzgelderpressung, sondern auch um Mord gehen könnte.«

Freisal schlug eisiges Schweigen entgegen. Er machte eine Kunstpause, ohne seinen Blick abzuwenden. Minutenlang wurde nicht gesprochen. Dann erhob der Kommissar noch einmal die Stimme, weiterhin in ruhigem, sachlichem, beinahe schon freundlichem Tonfall: »Ich sehe gerade das Kunstwerk auf ihrem Arm – das allein könnte Ihnen drei Jahre Knast einbringen. Das Tragen verfassungsfeindlicher Symbole ist verboten, Paragraf 86a Strafgesetzbuch. Das müssen Sie sich aber nicht merken, Sie könnten ja einen Anwalt anrufen, der kennt sich damit aus. Wirklich gut gemacht, die in Wiederholung getarnte Wolfsangel. Natürlich nicht gut genug, um von der Staatsanwaltschaft nicht identifiziert zu werden … Aber was wären schon drei Jahre Knast? Lächerlich, oder? So wie Sie vor mir sitzen, vermute ich mal, stecken Sie drei Jahre Knast locker weg.«

Ohne den Blick von dem Mann zu lösen, drückte sich Freisal mit den Händen von der Tischplatte ab und stand vom Stuhl auf. »Mein Kollege kommt gleich«, sagte er, »bitte nicht weglaufen.« Er zwinkerte dem Mann zu und gab dem Beamten an der Tür ein Zeichen. Er sollte mit ihm gemeinsam den Raum verlassen, damit sich der Gefangene unbeobachtet fühlte.

Im Nachbarraum sah Fechner, wie sich der Pole, unmittelbar nachdem Freisal und der Sicherheitsbeamte das Vernehmungszimmer verlassen hatten, aus seiner starren Haltung löste. Er senkte den Blick und betrachtete das Tattoo auf seinem Oberarm.

»Und?«, fragte Freisal.

»Genial, Kollege!«

»Von einem Kompliment kann ich zwei Monate lang leben.«

»Hübsch gesagt.«

»Ist nicht von mir.«

»Sondern?«

»Mark Twain – ganz großer Kopf.«

»Kenn ich, hab ich als Kind verschlungen: *Winnetou – Häuptling der Mescalero-Apachen.*«

»Fechner, du meinst Karl May. Mark Twain ist der mit *Tom Sawyer und Huckleberry Finn.*«

»Sicher?«

»Und Karl Marx war wieder ein ganz anderer.«

»Is' ja gut. Nimmst du gerade an einem Literaturkurs in der VHS teil?«

»Nee, versuche bloß abzunehmen.«

»Muss ich das jetzt verstehen?«

»Hab eine Ernährungsberaterin. Die gibt tolle Tipps. Hat mich nebenbei auf Twain gebracht.«

»Verstehe jetzt den Kontext nicht ganz.«

»Macht nichts. Sag du lieber: Warum genial?«

Fechner runzelte die Stirn. »Er muss dich verstanden haben. Nachdem ihr den Raum verlassen hattet, schaute er auf seinen Oberarm. Von wegen nix deutsch! Wenn er nichts verstehen würde, hätte er keinen Grund, das zu tun, was er eben getan hat.«

»Habe bewusst das Wort Tattoo vermieden.«

»Zudem war deine Geschichte relativ komplex und alles andere als alltagssprachlich formuliert.«

»Er konnte meinen Ausführungen also folgen. Das heißt doch, dass er unsere Sprache zumindest versteht.«

»Nicht schlecht, dein Ansatz: Erstens hast du ihn mit deiner Geschichte gedanklich beschäftigt, um ihn zweitens von deinem Ziel abzulenken, was wiederum drittens einen allzu menschlichen Reflex provozierte: Vergewisserung dessen, was über einen behauptet wird.«

»Wolfsangel.«

»Stimmt aber im Übrigen nur bedingt«, sagte Fechner mit der Miene eines Spielverderbers. »Das Symbol ist als solches nicht verboten, im Kontext von Nazi-Aktivitäten allerdings schon. Gibt ja sogar Gemeinden, die die Wolfsangel im Wappen tragen – zum Beispiel Bornheim, ein Stadtteil von Frankfurt am Main.«

»Tatsächlich? Das habe ich nicht gewusst.«

»Ich, ehrlich gesagt, auch nicht.« Fechner grinste. Er holte sein Smartphone hinter dem Rücken hervor und hielt es Freisal vor die Nase. »Laut Wikipedia haben auch Orte wie Fellbach, Dernbach oder Mannheim die Wolfsangel im Wappen.«

»Seit wann?«

»Weit vor der Nazizeit: Mittelalter.«

»Okay, das entschuldigt.«

Die Kommissare berieten sich. Fechner sollte den Mann noch ein bisschen schmoren lassen, um ihm dann zu raten, seine Show abzublasen und in die kooperative Ecke zu wechseln. Der Videomitschnitt vom verräterischen Reflex würde sicherlich Wunder wirken. Man könne, schlug Freisal zudem vor, dem Mann anbieten, ins Zeugenschutzprogramm aufgenommen zu werden – falls denn die Gegenleistung stimmte.

»Dafür müsste er umfänglich auspacken«, sagte Fechner. »Die wesentliche Frage, wer hinter der Polen-Gang steckt, ist ja noch offen.«

»Und auch die Frage, ob's eine Verbindung zu dem Mord in Moabit gibt«, sagte Freisal. »Ich fahre dann mal bei Hensel vorbei. Soll ich dich auf dem Rückweg wieder einsammeln? Du bist doch bestimmt auf den Geschmack gekommen, oder?«

Fechner lächelte etwas gezwungen. »Danke, ich nehme mir ein Taxi. Die Froschperspektive in deinem Wagen macht mich irgendwie nervös.«

Das Tor zum Rathausparkplatz stand weit offen. Freisal fuhr auf den Hof und stellte den Wagen wie gehabt dicht neben den BMW des BzBms. Er schloss das Stoffdach und klappte die Sonnenblende der Beifahrerseite herunter – dahinter verbarg sich ein Schild mit der Aufschrift »Einsatzfahrzeug der Polizei«.

Sicher ist sicher, dachte er, wer weiß, ob der Hausmeister in seiner allgemeinen Verärgerung darüber, dass er von seinen Kollegen nicht informiert worden ist, registriert hat, dass der Mazda zur Kripo gehört. Ihm war bekannt, dass Abschleppunternehmen Falschparker schon mal bis hoch zum Neuen Ufer brachten, und bis dorthin zu Fuß gehen zu müssen, erschien ihm denn doch abwegig.

Vom Hof kommend, ging Freisal hinüber zum Seiteneingang der Markthalle an der Bremer Straße. Er hoffte, dass Haiko Hensel da wäre und er den Weg nicht vergebens unternommen hatte. Vielleicht würde er dieses Mal auch Frau Hensel antreffen. Sich vorher anzumelden wäre denkbar gewesen, aber seiner Erfahrung nach war es zielführender, bei zu Befragenden ohne Anmeldung anzuklopfen. Und außerdem konnte der Weg zur Markthalle insofern gar nicht vergebens sein, als der Kiez-Imbiss geöffnet war.

Als er das schmale Treppenhaus zur Büroetage hinaufschritt, kam ihm Haiko Hensel entgegen. Er wirkte gehetzt.

»Das trifft sich aber gut«, sagte Freisal und blieb auf halber Stiege stehen.

»Ah, Herr Freisal ... bin heute etwas in Eile ... Vorbereitung für ein Konzert am Nachmittag: Klassik. Und abends läuft Jazz. Alles im Rahmen der Moabiter Musikwoche«, begrüßte ihn Hensel und versuchte, sich seitlich am Kommissar vorbeizuschlängeln. »Möchten Sie zu meiner Frau? Sie ist heute da.«

Freisal drehte sich ebenfalls seitlich, streckte seinen Bauch heraus, sodass der Weg für Hensel so gut wie unpassierbar wurde und er schon hätte drängeln müssen, um vorbeizukommen. »Zu Ihrer Frau auch, ja.«

Hensel blieb stehen und versuchte noch einmal, sein Vorankommen unabdingbar erscheinen zu lassen. »Irgendwas ist mit dem Bühnenaufbau. Sie wissen doch, wenn man sich nicht um alles selber kümmert …«

»Kenne ich«, sagte Freisal, »geht mir ähnlich. Zum Beispiel, um vollständige Informationen zu bekommen, was glauben Sie, wie ich da manchmal hinterher sein muss. Und das bei meinem Übergewicht. Lästig, sag ich Ihnen, sehr lästig.«

»Tut mir leid, aber wie gesagt, heute …«

»… wäre es gut«, unterbrach Freisal und führte den Satz in seinem Sinne fort: »Gut, wenn Sie mir sagten, wie es sich mit den Schutzgeld-Erpressern nun wirklich verhielt.«

»Wie meinen Sie das?«

»Mich interessiert zudem, warum Sie mir davon nicht schon gestern berichtet haben.«

»Aber …«

»Und was genau es zu bedeuten hat, dass es nach Ihrer Aussage bei meinem Kollegen vom Raubdezernat vorab ein Gerücht gegeben habe, woraufhin Sie die Polizei alarmierten.«

Hensel blickte auf seine Armbanduhr. »Gut, zehn Minuten.« Mit einer Handbewegung bat er Freisal nach oben. »Aber dann muss ich wirklich in die Halle.«

»Brauche nur fünf. Habe nur zwei Fragen, kann also schnell gehen.«

Sie betraten das Büro. »Darf ich vorstellen: meine Frau Sylvia, Geschäftsführerin der Halle«, sagte Hensel förmlich.

Sylvia Hensel, eine lange, schlanke Brünette im mausgrauen Businesskleid, stand vom Schreibtisch auf und schritt betont geschäftlich zu ihrem Mann und Freisal herüber.

Sie reichte dem Besucher die Hand.

Freisal fiel auf, dass ihr Händedruck außerordentlich fest war. Sicherlich eine energische Persönlichkeit, dachte er.

»Das ist Kommissar Freisal«, komplettierte Haiko Hensel die Vorstellung. »Habe dir ja von ihm erzählt.«

»Angenehm«, sagte Sylvia Hensel. »Sie untersuchen den schrecklichen Tod von Andrzej. Wie können wir dabei behilflich sein?«

»Nur ein paar Fragen«, sagte Freisal. »Bin gleich wieder weg. Hab schon gehört: Konzerte. Was denn eigentlich?«

»Am Nachmittag Frédéric Chopin, Klaviersolo: Barcarolle Fis-Dur und anderes.«

»Lassen Sie mich raten: Musikschule?«

»Raten ist gut – ha, ha«, sagte Haiko Hensel etwas bemüht locker. »Steht doch am Halleneingang auf dem Plakat.«

»Ich komme direkt vom Rathaushof«, entschuldigte sich Freisal, »hab den Aushang noch nicht gesehen. Dachte es mir, weil Sie gestern sagten, dass sich hier ab und zu auch die Musikschule präsentiert.«

»Aber wegen des Programms sind Sie vermutlich nicht gekommen«, hakte Sylvia Hensel freundlich, aber bestimmt nach.

Genug Warm-up, dachte Freisal und wandte sich an Haiko Hensel. »Wie war das nun mit dem Gerücht? Ich bräuchte das präzise: Von wem hatten Sie da etwas gehört?«

Hensel schien zu überlegen. Was gibt's da lange nachzudenken?, fragte sich Freisal.

Hensel blickte kurz zu seiner Frau, dann rückte er mit der Sprache heraus. »Krzanowski – er war zu mir ins Büro gekommen.«

»Das heißt, Sie waren allein im Büro?«

»Was? Wieso?«

»Sie sagten: zu mir, und nicht: zu uns. Das klang so, als sei Ihre Frau nicht anwesend gewesen, als Sie von Krzanowski Besuch bekamen.«

»Also ...«

»Doch, doch«, mischte sich Sylvia Hensel ein, »ich war auch da.« Sie schaute ihren Mann an. »Bin ja viel unterwegs …«

»Außentermine, Ihr Mann berichtete mir schon«, sagte Freisal.

»… von daher ist das hier eigentlich das Büro meines Mannes.«

»Na ja, irgendwie schon …«, druckste Haiko Hensel herum. »Aber natürlich arbeiten wir hier beide.« Er zeigte mit einer operettenhaften Handbewegung auf die beiden Schreibtische und sagte betont munter: »Sehen Sie, da stehen die Beweise.«

»Und was hatte Krzanowski nun konkret auf der Pfanne?«, fragte Freisal.

»Er hat berichtet«, fuhr Haiko Hensel fort, »dass er irgendwo aufgeschnappt habe, dass demnächst Erpresser in der Halle auftauchen würden.«

»Wie, irgendwo? Was aufgeschnappt?«

»Keine Ahnung.«

»Sie haben da nicht nachgehakt?«

»Doch, doch. Krzanowski erzählte ziemlich wirres Zeug, irgendwas von Polen-Clan oder so. Ich glaube, er war angetrunken. Jedenfalls nur schwer zu verstehen.«

»Wegen mangelnder Deutschkenntnisse?«

»Nicht nur«, sagte Sylvia Hensel. »Ich glaube, er roch nach Alkohol. Oder, Haiko?«

»Ja … doch, das denke ich auch.«

»Warum haben Sie das dem Kollegen Fechner nicht berichtet?«

»Er hat nicht danach gefragt. Gerüchte, das schien ihm zu genügen. Also, mir war doch nicht klar, dass das von Bedeutung sein könnte«, sagte Haiko Hensel.

»Herr Kommissar.« Sylvia Hensel trat ihrem Mann zur Seite. »Wir wissen doch: Das Gerücht ist immer schneller als die Wahrheit.«

Freisal lächelte. »Klingt gut«, sagte er, »bedeutet in unserem Fall aber was genau?«

»Genau genommen wussten wir nicht, ob was dran ist an der Geschichte.«

»Aber ernst genommen haben Sie sie dennoch. Immerhin haben Sie ja die Polizei alarmiert.«

»Informiert«, korrigierte Sylvia Hensel. »Zum Alarm wurde die Sache erst, als sich die Polizei der Angelegenheit annahm.«

Wow, dachte Freisal, eine Wortklauberin. Aber an sich hatte Sylvia Hensel recht mit dem, was sie sagte: Einschätzungen von Gefahrenlagen oder Bedrohungspotenzialen und daraus resultierende Alarmierungen waren Sache der Behörden. Er erinnerte sich daran, dass Fechner auf der Fahrt zur JVA berichtet hatte, dass die Sache in der Arminiushalle von Anfang an ernst genommen worden sei, weil ähnlich gelagerte Schutzgelddelikte zuvor in der Kreuzberger Marheinekehalle sowie in der Ackerhalle in Mitte zu verzeichnen gewesen waren.

»Immer das gleiche Muster«, hatte Fechner gesagt, »immer Leute mit polnischem Akzent.« Dass es sich um eine Serie gehandelt hatte, sei klar gewesen, aber erst in Moabit hätte sein Dezernat einen Teilerfolg verzeichnen können.

Haiko Hensel blickte stumm auf seine Armbanduhr.

»Danke, das wär's – für's Erste«, sagte Freisal. »Danke für Ihre Zeit, Herr Hensel.« Er wandte sich Sylvia Hensel zu. »Eine Frage an Sie, Frau Hensel.«

Sylvia Hensel lächelte professionell. »Gern«, sagte sie.

Eine Floskel, dachte Freisal. Mittlerweile hieß es in Berlin an jeder Ecke »gerne«, dicht gefolgt von »kein Problem«. Selbst beim Bäcker ums Eck hatte er das schon beobachtet. Bestellte er zwei Schrippen, konnte es vorkommen, dass er lächelnd zur Antwort bekam: »Kein Problem«.

»Sie haben zu Beginn meines Besuchs Krzanowski beim Vornamen genannt. Gibt's dafür einen bestimmten Grund?«

Die bisher so selbstbewusste Sylvia Hensel wirkte auf einmal unschlüssig. Sichtbar nach Worten suchend, blickte sie an Freisal vorbei.

»In was für einer Beziehung standen Sie zu Herrn Krzanowski, Frau Hensel?«, setzte der nach.

»Beziehung? Wie, Beziehung?«

Benötigte sie Zeit, um nachzudenken? Das war doch keine komplizierte Frage. Krzanowski mochte ja ein miserabler Musiker gewesen sein, dachte Freisal, aber er war immerhin ein gutaussehender Typ, auf den manche Frauen sicher angesprungen waren, vielleicht trotz oder gerade wegen seines eher vagabundenhaften Lebensstils.

»Also, wir duzen uns hier alle«, sprang Haiko Hensel seiner Frau zur Seite. »Das ist normal unter Kollegen.«

»Krzanowski war ein Kollege? Das hatte ich bisher so nicht verstanden.«

»Ich meine, er gehörte irgendwie schon dazu.«

»Wozu?«

»Zur Hallen-Familie.«

»Wegen Bestandsschutz?«

»Bitte?«

»Gestern sagten Sie, die Duldung von Krzanowskis Musik habe ausschließlich etwas mit Bestandsschutz zu tun. Bei allem Respekt, Herr Hensel, aber in meinen Ohren klingt Bestandsschutz eher nach einem Urteil am Amtsgericht, weniger nach Familienbanden.«

»Bestandsschutz war ein Stück weit ironisch gemeint. Ich hätte, auf Straßenmusik bezogen, auch Artenschutz sagen können.«

»Verstehe«, sagte Freisal, »so ist das eben mit Ironie: Fehlinterpretationen sind immer möglich. Ich spreche da aus Erfahrung.«

»Umso besser, dass Sie gleich nachgefragt haben«, erwiderte Hensel etwas onkelhaft. »Wenn sich Unklarheiten erst mal verfestigen ...«

Freisal blickte auf seine Uhr. »Genau genommen«, sagte er,

»hätten Sie seit zwei Minuten unten in der Halle sein können. War Ihnen doch so wichtig.«

»Aber Sie hatten doch noch diese eine Frage …«

»… an Ihre Frau, richtig.«

»Tja, ähm … also, dem ist meinerseits nichts hinzuzufügen«, sagte Sylvia Hensel.

Sie wirkte irgendwie erleichtert. Du liebe Güte, hatte die Hensel etwa was mit dem Krzanowski gehabt? Ging es hier womöglich um ein schnödes Liebesdrama? Freisal bedankte sich bei den Hensels für die Zeit, die sie sich genommen hatten, und reichte ihnen die Hand. Diesmal war Haiko Hensels Händedruck kräftiger als der seiner Frau; zudem fühlte sich ihre Handfläche kalt und feucht an. Hände lügen nicht, dachte Freisal. Aber was genau steckte dahinter? Er wandte sich der Tür zu.

Haiko Hensel blieb an der Bürotür stehen und sah ihm nach. Nachdem der Kommissar die Tür des Treppenhauses hatte hinter sich ins Schloss fallen lassen, drehte er sich zu seiner Frau um und blickte sie fragend an. »Schatz, was sollte das eben?«

»Was meinst du?« Sylvia Hensel konnte nicht nur die zielstrebige Geschäftsfrau geben, sondern auch von der einen auf die andere Sekunde einen überzeugenden Rehblick aufsetzen, ganz die sprichwörtliche Unschuld vom Lande.

»Wieso hast du behauptet, dass uns Krzanowski hier zusammen angetroffen hatte?«

»Ach, war das nicht so?«

»Sylvia, bitte – jetzt kein Theater. Warum?«

»Alibi.«

»Wozu denn das?«

»So was kann man immer gebrauchen. Sieht man doch in jedem Krimi, oder etwa nicht?«

Haiko Hensel war perplex. Er schloss die Bürotür sachte von außen und machte sich mit nachdenklicher Miene auf den Weg in die Halle.

Vor dem Eingang der Markthalle überflog Freisal beiläufig, was auf dem Konzertplakat stand. Richtig: Wie Hensel gesagt hatte, gab es zuerst Klassik, dann Jazz.

Er drückte die Tasten seines Handys; Fechner hob ab. »Es kommt Bewegung ins Spiel«, sagte Freisal. »Stehe vor der Markthalle; komme von Hensels, die mir erzählt haben, wer sie über die bevorstehende Erpressung informiert haben soll. Nämlich Krasznowski.«

»Mir gegenüber sprach er von einem Gerücht, dass ihm der Flosse-Betreiber gesteckt haben soll.«

»Eben hat er gesagt, er sei von dir nicht danach gefragt worden. Er habe nicht zu Protokoll gegeben, dass ihn Krasznowski informiert habe, weil er es nicht für relevant hielt.«

»Nicht relevant?«, sagte Fechner. »Als Geschäftsführer der Halle? Jedenfalls kennst du jetzt den Koch in Hensels Gerüchteküche.«

»Ja. Ich kenne sogar seine Adresse: Turmstraße 21, Sammelunterkunft. Welches Zimmer genau, müsste ich beim Pathologen erfragen.«

Bei der Gerichtsmedizin, in den Kühlräumen des Landesinstituts für gerichtliche und soziale Medizin Berlin, lagen die Leichen in weiß getünchten und neonbeleuchteten Kühlräumen, die mit vier Etagen hohen offenen Metallregalen ausgestattet waren. Für eine Obduktion wurde die jeweilige Leiche mit einem Hubwagen aus ihrem Fach und dem weißen Plastikbehälter gehoben und in den Sektionssaal verbracht.

»Freisal, dein Humor war immer schon etwas sperrig«, stellte Fechner fest.

»Mich treibt die Frage um, wo oder von wem Krzanowski seinerseits von dem Gerücht gehört haben könnte.« Schweigen auf der anderen Seite. »Hallo, Fechner, bist du noch dran?«

»Ja, sicher. Ich überlege gerade, ob uns da unser ›nix deutsch‹-Freund möglicherweise weiterhelfen könnte.«

»Hast du ihn zwischenzeitlich gesprochen?«

»Zumindest hab ich's versucht. Er schweigt weiterhin. Scheint Bedenkzeit zu benötigen. Die wird er bekommen. Der Haftrichter hat ihn wegen Flucht- und Verdunklungsgefahr festgesetzt.«

»Bist du noch vor Ort?«

»Ja. Wollte aber gerade gehen.«

»Was hältst du davon, wenn du dir den Burschen noch mal kommen lässt«, schlug Freisal vor. »Halt ihm ein Foto vom toten Krzanowski unter die Nase. Wirkt manchmal Wunder. Sag ihm, er sei mit Krzanowski zusammen gesehen worden.«

»Freisal, das wäre nicht korrekt, das weißt du. Ich hab schon einmal versucht, auf einen Beschuldigten Druck auszuüben; du wirst dich erinnern.«

»Fechner, du sollst dem Stiernacken doch nichts auf die Fresse geben. Formulier deinen Vorwurf im Konjunktiv, dann bist du formal aus dem Schneider. Sag ihm, dass er möglicherweise mit Krzanowski zusammen gesehen worden sein könnte. Wenn er den Unterschied zwischen Tatsache und Möglichkeit nicht schnallt, was ich vermute, dann ist es nicht dein Problem, wenn er daraufhin zu plaudern beginnt.«

»Gut, ich probier's. Soll ich auf dich warten? Willst du dabei sein?«

»Leider, leider hab ich hier noch eine Verabredung.«

»Verstehe. Melde mich, wenn das Verhör gelaufen ist.«

»Danke, Fechner.«

»Ach ja, da wäre noch was …«

»Ja?«

»Guten Appetit!«

Zwanzig Minuten später wischte Freisal sich mit der Serviette den Mund ab und brachte seinen Teller zu Paschke an den Tresen.

»War prima.«

»Obwohl …«

»… kein Eisbein, richtig.«

»Dat det Grünzeug satt machen soll ... Ick weeß ja nich' ...«

»Passt schon. Bitte einen Espresso.«

»Mit Zucker oder Essig und Öl? Meen ja nur, der Fijur wejen?«

Freisal grinste, kramte sein Chinabüchlein heraus und machte sich demonstrativ und für Paschke gut hörbar seine Notizen: »Gemischter Salat mit Schafskäse, Thunfisch und Ei.«

Paschke blickte skeptisch. »Ick weeß ja nich' ...«, wiederholte er und zuckte mit den Schultern. Als er sich zur Espressomaschine umdrehte, riss er überrascht die Augen auf. »Kiek ma'!«, rief er Freisal zu.

Freisal verstaute das Büchlein und den Stift wieder in der Jackentasche.

»Wat hat 'n deine Kollejin für'n Ufftrach?«

Freisal drehte sich um und sah, wie Gutzeit auf den Imbiss zugestöckelt kam. Statt Motorradstiefeln trug sie knallrote High Heels, anstelle ihrer Lederkutte schmiegte sich ein hautenges rotes Top um ihren Leib. Sie stellte sich neben ihn und somit unmittelbar vor Paschke, der von schräg oben in ihr Dekolleté starrte.

»Habe Ihren Wagen auf dem Rathaushof stehen sehen«, sagte sie. »Dachte mir, dass Sie hier sind.«

Paschke hing förmlich übern Tresen und brabbelte entzückt: »Die Dame, ooch 'n Espresso?«

Freisal intervenierte: »Paschke, du sabberst.«

Der drehte sich sofort zu seiner Espressomaschine um.

»Ja«, beantwortete Gutzeit Paschkes Frage und klimperte dabei demonstrativ mit ihren künstlichen Wimpern. Dann zog sie Freisal am Ärmel an den Stehtisch. »Männer«, konstatierte sie.

»Ach, der Paschke ...«

»Ich spreche von Stahl.«

Sie berichtete, dass sie von Stahl sehr zuvorkommend aufgenommen worden sei und dieser sich auch sonst weich wie

Butter geriert habe. Er habe sogar das Aufnahmegerät näher zu sich herangezogen, damit er gut zu verstehen sei.

»Er sprach über seine Waffe, als erzähle er von einer Freundin, mehr noch, von einer Geliebten: ›Sie müssen‹, hat er geschwärmt, ›so eine Winchester selbst mal im Arm halten, um mich zu verstehen. Die glänzende Schönheit ihres Rückens, der matte Glanz ihres schlanken Laufs und … ach, wie zierlich und zugleich nützlich ihre offene Visierung ist: Kimme und Korn.‹«

»Ist die Waffe für ihn ein Fetisch?«, fragte Freisal.

»Klingt so. Muss aber nicht sein. Kann auch einfach nur ein überzeugter Hobbyist sein. Sie müssten mich mal am Rande der Rennpiste reden hören, wenn ich mit Cross-Fahrerinnen fachsimpele … über das Knattern … den Geruch … das Vibrieren des Bocks und …«

»Is' ja gut, Kollegin! Bitte zu Stahl zurück.«

»Habe in Erfahrung bringen können, dass er alleine lebt.«

»Wie ist Ihnen denn das gelungen?«

»Er hat mich zum Probeschießen in die Gilde eingeladen. Der Winchester wegen, sagte er. Ich habe ihn gefragt, was denn wohl seine Frau oder Freundin dazu sagen würde, wenn sie erführe, dass er eine junge Polizistin zum Schießen einlädt. Er gab offenherzig zu, dass es da weder noch gäbe. Er hätte, Zitat, ›mental wie emotional sturmfreie Schießbude‹. Habe dankend abgelehnt.«

»Wollte er Sie anbaggern?«

»Glaub ich nicht, der macht aus seinem Herzen nur keine Mördergrube. Er sagte auch, dass er, wieder Zitat, ›von Beziehungen bis auf Weiteres die Schnauze voll‹ habe. Er sei dreimal verheiratet gewesen und, wie schon die zwei Male davor, vorm Jahr von seiner Ex bei der Scheidung über den Tisch gezogen worden. Er zahle immer noch die alten gemeinsamen Schulden ab.«

»Sie haben Eindruck auf ihn gemacht, was?«

»Sieht so aus, ja. Er sagte, vielleicht ergäbe sich irgendwann mal wieder eine Gelegenheit …«

»Für mehr Schulden?«

»Och nee, Herr Freisal! – Für eine neue Beziehung, meinte er.«

»Schon klar«, sagte Freisal und überlegte. »Stahl ist Ihrer Meinung nach aus dem Rennen?«

Bevor Gutzeit antworten konnte, klingelte ihr Smartphone. Sie fingerte es aus ihrem Handtäschchen, blickte aufs Display. »Ach, guck mal an«, sagte sie.

»Gerne«, gab Freisal retour. »Wenn Sie mich teilhaben lassen, wer es ist.«

»Stahl«, informierte sie.

»Anbaggern, sag ich doch …«

»Herr Freisal, bitte!« Gutzeit ging ran und hörte zu, was Stahl zu sagen hatte. Wenig später legte sie mit einem »Danke für Ihren Anruf« und »Ja, so können wir verbleiben« auf.

Sie zog die Stirn kraus. Stahl wollte sie noch einmal sprechen; er habe ihr noch etwas zu sagen – es würde eh ans Licht kommen.

»Wovon ist die Rede?«

»Es geht, wie er sagte, ›um meine Winchester und mich‹.«

Freisal dachte nach. Dann wandte er sich an Paschke: »Halt uns den Espresso warm. Wir müssen noch mal rüberstöckeln.«

Wenig später stand Yasmine Gutzeit im Türrahmen des Chefs des Gartenbauamts Mitte. Stahls Augen strahlten. Er erhob sich und bat die Kommissarin mit einer galanten Handbewegung, den Raum zu betreten. Aber Gutzeit blieb stehen. Da schob sich Freisal neben sie in den Türrahmen, ging an seiner Kollegin vorbei und stellte sich demonstrativ vor sie hin. Gutzeit blickte über seinen Hinterkopf hinweg. Stahls Miene verriet Enttäuschung.

»Sie sprechen doch auch mit uns beiden gerne, nicht wahr?«, fragte Freisal.

»Ähm … selbstverständlich«, sagte Stahl.

Der Kommissar machte zwei Schritte ins Büro, Gutzeit schloss die Tür hinter sich und folgte ihm.

In einem für seine Verhältnisse ungewohnt leisen Ton begann Stahl unaufgefordert zu berichten, dass er vor rund zwölf Monaten – »als die Scheidung von meiner Ex noch in vollem Gange war … also, als ich ziemlich am Boden lag« – in der Schießhalle der Gilde für einen »klitzekleinen Moment« die Kontrolle über seine Winchester verloren habe; er habe die Waffe »unkonzentriert entsichert« und sei da nicht recht bei der Sache gewesen. »Plötzlich löste sich ein Schuss.« Das Projektil sei in eine Neonröhre unterhalb der Hallendecke eingeschlagen. »Die Glassplitter des Leuchtkörpers sind nur so durch die Luft gepfiffen.«

»Wurde jemand verletzt?«, fragte Gutzeit.

»Der Chef der Gilde hat einen der Splitter am Kopf abbekommen. Kleine Schnittwunde an der Stirn.«

»Ich habe zwischenzeitlich mit Herrn Sauter gesprochen. Davon hat er mir gar nicht berichtet«, dachte Freisal laut nach. »Er gab auf meine konkrete Frage an, dass es bisher keinerlei Vorfälle am Schießstand gegeben hätte.«

»Sauter«, wusste Stahl zu berichten, »achtet penibel darauf, dass die Reputation der Gilde …«

»Keinen Schaden nimmt, ich weiß«, vollendete Freisal den Satz. »Gab es sonst noch Gelegenheiten, bei denen Sie, Herr Stahl, eine Feuerwaffe ›unkonzentriert‹ entsicherten oder Ihnen sonst wie die Kontrolle vielleicht erst über Ihre Nerven, dann über den Abzug abhanden kam?«

»Warum fragen Sie mich nicht gleich, ob ich meine Waffe schon mal aus Wut auf einen Menschen gerichtet habe?« Stahl schien Fahrt aufzunehmen. Freisal intervenierte.

»Bleiben Sie locker, Herr Stahl. Wenn alles in Ordnung ist, gibt's keinen Grund, sich aufzuregen. Es wird Ihnen einleuchten, dass ich die Frage, die ich jetzt stelle, stellen muss, nämlich …«

»Ob ich den Krachmacher erschossen habe?«

»Und, haben Sie?«

Stahl schwieg. Er schien nachzudenken.

»Herr Stahl, Ihre Antwort, bitte: Haben Sie gestern auf den Straßenmusiker vor der Markthalle geschossen?«

Stahl nahm Platz am Beistelltischchen und kramte sein Tablettenheftchen aus der Brusttasche seines Hemdes hervor und warf sich eine Johanniskrautpille ein.

Er blickte zu Freisal hinüber. Wirkte das Kraut so schnell? Jedenfalls sagte er in ruhigem Tonfall: »Nein, Herr Freisal, das habe ich nicht.« Er wandte seinen Blick Gutzeit zu. »Ich bitte Sie, mir das zu glauben.«

Yasmine Gutzeit taxierte Stahl.

»Frau Gutzeit«, sagte er, »glauben Sie mir?«

Gutzeits Miene war ernst, sehr ernst. Sie schaute Stahl in die Augen – und dachte: Da sitzt ein Mann vor mir, dem sich privat wie beruflich das Glück nicht gerade aufzudrängeln scheint. Sie sagte aber: »Darüber muss ich noch nachdenken.«

»Danke für Ihre Auskunft«, sagte Freisal, an Stahl gewandt.

»Und?«, fragte der.

»Was, und?«

»Wie geht's nun weiter?«

»Wir suchen nach wie vor den Täter.«

»Und Sie?«, mischte sich Gutzeit ein.

»Ich … was?«

»Könnten Sie uns helfen, den Todesschützen zu finden?«

Stahl schien abwesend. Das Kraut wirkt, dachte Freisal. Er erinnerte sich, exakt die gleiche Situation in diesem Büro schon einmal erlebt zu haben.

»Herr Stahl?«, sagte Gutzeit.

»Ja?«

»Ihre Antwort?«

»Natürlich, ja … Also, ich wüsste leider wirklich nicht, wie.«

Zurück am Imbiss in der Markthalle, tranken sie ihre Espressi, die Paschke frisch zubereitet hatte. Nachdem Freisal wie nebenbei Sauter angerufen und ihm klargemacht hatte, dass dieser seine »Reputation aber auch so was von aufs Spiel setzte«, wenn er auch nur noch ein einziges Mal eine Frage der Polizei nicht korrekt beantworte – »kann Ihnen mühelos eine Routinekontrolle in Mannschaftsstärke ... gerne mit Blaulicht, Martinshorn, ganz großes Kino, wegen Ihres Waffenarsenals auf den Hals hetzen, haben Sie mich verstanden?!« –, besprach er sich mit Gutzeit hinsichtlich der nächsten Schritte.

»Der Stahl, Waffennarr hin oder her, liefert keine ernsthaften Anhaltspunkte, nicht die Wahrheit zu sagen, richtig?«

Gutzeit nickte. »Seine Offenbarung, dass er in der Schießhalle einen unkontrollierten Schuss abgegeben hat, spricht nicht gegen, sondern für ihn.«

»Dann sind wir uns da einig, gut.« Freisal löffelte den Zucker aus seiner Espressotasse. Er blickte seiner Kollegin tief in die Augen und sagte: »Aber Sie laufen ab jetzt nicht immer so rum, oder?«

»Irritiert Sie da was?«

»Fragen mit Gegenfragen zu beantworten, ist uncool.«

»Okay, kann Sie beruhigen: Die Klamotten trage ich nur bei bestimmten Anlässen – sozusagen Dienstkleidung B. Hat bisher immer funktioniert. Warum hätte das bei Stahl anders sein sollen?«

»Und bei Noll? Bei dem waren Sie doch auch schon, oder?«

»Ja. Obergockel. Hat mir zum Abschied ein Liedchen geschmettert.«

»Sagen Sie jetzt nicht ...«

»Doch, doch: *Rosamunde*, und das unplugged. Gänsehaut-Feeling. Wirklich erstaunlich, was Noll für 'ne Klangfülle produzieren kann; ich meine, ist ja ein Mann von einer wenig stattlichen Figur.« Sie schaute ironisch lächelnd an Freisal hinunter.

»Nun werden Sie mal nicht männerfeindlich, Kollegin! Ich sag nur: Joseph Schmidt.«

»Wer?«

»Da lief mal ein Dokumentarfilm auf Arte: Rumänischer Sänger, dreißiger Jahre, Ufa-Star: *Ein Lied geht um die Welt*. Hat innerhalb von acht Jahren eine Weltkarriere hingelegt.«

»Und?«

»Nur 1,54 groß – also, bitte! Kunst kommt wohl doch von Können«, resümierte Freisal. »Womit wir wieder bei Krzanowski wären.« Er dachte kurz nach. »Aber zur Sache: War die SpuSi noch im Rathaus, als Sie drüben waren? Wissen Sie, ob die Kollegen was Brauchbares gefunden haben?«

»Ja. Das Fenster auf dem Mitarbeiterklo, über das uns der Hausmeister informiert hat, ist ein senkrechtes Doppelfenster. Oben zum Klappen, unten nur mit einem Sechskant zu öffnen. Der untere Teil war ausgehebelt.«

»Spuren?«

»Normale Delle vom Aushebeln, vermutlich ein stabiler Schraubendreher. Ein Werkzeug wurde zwar nicht gefunden, aber Schmauchspuren am Fensterrahmen. Damit steht der Ort, von dem aus geschossen wurde, nachweisbar fest.«

»Immerhin.« Freisal überlegte. »Also, wenn Stahl tatsächlich aus dem Rennen ist, drängt sich die Frage auf: Wie sollte sich ein Fremder Zutritt zum Mitarbeiterklo verschaffen und zugleich sicherstellen, dass er bei seinem Vorhaben nicht gestört wird?«

»Exakt diese Fragen habe ich auch dem Hausmeister gestellt. Er berichtete, dass im Rathaus zurzeit, wie er sagt, Chaos vom Feinsten herrsche. Er wisse zwar nicht, warum, aber es zögen ständig Abteilungen um. Keiner habe mehr den Überblick, wer wann und warum durchs Haus geht. Die Pförtnerloge sei zudem mit externen Leuten besetzt – zumeist Rentner, engagiert von Sicherheitsdiensten. Die seien voll und ganz damit ausgelastet, den Mitarbeitern die richtigen Büroschlüssel auszuhändigen.«

»Vermute mal, dass das Personalklo nur mit einem Schlüssel zugänglich ist?«

»Kein Problem, sagt der Hausmeister. Im Haus arbeiten rund fünfhundert Leute, die kennen sich untereinander natürlich nicht alle. Wäre möglich, dass der Täter abgewartet hat, bis ein Mitarbeiter aufs Klo musste, um sich dann wie zufällig anzuschließen.«

»Wie jetzt? Mit 'ner Langwaffe in der Hand am Pinkelbecken? Wie soll das denn gehen?«

»Die Waffe kennen wir nicht. Vielleicht ist es eine, die sich in Einzelteile demontieren und unauffällig in einem Aktenkoffer oder Rucksack verstauen lässt.«

»Und wie könnte der Täter sichergestellt haben, dass er nicht gestört wurde?«

»Wer den Hausmeister fragt, weiß mehr. Ihm ist aufgefallen, dass das Türschloss von außen verstopft war. Die SpuSi hat das Schloss natürlich ausgebaut und nimmt es genau unter die Lupe. Jedenfalls war das Schloss nicht zu gebrauchen und die Mitarbeiter mussten auf andere Klos ausweichen.«

»Dass heißt, das Klo war ab gestern Mittag nicht mehr zugänglich? Und kein Mitarbeiter meldet das?«

»Dass mal ein Klo defekt und deshalb geschlossen ist, ist laut Hausmeister nichts Besonderes. Man würde auch in diesem Rathaus von der technischen Infrastruktur her ein gerütteltes Maß Mangel verwalten. Da fällt es wohl eher auf, wenn etwas funktioniert. Ähnlich verhielte es sich mit dem Fahrstuhl. Der fiele auch öfter aus. Aber kein Thema. Es gibt ja einen zweiten Lift. Oder das Treppenhaus.

»Verstehe ich das richtig: Wenn ein Mitarbeiter hätte pinkeln müssen, dann aber festgestellt hätte, dass er nicht ins Klo kommt, wäre er unverrichteter Dinge abgezogen?«

»Wie gesagt: Es gibt im Haus nicht nur ein Klo.«

»Aber würde man nicht spätestens, nachdem man woanders pinkeln war, den Hausmeister über das kaputte Schloss informieren?«

»Das habe ich auch gefragt. Aber der Hausmeister meinte nur, er würde in dem Haus immer als Letzter von Missständen erfahren, weil …«

»… alles bloß noch über E-Mails läuft.«

»Woher wissen Sie das?«

»Darüber hat er sich schon beklagt, als ich ihn gestern eher zufällig auf dem Hof des Rathauses getroffen habe.«

»Wie auch immer: Das Klo war zum Zeitpunkt der Tat sozusagen dauerbesetzt: kein Reinkommen möglich, rauskommen aber immer. Die Tür hat auf der Innenseite eine Klinke.«

»Wenn kein Reinkommen möglich war, wie hat der Hausmeister die Spuren am Fenster dann eigentlich entdecken können?«

»Einmal am Tag schaut er wohl doch in seinen E-Mail-Account. Das war heute früh. Jemand hatte ihn per Mail informiert, genauer gesagt, die Reinigungsfirma, die am Abend zuvor durchs Haus putzte und in die Toilette nicht zum Saubermachen hineingekommen war. Dienstbeflissen, wie der Hausmeister ist, schaute er sich jedenfalls heute früh die Tür von außen an. Der Mann scheint Pragmatiker zu sein: Nachdem auch sein Generalschlüssel nicht passte, hat er die Tür mit 'nem Kuhfuß aufgebrochen.«

»Bevor er mich heute Morgen anrief, richtig?«

»Ja, um sieben Uhr herum, sagte er.«

»Etwas übereifrig, oder? Der wird Spuren ruiniert haben.«

»Unwahrscheinlich, sagt die SpuSi. Der Täter hat bis auf die Schmauchspuren keine originären Fährten gelegt.«

»Ich bekomme es dennoch nicht in meinen Schädel: Wieso bricht der Hausmeister zuerst die Tür auf und ruft uns erst danach an?«

»Er sagte, es hätte nicht Däumchen drehen und warten wollen, bis die Feuerwehr oder wer auch immer eintrifft, um, ich zitiere, eine schnöde Klotür zu öffnen. So was habe er immer schon selber gemacht, dazu sei er schließlich der Hausmeister.«

»Gut – ich meine: nicht mehr zu ändern. Den genauen Ablauf werden wir nur vom Täter oder den Tätern selbst erfahren. Sie sagten: Material, das das Schloss ruinierte. Was für'n Material?«

»Die SpuSi nimmt das Schloss mit ins Labor.«

»Kaugummi?«

»Der ersten Inaugenscheinnahme nach ist's was anderes.«

»Aber was?«

»Och nee, Herr Freisal, das Labor kommt doch noch.«

»Mann, Mann, Mann.«

»Kommen Sie, die Erkenntnislage ist doch gar nicht so übel«, versuchte Gutzeit ihren Chef aufzumuntern.

Der atmete tief durch. »Sie haben recht«, sagte er. Dabei streifte sein Blick unwillkürlich das Dekolleté seiner Kollegin.

»Hallo?! Wo gucken Sie denn gerade hin?«, mokierte sich Gutzeit.

»Auf Ihre Brust.«

»Geht's vielleicht weniger auffällig?«

»Überlege gerade …«

»… welche Körbchengröße?«

»Ich bitte Sie, ich könnte Ihr Vater sein.«

»Altherren-Gedöns. Passt nicht zu Ihnen.«

»Danke, das nehme ich mal als Kompliment. Sie sagten vorhin: Dienstkleidung B. Überlege gerade, wofür eigentlich das B steht.«

»Betörend.«

»Nein.«

»Aber doch.«

»Ist es denn wahr?«

»Was denn?«

»Dass wir Kerle so einfach gestrickt sind?«

Wie aufs Stichwort kam Paschke an den Tisch und wollte die beiden leeren Espressotassen abräumen. »Normalerweise bringen Kunden das Geschirr selber weg«, sagte er, legte dann aber in gönnerhaftem Tonfall nach: »Aber in Ihrem Fall, Gnädigste …«

»Du sabberst schon wieder«, pfiff Freisal ihn zurück. Er nahm ihm demonstrativ die Tassen aus den Händen und brachte sie zum Tresen. Gutzeit schmunzelte. Paschke tapste wie ein begossener Pudel hinter die Imbisstheke.

Der KHK trat zurück an den Stehtisch. »Vorhin waren wir von Noll abgekommen. Hat's bei dem was gebracht – in Ihrem Aufzug, ich meine, außer, dass Sie seine Sangeslust stimuliert haben?«

Gutzeit berichtete, dass sie nach ihren Besuchen bei Stahl und Noll ins Café Jonas gegangen sei, um sich auf eine Latte Macchiato in die hinterste Ecke zu verkrümeln und über Headset in die Aufnahmen des Gesprächs hineinzuhören. »Abschrift lohnt nicht. Auch bei Noll erkenne ich keine Anzeichen von Manipulation, Berechnung oder Durchtriebenheit. Die Charmeoffensiven der Herren waren nicht das potenzielle Kalkül psychopathischer Persönlichkeiten, sondern das ganz normale Verhalten von Gockeln.«

Gerade als Freisal von den Erkenntnissen des Kollegen Fechner berichten wollte, klingelte sein Handy. »Ach, was für ein Zufall!«, sagte er, als er Fechners Nummer auf dem Display sah, nahm das Gespräch an und hörte konzentriert zu. Schließlich erklärte er kurz und knapp: »Wir kommen!« und legte auf.

»Was Neues?«

»Wir werden IPA vielleicht doch noch brauchen können.«

»Konkret?«

»Fechner sagt, der polnische Erpresser habe sich als Ureinwohner unserer Stadt entpuppt.«

»Was!?« Gutzeit kniff ungläubig die Augen zusammen.

»Fechner hat sich Fotos vom toten Krzanowski aus unserem Dezernat übermitteln lassen, um sie dem Stiernacken vorzulegen. Sein Kunde ist erst blass, dann redselig geworden.

Mord, habe er gesagt, sei ihm mindestens zwei Kragenweiten zu groß. Dann hat er ausgepackt.«

»Nämlich?«

»Das wollte Fechner nicht am Telefon sagen. Es sei so unglaublich, dass wir uns das selber im O-Ton anhören sollen. Soll was mit den Hensels zu tun haben.«

»Wie fahren wir? Ich denke, wir nehmen besser die Suzuki.«

»Wir?«

»Sie hinten.«

»Aber Cross-Krad mit High Heels?«

»Meine Dienstkleidung A, die Stiefel und meine Kutte, hab ich im Café Jonas geparkt. Nette Bewirtschaftung. Kann man mal hingehen.«

»Haben die auch …«

»… tolle Salate, ja.«

»Gut, mal gucken. Was anderes: Wie sieht's mit einem Helm für mich aus?«

»Wie jetzt? Wollen Sie lieber zu Fuß? Müssen Sie nur sagen.«

»Kann ich was für die Helmpflicht?«

Gutzeit gab sich geschlagen. »Bekommen wir hin. Unser Mann sitzt ja bloß ums Eck in der JVA.«

»Wie Sie meinen. Wir treffen uns vor der Tür.«

»Ja, ich hole nur mal eben meine Dienstkleidung A«, sagte Gutzeit. Sie wollte sich gerade auf den Weg machen, da fiel Freisal noch etwas ein: »Ach, sagen Sie, wofür steht eigentlich das A?«

»Angstfrei«, sagte Gutzeit.

Freisal saß verkrampft hinten auf dem Bock – es hatte was vom sprichwörtlichen Affen auf dem Schleifstein.

Gutzeit hatte ihm ihren Helm gegeben, sie selbst trug aus Jux seine Schiebermütze. »Schön festhalten«, rief sie nach hinten und brachte das Krad in Startposition.

»Ja, wo denn?«

»Was denn?«

»Festhalten natürlich.«

»Och nee, Herr Freisal, nun stellen Sie sich mal nicht so an.« Sie griff beherzt nach den Armen ihres Chefs und legte sie sich um die Hüften. »Krallen Sie sich an der Jacke fest.«

Freisal gehorchte – und blieb stumm wie ein Fisch. Angstfrei, sinnierte er. War das damit gemeint? Vielleicht.

Als Yasmine Gutzeit den Motor der Cross-Maschine anwarf, klackend den ersten Gang einrasten ließ und Gas gab, legte Freisal seinen behelmten Kopf seitlich auf ihren Rücken. Lieber hätte er ihr über die Schulter geguckt, aber was sollte er machen? 165 Zentimeter waren 165 Zentimeter, und Gutzeit überragte ihn auch im Sitzen um eineinhalb Köpfe. Ein unbeteiligter Beobachter hätte im ersten Moment mutmaßen können, dass da eine Mutter mit ihrem Kind spazieren fuhr, auch wenn angesichts der Wildlederjacke, der beigefarbenen Stoffhose und den dunkelbraunen Schuhen italienischer Bauart zu vermuten war, dass unterm Helm der Kopf eines erwachsenen Mannes steckte.

Gutzeit fuhr zügig und schlängelte sich souverän an im Stau stehenden Autos und Bussen vorbei. Schon nach wenigen Metern war Freisal auf den Geschmack gekommen. Er spürte ein angenehmes Kribbeln im Bauch und hätte sich am liebsten noch ein Weilchen durch Moabit kutschieren lassen, aber dann waren sie auch schon angekommen: Alt-Moabit 12 a.

Bevor Freisal den Vernehmungsraum betrat, waren er und Gutzeit von Fechner über die neuen Erkenntnisse informiert worden. Die Lage habe sich drastisch verändert, berichtete Fechner, die Kollegen seien gerade auf dem Weg zur Halle, um Sylvia Hensel ins Präsidium zu bringen. In Sachen Polen-Gang.

»Versteh ich nicht«, sagte Gutzeit.

»Ich auch nicht«, gestand Freisal.

»Unser Nix-Deutsch-Mann hat gesungen«, berichtete Fechner, »nachdem ich ihn mit dem Bild des Toten konfrontiert habe. Lasst euch das am besten von dem Mann selber erzählen. Aber fragt mich nicht, wo hier die Verbindung zwischen unserem Raub- und eurem Mordfall sein soll.«

»Da bin ich mal gespannt«, sagte Gutzeit und lehnte sich neben Fechner an die Wand gegenüber dem riesigen Spiegel, um das Verhör zu beobachten.

»Mal gucken, ob Herr Freisal weiterkommt«, sagte sie und deutete mit dem Kopf auf den Vernehmungsraum.«

Freisal hatte sich an den Tisch gesetzt, wie bei seinem ersten Versuch, mit dem Mann ins Gespräch zu kommen. Dieses Mal war von Seiten des Inhaftierten offenbar keine Ich-schau-dir-böse-in-die-Augen-Show zu erwarten. Dennoch ließ es sich der Kommissar nicht nehmen, sein Gegenüber zu taxieren. Er bemerkte, wie der Mann seinem Blick auswich – ein unzweifelhaftes Indiz dafür, dass er sich von der Knallharter-Kerl-Nummer verabschiedet hatte und sich im Ihr-seid-zwar-Arschlöcher-dennoch-kooperiere-ich-mit-euch-Modus befand.

Er saß mit verschränkten Armen da; seine Hände, groß wie Bärenpranken, hatte er auf seine Oberarme gelegt. Es schien Freisal, als decke er bewusst die Tätowierung ab.

»Sie können sich entspannen«, sagte Freisal. »Das mit dem Tattoo habe ich nur gesagt, um sie zur verräterischen Reaktion zu verleiten.«

»Is' jelungen, Meesta«, berlinerte der Mann.

»Wir mussten herausfinden, ob Sie unsere Sprache sprechen.«

»Jeht so, wie Sie hör'n könn'.«

»Also, jetzt noch mal von janz vorn: Mein Name ist Hans-Joachim Freisal. Und Ihrer?«

»Reinke, Olaf.«

»Jeht doch! Wo wohnen Sie?«

»Uff'n Wedding. Kleen-Istanbul, ick meene, Soldiner«, sagte Reinke. »Dit hab ick aber allet schon dem Kollejen jesagt.«

»Ich weiß, Herr Reinke. Wiederholungen gehören zu meinem Job. Sie wissen doch sicherlich noch von Ihrem letzten Verfahren, dass wir Bullen auf Widersprüche in Aussagen bauen.«

Reinkes Blick wanderte nervös zwischen der Spiegelwand und Freisal hin und her. »Dit Ding is jeloofen ... Bewährung sauber ausjestanden ... dit kann hier keene Jeige mehr spiel'n.«

»Jeige – danke fürs Stichwort.«

»Wie?«

»Ihre damaligen Prügelattacken als Türsteher interessieren mich tatsächlich nicht, dit is jeloofen, wie Sie richtig anmerken. Mein Thema ist der Musiker.«

»Der Pole?«

»Krzanowski.«

»Sag ick doch.«

»Habe gehört, Sie kannten ihn.«

»Logo.«

»Woher?«

»Hab ick doch allet schon ...«

»Woher?«

»Die Hensel hat Krzanowski anjeschleppt.«

»Wozu?«

»Damit der Knilch uns coatscht. Im Polen-Slang. War'n ja als Polen jetarnt unterwegs. Muss man erst mal druff kommen, uff so 'ne Idee. Is' aber jar nich' so einfach.«

»Was meinen Sie?«

»Wejen dit ›ch‹, ›r‹ … und dieses Rodulieren der Stimme.«

»Meinen Sie modulieren?«

»Na, det dit hinhaut … mit die hohen und tiefen Töne.«

»Sie haben also mit Ihrer Gang Händler der Markthallen in Kreuzberg und Mitte erfolgreich erpresst.«

»Ja, is' jut jeloofen.«

»Wer außer Ihnen war noch mit dabei?«

»'n paar Kumpels … aus der Szene.«

»Was für eine Szene?«

»Dienstleistungen. Aller Art.«

»Konkret?«

»Kurierdienste.«

»Drogen?«

»Halt allet, wat jefragt is'.«

»Beispiel?«

»Junges Jemüse … mit Schlitzojen. Abjeholt vom Flughafen, gleich abjeliefert im Puff.«

»Namen?«

»Wat'n, Meesta, willste mir lynchen lassen oder wat? Dit is' doch een janz andres Thema. Verabredet mit Ihr'm Kollejen is', det ick in der Anjelegenheit Hensel singe – mehr nich'!«

»Gut. Dann los.«

»Wie jesagt, lief jut, bloß Moabit zickte. Ick hab der Hensel ja gleich jesagt, dit is' von Hause meschugge, die eig'nen Leute abzuziehen. Is' nich' jut, wenn man persönlich zu nah dran is' an die Opfer. Hätt'n uns ja noch andre Shoppingmeil'n uff'n Schirm holen könn'.«

»Was hat Frau Hensel daraufhin gesagt?«

»Olaf, hat se jesagt, benutz dein Kopp zum böse Gucken und allet wird jut. Von wejen. Jetzt ham wa dit Malheur.«

»Ich verstehe also richtig, dass Frau Hensel Sie und Ihre Kumpel beauftragt hat, von den Pächtern der Arminiushalle Schutzgeld zu erpressen?«

»Jenau.«

»Wo, vermuten Sie, lag das Problem? Bei den ersten Malen hat's ja offenbar funktioniert.«

»Dit jibt keene Probleme, nur Lösungen.«

»Sie wurden immerhin hopsgenommen.«

»Künstlerpech, Meesta.«

»Und die Lösung?«

»Zeujenschutzprogramm.«

»Das klappt natürlich nur, wenn Sie schön und klar singen – also, keine falschen Töne, bitte.«

»Häh? Kapier nich', uff watt Se hinauswoll'n.«

»Unser Geschäft steht nur, wenn die Qualität der Informationen stimmt.«

»Logo stimmt die.«

»Was ist schiefgegangen?«

»Krzanowski hat seine Fresse nich' halten könn'. Hat uns verpfiffen, die Sau.«

»Ach – Sie wissen, dass Krzanowski ...«

»Ja, aber keen Grund für falsche Schlüsse.«

»Woher wussten Sie, dass ...?«

»Hat anjejeben wie 'ne Horde Affen. Hab selber jehört, wie er zu Madame jesagt hat: Mehr Kohle oder du fliejst uff.«

»Interessant. Und was meinten Sie mit falsche Schlüsse?«

»Mir det Abmurksen von Krzanowski unterzujubeln.«

»Rache wäre zumindest ein Motiv.«

»Nich' bei mir. Mit so wat halt ick mir nich' uff, und meene Kumpels ooch nich'. Wenn mir eener verscheißert, jibt's een Satz warme Ohr'n – und jut is'.«

»Danke, Herr Reinke.«

»Wat, dit war's schon?«

»Für's Erste ja«, sagte Freisal.

»Und? Sind wa im Jeschäft?«

»Das entscheidet die Staatsanwaltschaft. Bin aber zuversichtlich: Wie ich heute gelernt habe, gibt's ja keine Probleme, sondern nur Lösungen.«

Freisal stand auf und verließ den Raum.

Gutzeit und ihr Chef standen vor der JVA neben der Suzuki und berieten, wie sie weiter vorgehen sollten.

»Am besten warten wir erst mal das Ergebnis des Haftprüfungstermins ab«, überlegte Freisal laut.

»Fechner sagte, während Sie mit der Vernehmung beschäftigt waren, dass vor Sylvia Hensel noch zwei andere Kandidaten dem Richter vorgeführt werden. Kann dauern. Aber wegen des dringenden Tatverdachts könne er Frau Hensel auf jeden Fall bis morgen in Gewahrsam nehmen.«

»Okay, dann erst mal zu Haiko Hensel. Woll'n mal hören, was er sich zum Verlauf der Ereignisse so für Gedanken macht. Ich gehe davon aus, dass es für die Eheleute Hensel schon noch was Besonderes ist, wenn einer von beiden verhaftet wird.«

»Könnte man meinen«, pflichtete Gutzeit bei.

»Nun denn, den Schlüssel, bitte«, sagte Freisal mit Blick auf die Suzuki und hielt fordernd seine rechte Hand hin.

Gutzeit blickte irritiert. »Sie scherzen.«

»Bin von Hause aus humorlos. Na los, nun machen Sie schon.«

»Aber …«

»Nix aber. Oder glauben Sie, ich bin noch nie Motorrad gefahren? Immerhin Honda, rund fünfzig PS. Sicher, kein direkter Vergleich mit der Maschine hier …«

»Aber?«

»Hatte auch zwei Räder.« Freisal grinste. »Was ist nun mit dem A wie angstfrei?«

»Wie Sie meinen …«

Gutzeit legte ihm den Schlüssel in die Hand, bestand jedoch darauf, den Helm, wie sie sagte, in diesem besonderen Fall selber aufzusetzen.

»Ladys first«, sagte Freisal gönnerhaft. Er drückte sich die Schiebermütze mit beiden Händen fest auf den Kopf und stieg etwas unbeholfen auf die Maschine. Nur mit allergrößter Mühe – das heißt: nur mit durchgedrücktem Spann – erreichten seine Schuhspitzen den Boden, um die Maschine im Gleichgewicht zu halten.

Gutzeit nahm hinten auf den Sozius Platz. Mit skeptischer Miene stülpte sie sich den Helm über und schloss das Visier. Nachdem Freisal den Anlasser gedrückt und am Gas gedreht hatte, erschallte das typische voluminöse Knattern eines Cross-Bikes.

»Nicht so viel Gas geben!«, rief Gutzeit. Wegen des geschlossenen Visiers klang sie reichlich gedämpft.

»Locker bleiben«, sagte Freisal. »Immer schön ans A denken. Hat mir vorhin auch geholfen.«

Klackend legte er den ersten Gang ein und brachte die Maschine in die Spur. Wie ein Rennfahrer beugte er sich nach vorn zum Lenker hin und fuhr die Turmstraße in Richtung Stromstraße hoch.

An der Ampel Ecke Jonasstraße hielt er an. Es war rot. Links neben dem Motorrad hielt ein Streifenwagen. Darin saß auf der Beifahrerseite der Polizeiobermeister, der Murat das Fahren mit Blaulicht vorgeworfen hatte. Der Kollege schaute bei geöffneter Seitenscheibe und lässig abgelegtem Unterarm zu ihnen hinüber, dann senkte er seinen Blick zum Straßenpflaster und stutzte: Freisals Füße standen auf den Stützen der Maschine. Der Obermeister streckte seinen Kopf weit aus dem Beifahrerfenster und ließ seinen Blick auf dem Boden nach rechts an der Maschine entlangwandern. In sein Blickfeld kamen die Lederstiefel einer Frau, die hinter dem Fahrer saß und offenbar die Suzuki im Lot hielt.

»Na, Herr Freisal, wieder in der Gegend?«, sagte der Obermeister. »Wie geht's dem Mazda?«

»Ruht sich aus, der Kleine«, erwiderte der Kommissar.

»Auch Ihr Helm?«

»Welcher Helm?«

»Eben.«

Die Ampel schaltete auf Grün.

»Einsatz. Markthalle. Keine Zeit für einen Plausch«, rief Freisal. »Schön' Tag noch, Kollegen.«

Bevor der Streifenbeamte etwas erwidern konnte, war das Motorrad schon um die Ecke entwischt.

Nachdem er die Suzuki auf dem Hinterhof des Rathauses auf den Zentimeter genau neben seinem MX-5 gestoppt hatte und Gutzeit und er von der Maschine gestiegen waren, sagte Freisal spontan: »Na, wie war ich?«

Gutzeit nahm den Helm ab. »Das Gleichgewichthalten im Stand ist noch ausbaufähig.«

»Wieso das denn? War doch klar, dass Sie das an der Ampel übernehmen – als meine Assistentin!« Freisal grinste. »Aber im Ernst: Werd wohl besser doch einen Roller ausprobieren.«

»Da würd ich jetzt nicht widersprechen.«

Sie gingen hinüber zu Hensels Büro und, weil sich auf das Klingeln unten niemand meldete, erst einmal in die Halle. Freisal hatte eine Vermutung. »Moabiter Musikwoche«, sagte er, und richtig: Haiko Hensel war am Ausgang Bugenhagenstraße damit beschäftigt, die Bühne mit einzurichten.

Sie schritten zielstrebig auf die Aufbauten zu und blieben unmittelbar davor stehen. Aus zwei, drei Metern Entfernung rief Freisal Hensel zu: »Guten Tag, wir hätten da noch …«

»Bin beschäftigt. Sie sehen ja.«

»Ich weiß: Wenn man nicht alles selber macht«, sagte Freisal und erklomm das Podest. Er griff sich unbemerkt einen Ständer mit Mikro, zog den Galgen ein Stückchen zu sich herunter und knipste das Mikro an. Betont deutlich sagte er: »Die Kripo hat an Sie noch ein, zwei Fragen, Herr Hensel. Dabei geht es auch um die Verhaftung …«

Haiko Hensel riss ihm das Mikro vom Mund weg und schaltete es aus. »Sind Sie von allen guten Geistern verlassen?«, knurrte er. »Was sind denn das für Methoden?«

»Und was ist das für ein Desinteresse? Am Schicksal der eigenen Frau!«

»Was unterstellen Sie mir da?«

»Wo können wir ungestört reden?«

»Jedenfalls nicht auf der Bühne.«

»Sondern?«

Hensel guckte sich nervös um. Der Weg in sein Büro an der Bremer Straße schien ihm für den Moment offenbar zu weit.

»Also, im Präsidium wüsste ich einen Raum«, sagte Gutzeit und erklomm ebenfalls das Podest. »Herrlich ruhig bei uns. Und so abgeschieden.«

»Darf ich vorstellen?«, sagte Freisal. »Meine Kollegin Gutzeit.«

»Angenehm«, erwiderte Hensel. Es klang ironisch.

»Muss Ihnen nicht angenehm sein«, meinte Gutzeit nüchtern. »Es geht um Mord.«

»Etwas leiser, bitte«, erregte sich Hensel, »etwas diskreter, wenn's möglich ist!«

»Was soll an Mord diskret sein?«, legte Gutzeit nach. Klasse, freute sich Freisal innerlich, ganz meine Schule! Aber jetzt bloß nicht überziehen! Wieder locker lassen, sonst macht der Mann womöglich dicht.

»Gut, kommen Sie«, sagte Hensel. »Ich weiß, wo wir hier in der Halle ungestört reden können.« Er ging vor, die Kommissare folgten ihm. Zwei Reihen hinter Walthers Flosse, also im letzten Gang der Halle, ganz hinten, etwa vierzig Meter entfernt von der Bühne, betrieb Jeans Weindepot & Käseparadies eine Art offene Weinstube, kombiniert mit Angeboten ausgesuchter Käsereien.

Klein, aber fein, dachte Freisal beim Betreten der mit Kübelpalmen abgetrennten Fläche. Er zählte sechs Tische und nahm wahr, dass in den Regalen hinterm Tresen unzählige Weinflaschen lagen. Der Aufbau wirkte kulissenhaft, aber alles in allem gemütlich.

»Gerade etwas ruhig«, erklärte Hensel die Leere des offenen Schankraums. »An diesen Stand kommen die Gäste eher vormittags, mittags und dann erst wieder am Abend, pünktlich zum zweiten Konzert. Läuft ansonsten aber bestens.«

Er ging hinüber zum Tresen, bestellte sich »den Roten, wie immer« und rief zum Tisch hinüber: »Im Geschmack eine Wucht! Extrem weich, nahezu betörend ... körperreich, vollmundig und zudem mit einer Tiefe, die einfach nicht enden will. Ein wirklich traumhafter Wein, der seit den letzten fünf Jahren unter den Top ten mitspielt.«

Freisal lächelte und winkte ab. »Ein Glas Gänsewein wäre vollkommen ausreichend, danke«, antwortete er. Gourmet-Gesülze, dachte er, kenn ich doch irgendwoher ...

»Nein, danke«, sagte auch Gutzeit. »Wasser genügt.«

Sie standen noch vor einem der Tische, als Freisals Handy klingelte. Er fingerte es hervor und sah an der Nummer, dass es der Kollege aus Słubice war. »Ah, Wisniewski!« Das war jetzt etwas ungünstig, aber Polizeiarbeit war nun mal kein Wunschkonzert, und so winkte er Gutzeit näher zu sich heran, damit sie mithören könnte.

Gutzeit verstand. »Hat das Teil nicht mal eine Freisprecheinrichtung?«

»So gut wie«, sagte Freisal und grinste. »Sie müssen nur nahe genug an das Gerät herankommen.«

»Ist doch nicht Ihr Ernst, oder?« Sie schaute sich pikiert um. »Sieht ja beinahe so aus, als wären wir zwei Turteltäubchen.«

»Nun zicken Sie mal nicht so rum, Kollegin!«

Gutzeit zog einen Schmollmund, stellte sich aber dicht neben ihren Chef und legte ihr linkes Ohr wie Freisal sein rechtes an die obere Hälfte des Geräts. Während sie ihre Köpfe mit einem Fingerbreit Abstand aneinanderhielten, war Hensel immer noch mit den Getränken beschäftigt.

»Kurze oder lange Fassung, Kollege?«, fragte Wisniewski, nachdem er ihn mit »dzień dobry« begrüßt hatte. Das hatte Freisal zwar nicht verstanden, jedoch intuitiv als freundlich gemeinte Ansprache identifiziert und nichtwissend ebenfalls einen guten Tag gewünscht.

»Nur das Wesentliche«, bat er jetzt. »Wir sind gerade unterwegs und telefonieren unter technisch erschwerten Bedingungen.«

Gutzeit nickte heftig. Wisniewski seinerseits sah sich offenkundig nicht veranlasst, herauszufinden, was der deutsche Kollege unter »technisch erschwert« verstand, und kam gleich auf den Punkt.

»Wir haben Bartoszek vernommen. Negativ. Er selbst hat für die Tatzeit ein Alibi, machte jedoch kein Hehl daraus, Krzanowski schon länger zu kennen. Mindestens zwei Jahre, sagte er. Er habe ihm immer wieder Gelegenheitsjobs verschafft, meistens Kurierfahrten von Słubice nach Berlin. Krzanowski hat Händler mit Navis beliefert, die Bartoszek aus China importiert haben will. Natürlich wisse er nichts davon, dass Krzanowski was mit Kabelklau zu tun gehabt habe. Das könne er auch nicht wissen, sagt er, das sei ja kriminell, und mit Kriminellen habe er nichts zu schaffen.«

»Verstehe«, sagte Freisal. »Vermutlich sitzen auch in Polen deshalb nur Unschuldige im Knast, nicht wahr?«

»Sie sagen es! Glauben Sie mir, Bartoszek zu befragen ist für mich persönlich jedes Mal eine besondere Prüfung. Aber dennoch, ich schätze mal, Bartoszek hat Ihren Mann nicht auf dem Gewissen. Meine Kollegen vom Rauschgift haben mir gesteckt, dass Bartoszek sein Portfolio gerade erweitert. Der hat den Kopf voll und keine Zeit für Leute wie Krzanowski. Er streitet sich seit Wochen mit unseren russischen Freuden um Vertriebsgebiete für Drogen. Gab sogar schon einen Toten. Soweit man weiß, segnete einer der Leibwächter von Bartoszek das Zeitliche. Nach hitziger Diskussion sollen Kalaschnikows die Argumente ersetzt haben.«

»Ist Bartoszek dabei … wie sagten Sie bei unserem ersten Gespräch … den Überblick zu verlieren?«

»Könnte sein. Drücken Sie mir die Daumen! Noch was, obwohl's bei der Aufklärung Ihres Falls nicht weiterhelfen wird: Das Wohnmobil, mit dem Krzanowski unterwegs war, ist bei uns als gestohlen gemeldet.«

»Hätte mich, ehrlich gesagt, gewundert, wenn's sich anders verhielte. Also, Dank für Ihre Bemühungen, Kollege – und Gruß von Berlin nach Słubice!«

»Do usłyszenia, koledzy!«

Freisal blickte Gutzeit fragend an; sie nahm ihm entschlossen das Handy aus der Hand und antwortete: »Do usłyszenia, kolega Wisniewski!« Dann legte sie auf, gab dem staunenden Freisal das Handy zurück und setzte sich an den nächststehenden Tisch.

»Wow! A1.1, richtig?«

Sie zuckte mit den Schultern. Freisal setzte sich zu ihr.

Gutzeit brachte das Aufnahmegerät in Stellung und sprach Datum, Ort, Uhrzeit und die Namen der Anwesenden ins integrierte Mikro. Haiko Hensel kam mit einem Tablett, auf dem die Getränke standen, zu ihnen. Er stutzte, als er das Aufnahmegerät sah. »Was wird das?«, fragte er. »Ein Verhör?«

»Als ich vorhin Raum im Präsidium sagte, war das schon ernst gemeint«, erklärte Gutzeit. »Die Aufnahme läuft. Ja, das wird eine Vernehmung. Ich informiere Sie deshalb, dass alles, was Sie ab jetzt sagen, gegen Sie verwendet werden kann. Sie können einen Anwalt hinzurufen – wir müssten das Gespräch dann verschieben, was für uns natürlich kein Problem wäre.«

»Was hieße das?«

»In einer Stunde im Präsidium. Wäre Ihnen das lieber?«

»Ich kann doch den Laden hier nicht alleine lassen!« Hensel setzte sich an den Tisch. »Gleich beginnt der Soundcheck. Außerdem wüsste ich nicht, wozu ich einen Anwalt bräuchte. Ich hab mir nichts zuschulden kommen lassen.«

»Dann beginnen wir jetzt«, stellte Gutzeit fest.

»Dachte bisher immer, man wird für ein Verhör in einen dunklen Keller geführt«, sagte Hensel.

Will wohl witzig sein, der Mann. Versuch der psychischen Entlastung, dachte Gutzeit. Laut sagte sie: »Genau – und mit einer Schreibtischlampe geblendet. Nein, Herr Hensel, so gehen wir mit erwachsenen Menschen schon lange nicht mehr um – nur mit tatverdächtigen Kindern.« Hensel sah sie erschrocken an. »War ein Scherz – außerhalb des Protokolls.«

Eine zwar ungewöhnliche Form von Warm-up, fand Freisal, aber interessant.

Haiko Hensel nahm einen Schluck aus seinem Weinglas. Er hatte wohl zu schwungvoll angesetzt, denn ein Rinnsal Rotwein lief ihm aus dem Mundwinkel und tropfte auf den Kragen seines weißen Hemdes.

»Mist«, sagte er und wischte sich mit dem Handrücken über den Mund. Er griff sich den Streuer, der auf dem Tisch stand, und schüttete Salz auf den Stoff.

»Nimmt den Wein auf«, sagte er fachmännisch und klopfte mit der flachen Hand die mit Wein vollgesogenen Salzklümpchen ab; der Fleck war deutlich blasser geworden.

»Sind Sie nervös, Herr Hensel?«, fragte Yasmine Gutzeit freundlich.

»Sollte ich das sein?«

»Warum antworten Sie mit einer Gegenfrage?«

Hensel dachte kurz nach und gestand dann ein: »Okay, ja, ich bin nervös.«

»Warum eigentlich?«

»Mir sitzen Konzerte im Nacken.«

»Das ist alles?«

»Zudem zähle ich offenbar zum Kreis von Verdächtigen.«

»Wer sagt das? Wessen werden Sie verdächtigt, glauben Sie? Davon war doch noch gar nicht die Rede.«

»Vermutlich verdächtigen Sie mich, mit meiner Frau gemeinsame Sache gemacht zu haben.«

»Und – haben Sie?«

»Nein. Aber ganz unabhängig davon müsste ja auch erst mal bewiesen sein, dass die Vorwürfe stimmen. Nur weil wir uns nach der Decke strecken müssen, um zu überleben, erpressen wir doch niemanden.«

Freisal schaute nach oben. Zur Decke? »Ganz schön hoch zum Strecken«, sagte er. »Die Kollegen vom Raubdezernat sind am Ball. Wir wissen, dass die Konten Ihres Unternehmens mehr rote als schwarze Zahlen aufweisen – im mehrstelligen Bereich.«

»Ist doch verrückt.«

»Was ist verrückt?«

»Der Vorwurf, die eigenen Pächter ausnehmen zu wollen.«

»Och, ich weiß nicht«, sagte Freisal. »Ihre Frau kennt die Frequentierung der Stände vermutlich aus nächster Nähe. Sie konnte sich den Umsatz, der da und dort gemacht wird, hübsch ausmalen.« Er machte eine Kunstpause. Es war zu sehen, wie es in Hensel arbeitete. »Die Händler«, legte Freisal nach, »wurden von den deutschen Erpressern gezielt angesprochen. Denen könnte bekannt gewesen sein, wen zu erpressen sich lohnte.«

»Wieso deutsche Erpresser?«, wunderte sich Hensel. »Ich dachte, es sollen Polen gewesen sein.«

Wusste er wirklich nichts über die Hintergründe?

»Das war nur Show, das mit der Polen-Gang«, klärte der Kommissar ihn auf. »Die Täter sind Berliner. Haben den Dialekt nur nachgeäfft.«

»Ist ja im doppelten Sinne verwerflich.«

»Inwiefern?«

»Eigene Landsleute beklauen und die Schuld auf Ausländer schieben.«

»Eine gewisse Raffinesse sehe ich da dennoch«, sagte Gutzeit. »Zumindest was die Idee anbelangt.«

Freisal nahm den Ball auf und blickte Hensel direkt in die Augen. »Es hilft nichts, dass der Kapitän ein heller Kopf ist, wenn der Steuermann Backbord und Steuerbord miteinander verwechselt.«

Hensel hielt dem Blick stand. »Hübsch gesagt, Herr Kommissar.« Er nahm wieder einen Schluck, dieses Mal setzte er jedoch vorsichtiger an. »Aber verstehen tue ich's trotzdem nicht.«

»Wir fragen uns die ganze Zeit«, erläuterte Freisal, »wo wohl bei solch einem an und für sich cleveren Plan die Schwachstelle liegen könnte.«

»Vermutlich bei einem der Beteiligten. Ist doch immer das Gleiche, zumindest in Krimis.«

»In unserem Krimi: bei wem genau?«

»Vielleicht Krzanowski«, überlegte Hensel laut.

»Interessant, dass Sie das sagen. Warum nicht Paschke oder Walther? Der Imbiss und der Fischstand?«

»Was haben die damit zu tun?«

»Nichts. War ganz willkürlich rausgehauen. Bei Ihnen klang es jedoch nicht willkürlich, sondern bewusst.«

»Ach ja? Na, kann doch sein.«

»Was kann sein?«

»Dass Krzanowski mit drinsteckte.«

»Sie wiederholen gerade einen Verdacht. Also, konkret: Wie, Herr Hensel, kommen Sie gerade auf Krzanowski?«

»Weil Sie von ›einem der Beteiligten‹ gesprochen haben.«

»Ja, das sagte ich. Ich sagte allerdings nicht, dass Krzanowski ein Beteiligter war.«

In Hensels Kopf schien es zu rattern. Gutzeit beobachtete ihn genau; sie glaubte beinahe zu hören, wie da ein Zahnrädchen ins andere griff.

»Herr Hensel, dass Krzanowski zu den Beteiligten zählte, stimmt«, ergriff sie das Wort. »Das wissen wir von einem Zeugen. Aber woher wissen Sie das? Sie sagten, dass Sie an der Geschichte selbst weder beteiligt waren noch davon wussten.«

»Wollen Sie mir ein Kind in den Bauch reden?«, brauste Hensel plötzlich auf. »Ich weiß nicht, dass Krzanowski zu der Gang gehörte, ich vermute es nur.«

»Vermutungen sind in aller Regel begründbar. Sie haben bisher behauptet, dass Krzanowski ein unbestimmtes Gerücht an Sie herangetragen habe. Sie bieten uns aber keine plausible

Erklärung dafür an, warum Sie Krzanowski plötzlich der Beteiligung an den Erpressungsversuchen verdächtigen. Was sollen wir davon halten? Hat Sie Krzanowski als Unbeteiligter gewarnt oder nicht? Und wenn ja – ganz selbstlos, als Gutmensch? Letzteres glauben wir einfach nicht. Krzanowski handelte immerhin mit geklauten Navis.«

»Davon weiß ich nichts.«

»Das glaube ich Ihnen sogar.«

»Herr Hensel«, sagte Freisal, »noch einmal: Wenn Sie selbst von dem Markthallen-Coup nichts gewusst haben, wie können Sie dann vermuten, dass Krzanowski Tatbeteiligter war?«

»Wir drehen uns im Kreis«, stellte Hensel fest.

»Ja«, bestätigte Gutzeit. »Das liegt aber an Ihnen. Die Erfahrung sagt: Ihnen und nicht uns wird davon über kurz oder lang schwindelig.«

»Ist das eine Drohung?«

»Ich drohe nicht, ich informiere. Genau genommen müssten wir Sie auf der Stelle wegen Verdunklungsgefahr festnehmen und einem Haftrichter vorführen lassen.«

Freisal übernahm wieder. »Herr Hensel, ist es Ihnen das wirklich wert? Wenn wir Sie jetzt verhaften würden, müssten Sie die Halle allein lassen. Könnte aber noch schlimmer kommen: Nachdem wir Sie verhaftet hätten, würden wir die Halle vorübergehend schließen, damit sich die Spurensicherung in Ruhe umschauen kann.«

Hensel trank das Glas in einem Zug aus, die Kommissare nippten synchron am Wasser. Gutzeit nahm Habachtstellung ein, sie spannte den Oberkörper und verlagerte ein Bein neben den Tisch. Für den Fall der Fälle, wenn Hensel aufspringen würde, um zu flüchten, wäre sie in der Lage, ebenfalls ruckzuck vom Tisch wegzukommen, um den Fluchtversuch zu vereiteln.

Freisal bemerkte ihre Konzentration. Er selbst legte die Hände entspannt flach auf den Tisch. Er nahm Hensel ab, dass er der Markthalle und damit dem Kiez kulturelle Impulse geben wollte. Nach seiner Einschätzung trieb ihn tatsächlich, wie er selbst bei der ersten Befragung gesagt hatte, die Frage um, »ob und wie weit sich die zweckorientierte Dimension der Markhalle – um eine neue Sinnebene« erweitern ließe. Nein, dachte Freisal, so einer rennt jetzt nicht einfach weg.

»Okay«, lenkte Hensel ein, »ich merke, es hat keinen Zweck, weiter um den heißen Brei herumzureden.«

»Wir sind ganz Ohr«, sagte Freisal.

»Richtig ist, dass Krzanowski zu mir ins Büro kam und mir die Information von der bevorstehenden Erpressung verkaufen wollte. Er wollte tausend Euro dafür.«

»Die Sie ihm gegeben haben?«

»Ja.«

»Und wie war Krzanowski an seine Ware herangekommen?«

»Er sagte, das mit den Erpressungen sei ihm einfach eine Nummer zu groß geworden. Er sei ausgestiegen. Nun müsse er halt sehen, wovon er lebe. Er koche lieber weiter auf kleiner Flamme.«

»Navis?«, fragte Freisal.

»Davon weiß ich wirklich nichts. Jedenfalls kannte er offenbar seine Grenzen – nicht nur musikalisch.«

»Hat er Sie darüber informiert, was sein Job bei dieser angeblichen Polen-Gang war und wer dahintersteckte?«

»Das hätte noch mal tausend gekostet.«

»Aber?«

»Habe ihm einmal tausend Euro gegeben und ihn dann rausgeschmissen.«

»Es interessierte Sie nicht?«

»Warum hätte mich das interessieren sollen? Was hab ich mit solchen Leuten zu schaffen? Mit der Info hätte ich nichts anfangen können. Werde es schon noch früh genug erfahren, dachte ich.«

»Wie das?«

»Über die Polizei.«

»Hm … Wen hatten Sie alles über Krzanowskis, ich nenne es mal: Verkaufs-Besuch informiert?«

»Niemanden.«

»Aber Ihre Frau wusste davon.«

»Nein. Das war gelogen. Sie war nicht anwesend, als Krzanowski vorbeikam.«

»Warum gelogen?«, fragte Gutzeit.

»Ehrlich gesagt, ich verstehe selber nicht, was sie geritten hat, als sie diese Aussage machte.«

»Und das sollen wir Ihnen abnehmen?«

»Sollten Sie. Weil es die Wahrheit ist.«

»Gut, nehmen wir also an, Krzanowski hat Sie allein angetroffen. Aber warum haben Sie dann Ihre Frau, immerhin den kaufmännischen Kopf des Ganzen hier, nicht über den Besuch informiert?«

»Ich wollte sie nicht unnötig beunruhigen.«

»Berunruhigen? Warum unnötig?«, hakte Freisal nach.

»Die Geschichte von Krzanowski hätte ja auch erstunken und erlogen sein können. Im schlimmsten Fall hätte ich dann tausend Euro in den Sand gesetzt – aber dafür keine Unruhe in den Laden gebracht.«

»Was für Unruhe?«

»Einerseits steckt in der Halle Sylvias ganzes Vermögen. Andererseits …« Haiko Hensel biss sich auf die Lippen. »Sie haben es ja wohl schon herausgefunden: Es sieht ökonomisch nicht besonders rosig aus. Die Investitionen drücken, weil die Einnahmenseite schief liegt. Es sind noch nicht alle Geschäftsflächen vermietet. Und der Zuspruch der Moabiter ist tatsächlich noch etwas mau.«

Gutzeit blickte Freisal an. Freisal blickte Hensel an.

»Danke, Herr Hensel – bis hierhin.«

Hensel nickte ihnen zu, stand auf und entfernte sich in Richtung Bühne.

Freisal und Gutzeit blieben sitzen. »Was ist denn mit dem

los?«, fragte Gutzeit. »Die sind sich ja nicht mal einig darüber, ob sie sich zusammen mit Krzanowski getroffen haben.«

»Vielleicht hat sich Frau Hensel einfach nur falsch erinnert, als sie mir sagte, sie sei dabei gewesen.«

»Ach, kommen Sie, Herr Freisal!«, sagte Gutzeit. »Der Hensel hat dem schließlich, als Sie beide befragt haben, nicht widersprochen, sondern die falsche Aussage aktiv bestätigt, oder? Das hat doch nichts mit sich nicht erinnern zu tun.«

»Mir scheinen die Hensels etwas durch den Wind zu sein.«

»Soll heißen?«

»Die Geschäfte kleckern eher, obwohl sie klotzen müssten. Erst kommt Krzanowski daher und überbringt Hiobsbotschaften. Dann steht die Polizei in der Tür.«

»Und?«

»Mir scheint, die Hensel, die sich so betont beherrscht gibt, leidet schnell unter Kontrollverlust. Sie hätten ihr mal die Hand reichen sollen – nach meinem Gespräch mit beiden war die komplett feucht. Vielleicht wollte die Frau vor mir nicht weniger informiert dastehen als ihr Mann.«

»Aber warum hat Haiko Hensel das gedeckt?«

»Denkbar wäre, dass er zwar geahnt, aber nicht gewusst hat, dass in der Halle nicht nur die Einnahmen wackeln, sondern, schlimmer, dass seine Frau in etwas Ungeheuerliches verstrickt sein könnte, um Gelder zu generieren.«

»Loyalität seiner Frau gegenüber als Reflex?«

»Ganz im Sinne von im Zweifel für die Angeklagte.«

»Wie meinen Sie das?«

»Nehmen Sie mal die Perspektive von Haiko Hensel ein und ersetzen Sie Angeklagte durch Partnerin.«

»Sie halten Haiko Hensel für eine durch und durch ehrliche Haut, richtig?«

»Na ja, durch und durch würde ich nicht sagen, immerhin hat er ja die Lüge seiner Frau mitgetragen. Aber ansonsten … ja, ich denke schon.«

»Aber noch mal zu Sylvia Hensel: Was wäre, wenn wir Ihre

Psycho-Annahme, die will nicht weniger informiert dastehen, mal beiseitelegen?«

»Legen Sie!«

»In welchem Lichte steht dann ihre Falschaussage, bei Krzanowskis Besuch anwesend gewesen zu sein?«

»Spucken Sie's schon aus. Liegt Ihnen doch auf der Zunge.«

»Verschaffung eines Alibis?«

»Hm.« Freisal blätterte in seinem Notizblock und rekapitulierte, was Fechner gesagt hatte. »Hensel konnte sich erinnern, wann er das Gerücht vernommen haben will: Dienstag, 24. September, 14 Uhr.«

»Wenn die Hensel also ein Alibi benötigt, dann für diese Zeit«, schlussfolgerte Gutzeit. »Was geschah in dem Moment anderswo, womit Sylvia Hensel nichts zu tun haben will?«

»Eine gute Frage.« Freisal schaute auf seine Armbanduhr. »Für morgen. Denn: Die Hensel läuft uns ja nicht weg. Unser Ermittlertag ist endlich. Alles andere findet bloß im Fernsehen statt.«

Freisal und Gutzeit standen vor den verschlossenen Toren des Rathaushinterhofs. »Is' ganz schlecht«, zitierte Freisal den Pförtner. »Aber kommen Sie, ich weiß eine Lösung«, sagte er zu Gutzeit. Nachdem sie den Pförtner informiert und Freisal auf dem Weg zum Hintereingang Gutzeit nebenbei auf den floristischen Aspekt bezirksamtlicher Gedenkkultur aufmerksam gemacht hatte, erreichten sie den Hof mit Suzuki und MX-5. Beim Hinausfahren salutierte der Pförtner. Sein Blick dabei galt primär Gutzeit.

Sie waren sich einig, dass Haiko Hensel bei der Vernehmung zwar keine gute Figur gemacht, seine Person aber auch nicht oberste Priorität hatte. Gutzeit sollte die Aufnahme im Sekretariat transkribieren lassen und unter IPA-Aspekten auswerten. Morgen würde man dann im Präsidium weitersehen.

KHK Hajo Freisal rollte in den wohlverdienten Feierabend, auch wenn er spätestens Höhe Mehringdamm wieder einmal mehr stand als fuhr. Der Briefkasten quoll wie gewohnt über; die Stromrechnung hatte sich im Papierwust der Anzeigenblätter und Prospekte verfangen. Als er den Rest bedruckten Papiers in den Eimer zu seinen Füßen warf, spürte er, dass sich neben ihm etwas regte. Noch während er die Rechnung öffnete und kurz überflog, sagte er: »Na, Frau Sorge, wieder unterwegs?«

Er schloss den Briefkasten, hielt Frau Sorge den Arm hin und brachte sie an ihre Wohnungstür, die sie still und leise hinter sich schloss. Er wunderte sich, dass sie ihn dieses Mal gar nicht gefragt hatte, wer er denn sei. Aber vielleicht erinnerte sie sich heute. Die Symptome von Demenz, hatte Freisal von ihrer Tochter erfahren, hatten auch etwas mit der jeweiligen Tagesform der Erkrankten zu tun.

Er schlurfte die Treppe hinauf und schaltete in seiner Wohnung aus Reflex den Fernseher an – auf einem privaten Kanal lief irgendeine Dauerwerbesendung –, dann ging er in die Küche und goss sich ein Glas Milch ein.

Sein Handy klingelte. Fechner war dran.

»Hör mal, Hajo, nur ganz kurz, bin in der Masurenallee: Interview, aus gegebenem Anlass, wie es so schön heißt. Im Präsidium habe ich nur deine Kollegin erreicht. Wir müssen die Hensel laufen lassen.«

»Was?« Freisal zuckte zusammen. Dabei schwappte ihm Milch über die Finger der Hand, mit der er das Glas hielt.

»Richterlicher Beschluss.«

»Aber …«

»Mehr in der Abendschau, in zehn Minuten. Stehe schon vor den Studioräumen. Sieh's dir einfach an. Wir telefonieren!«

Freisal schaltete um auf RBB. Es lief ein Bericht zu einem anderen Thema. MAZ aus. Live-Bild: Anmoderation von Kommissar Fechner, der am Tisch neben der Moderatorin stand. Auf ihre Nachfrage in »Sachen Verdächtige« erklärte er, dass es um Schutzgelderpressung ginge und das Gericht verfügt habe, dass die mutmaßliche Drahtzieherin Sylvia H. wieder auf freien Fuß zu setzen sei. »Verhältnismäßigkeit der Mittel«. Denn: »Frau H. hat einen festen Wohnsitz und zudem hat sie als selbstständige Kauffrau Verpflichtungen. Es besteht weder Verdunklungs- noch Fluchtgefahr«, sagte Fechner.

»Wann genau wird Sylvia H. wieder freigelassen?«, fragte die Moderatorin.

»Noch heute Abend.«

»Weshalb wurde die Öffentlichkeit bisher nicht darüber informiert, dass es schon Erpressungen in anderen Markthallen gegeben hat?«

»Aus ermittlungstaktischen Gründen. Der Täter sollten sich in Sicherheit wiegen.«

»Hat Frau H. denn Ihrer Meinung nach tatsächlich mit den Erpressungen zu tun? Ist sie am Ende gar die Drahtzieherin?«

»Das wird das Gericht zu beurteilen haben. Die Staatsanwaltschaft bereitet die Anklageschrift vor.«

»Welche Vorwürfe genau wird die Staatsanwaltschaft vorbringen?«

»Das müssen Sie die Staatsanwaltschaft fragen.«

Freisal knipste den Fernseher aus und trank das Glas Milch in einem Zug leer. Er schaute auf seine Armbanduhr. Fechner hatte Abend gesagt. Es war 18.40 Uhr. Er griff nach seinem Handy und wählte eine Nummer.

»Claus – ja, bitte?«

»Freisal hier. Wo erwische ich Sie?«

»Im Garten – ernte gerade den letzten ...«

»... Rucola?«

»Woher wissen Sie das?«

»Der Gedanke lag irgendwie nahe«, sagte Freisal. Auch intern konnten Warm-ups nicht schaden. »Ich störe Sie natürlich nur ungern privat, Herr Kriminalrat.«

»Meine Nummer ist nur für Notfälle gedacht; da Sie zu den wenigen Personen gehören, die dies bisher respektiert haben, muss es wohl tatsächlich brennen. Also, was gibt's?«

Er berichtete Claus vom Stand der Dinge. »Die Hensel kommt wieder auf freien Fuß, heute Abend noch, heißt es. Die Dame gehört jedoch zum Kreis unserer Verdächtigen in Sachen Krzanowski. Sie hätte ein starkes Motiv: Rache.«

Sylvia Hensel habe sich, wie Freisal es ausdrückte, möglicherweise am Verräter der Schutzgelderpressung rächen wollen und einen Killer beauftragt. »Um das beweisen zu können, bedarf es ein paar technischer Hilfsmittel.«

»Freisal, Freisal – mir schwant ...«

»Volles Programm: Handyüberwachung.«

»Ach so, na, das bekomme ich hin.«

»Und ...«

»Raus mit der Sprache.«

»... Lauschangriff.«

»Präziser, bitte.«

»Nur die kleine Variante.«

»Nur ist gut. Ich hab's geahnt: Wenn Sie mich schon privat anrufen ....«

Freisal konnte regelrecht hören, wie Claus am anderen Ende der Leitung den Kopf bedenkenschwer wiegte. Ihm stand mit Sicherheit die Schwierigkeit vor Augen, einen Lauschangriff durchzubekommen, denn das Abhören von Gesprächen Dritter bedurfte einer gerichtlichen Genehmigung. Während der Große Lauschangriff das Abhören einer privaten Wohnung meinte, verstand man unter Kleiner Lauschangriff das Abhören von Gesprächen an öffentlichen Plätzen oder in Geschäftsräumen. Aber auch das war streng reglementiert.

»Was soll dabei rumkommen?«

»Die Hensel wird vielleicht einen Fehler machen. Sie wird sich vermutlich mit ihrem Mann noch heute aussprechen, mit ihm darüber reden, wie es weitergehen soll, nicht zuletzt mit der Moabiter Markthalle. Kann also spannend werden.«

»Spannung alleine ist zu dünn, Kollege Freisal. Wenn wir es auf Spannung abgesehen haben, können wir auch einfach mal ins Kino gehen. Das ist billiger und würde nicht das informelle Selbstbestimmungsrecht tangieren ... die Persönlichkeitsrechte, den Datenschutz und so weiter.«

»Die Hensel könnte Täterwissen offenbaren.«

»Warum sollte sie das tun?«

»Ihr Mann hat erst von uns erfahren, dass seine Frau hinter den Erpressungen stecken könnte. Ich schätze Haiko Hensel so ein, dass er nicht erst über kurz oder lang Klärungsbedarf hat. Vermutlich eher über kurz.«

»Na ja ... Wann brauchen Sie die Genehmigung?«

»Die Hensel wird bis Prozessbeginn wieder auf freien Fuß gesetzt. Wir sollten sofort am Ball sein.«

»Herr Freisal, ich lege auf eine korrekte Ausdrucksweise

wert, das sollten Sie wissen. Meinten Sie möglicherweise umgehend? Sofort kann man nur tot umfallen, sonst gar nichts.«

»Ja, natürlich ... umgehend.« Claus war und blieb zwar ein ziemlicher Klugscheißer, aber dafür war er immer ansprechbar.

»Das muss zuerst über die Staatanwaltschaft laufen, dann übers Gericht – zwei Hürden. Mal gucken, wer da heute Dienst hat. Hoffe, ich treffe auf einen Richter, mit dem Sie es sich noch nicht verscherzt haben.«

»Wäre gut, wenn Sie das hinbekämen.«

»Ich melde mich.«

»Schnell, bitte.«

»Was soll denn das schon wieder bedeuten, schnell? Ich kann Ihnen baldmöglichst zusagen. Reicht Ihnen das?«

»Natürlich, baldmöglichst, danke.«

»Bitte.« Claus legte auf.

Freisal wählte Fechners Nummer. »Gelungener Auftritt«, sagte er. »Hast die Journalistin souverän bedient. Aber sag mal: Die Hensel wird wirklich heute Abend entlassen? Oder ist die Info irgendein taktischer Zug von euch?«

»Nein. Die kommt wirklich heut Abend raus.«

»Kannst du das rauszögern?«

»Was meinst du?«

»Bis sie tatsächlich auf freiem Fuß ist.«

»Wenn der Richter seine Unterschrift gegeben hat, ist sie unverzüglich ...«

»Du sagst es: unverzüglich. Ich meine, das heißt ja nicht sofort.«

»Bitte?«

»Konfrontier die Frau mit einer kleinen Nachfrage, um Zeit zu schinden.«

»Worum geht es?«

»Lauschangriff. Genehmigung ist noch in Arbeit.«

»Verstehe. Okay ... an was für eine Nachfrage denkst du?«

»Ihr Mann hat mir gegenüber behauptet, dass er nicht

wusste, dass seine Frau hinter den Erpressungen stecken könnte. Wäre das was?«

»Hm. Sie wird schweigen. Das ist dann nicht gerade Gesprächsstoff auf Spielfilmlänge. Vielleicht dreißig Minuten, maximal – das bekomme ich irgendwie hin. Danach muss Frau Hensel die JVA aber verlassen können.«

»Danke.«

»Warum eigentlich die Eile? Belauschen könnt ihr die Dame doch auch noch später.«

»Kann sein, dass sie gerade jetzt einen entscheidenden Fehler macht – unmittelbar nachdem sie die JVA verlässt.«

»Welchen?«

»Reden. Mit ihrem Mann. Offen und ehrlich.«

Freisal bedankte sich bei Fechner, legte auf. Dann hackte er ein drittes und letztes Mal eine Nummer in den Apparat.

»Gutzeit, Sie sind also doch noch ins Präsidium gefahren.«

»Wegen der Transkription. Aber zwischenzeitlich hat Fechner hier angerufen ...«

»Ich weiß.«

»Wollte Sie natürlich informieren, war aber bis eben pausenlos besetzt.«

»Erst Fechner, dann Claus, dann wieder Fechner.«

»Das klingt mir nach ...«

»Richtig, Sonderschicht.«

»Sagten Sie nicht, so was findet nur im Fernsehen statt?«

Freisal konterte trocken: »Sie wissen doch, ich rede viel.« Er informierte die Kollegin, dass Sylvia Hensel, »quasi vorbeugend«, observiert und angezapft werden müsse. Claus habe er schon auf die Genehmigungsspur gesetzt. »Ich erwarte ratzfatz grünes Licht.«

»Ratzfatz? Das hat Claus so gesagt?«

»Das sage ich. Er sprach wie immer etwas geschwollen von baldmöglichst.«

»Klingt nach Dienstweg.«

»Salatbeet.«

»Was?«

»Da stand Claus drin, als ich ihn erwischte.«

»Bedeutet was?«

»Claus wird sich aller Erfahrung nach nicht ins Präsidium bewegen, um Antragsformulare auszufüllen. Er wird sein Handy benutzen und seine Beziehungen spielen lassen.«

»Verstehe. Ich könnte den Kollegen von Hör & Lausch schon mal einen Wink geben.«

»Ja, die Kollegen sollen sich schon mal in Bereitschaft halten.«

»Wo genau treffen wir uns?«

»JVA, Eingang ... also, natürlich etwas abseits. Nicht dass die Hensels Lunte riechen, wenn sie uns sehen. Sagen wir in einer halben Stunde.«

»Wieso eigentlich die Hensels? Es wird doch bloß Frau Hensel entlassen.«

»Ich vermute, sie wird von ihrem Mann abgeholt. Die werden einiges zu bereden haben. Ach, bringen Sie den Ton-Spezi gleich mit.«

»Sie sagten, Sie warten noch auf ...«

»Claus macht das schon. Sagen Sie den Kollegen einfach, die Genehmigung sei so gut wie erteilt.«

Freisal stelle seinen MX-5 etwas abseits vom JVA-Eingang ab, in der Rathenower Straße, Ecke Alt-Moabit. Vorsicht ist die Mutter der Porzellankiste, dachte er. Er konnte nicht ausschließen, dass den Hensels sein Wagen bekannt war, immerhin hatte der Roadster wiederholt in unmittelbarer Nähe der Markthalle gestanden und bei geöffneten Toren war der Hinterhof des Rathauses von ihrem Büro aus gut einsehbar.

Zu Fuß waren es nur ein paar Meter. In Höhe der JVA nahm er wahr, dass Gutzeit schon vor Ort sein musste, denn ihre Suzuki stand direkt vis-à-vis des Eingangs. Unvorsichtig, dachte er. Hinter ihrem Cross-Bike parkte ein verbeulter, in Flower-Power-Farben bemalter T1, ein VW-Bus, schätzungsweise Baujahr 1964. Einmal Faible für alte Wagen, immer Faible für alte Wagen, dachte Freisal, und: tolles Gefährt.

Er schlich um das bunte Vehikel herum. An der Rückseite des Wagens war offenbar nachträglich ein Panoramafenster eingebaut worden. Zugezogene lila Gardinen verwehrten einen Blick ins Innere. Er trat an die dem Bürgersteig zugewandte Wagenseite heran und ließ die flache Hand aufs Blech klatschen. Wirklich tolles Gefährt, aber unauffällig war anders.

Die bauartbedingt schmale Zusatztür neben der Beifahrertür – der Transportraum war von der Fahrerkabine durch eine Wand getrennt – wurde geöffnet. Gutzeit linste heraus.

»Wir haben Sie schon gesehen.«

»Ach?«

»Der Wagen ist mit kleinen Mini-Außenkameras ausgestattet, integriert im Blech. Auf jeder Seite eine: 180-Grad-Objektive, perfekte Sicht rund um den Wagen.«

»Darf man eintreten?«

Gutzeit machte den Weg frei, indem sie ins Wageninnere

zurückwich. Freisal zwängte sich durch den engen Einstieg und zog die Tür hinter sich zu. Er nahm neben Gutzeit auf der parallel zur Seitenfront montierten schmalen Sitzbank Platz. Vor ihnen saß der junge Abhörspezialist vor seiner Technik.

Für drei Erwachsene war es eng im Transportraum, die Sitzbank alles andere als bequem.

»Extrem unauffällig, Ihr Wagen«, sagte Freisal zur Begrüßung. Natürlich war ihm auch das Richtmikrofon aufgefallen, das auf dem Dach montiert war, als er um den Wagen herumging. Der Parabolspiegel des Mikros, nötig zum Bündeln von Schallwellen, war zumindest für ihn nicht zu übersehen – aber immerhin getarnt als TV-Satellitenschüssel.

»Genau das ist der Trick«, rechtfertigte sich der Techniker.

»Was denn für'n Trick?«

»Die Unauffälligkeit der Auffälligkeit.«

»Wow – klingt ja wie ein Buchtitel.«

»Ist eine Studie unseres LKA. Demnach ist die beste Tarnung, sich in, wie es da so schön heißt, unerwartetem Kontext zu exponieren.«

»Aha!«, brummte Freisal. »Hat da Kriminalrat Claus mitformuliert?«

»Also, ich finde, das ist durchaus nachvollziehbar«, sagte Gutzeit. »Vielleicht sogar von Kriminellen abgekupfert.«

»Wie meinen Sie das?«, fragte der Techniker.

»Ich sage nur 2008, Bankraub am Ku'damm. Hatten wir als Fallbeispiel im Studium. Also, die Gangster tarnten sich, indem sie mitten auf dem Bürgersteig eine Baustelle einrichteten. Sie gruben in aller Seelenruhe einen Tunnel – auffälliger geht es wohl kaum. Von ihnen fehlt bis heute jede Spur.«

»Die Unauffälligkeit der Auffälligkeit wäre also beinahe schon Ideenklau, oder?«, schob Freisal nach. »Das hätte ich Kriminalrat Claus gar nicht zugetraut!«

»Pssst«, zischte der junge Kollege vom Ton. »Eines der Zielobjekte kommt.«

Alle drei starrten auf den Laptop-Monitor der Videokamera am Wagen. Das gläserne Auge saß unauffällig auffällig auf der Fahrerseite des Busses, eingelassen in die Mitte eines »Atomkaft? – Nein danke«-Aufklebers.

Haiko Hensel überquerte die Straße. Freisal, Gutzeit und der Techniker verfolgten, wie er gemäßigten Schrittes in Richtung JVA-Eingang ging.

»Der hat's nicht eilig«, stellte Gutzeit fest.

»Warum sollte er auch? Seine Frau ist noch drin«, sagte Freisal. »Nebenbei: Wo bleibt hier eigentlich die liebe Presse?«

»Sie hören nicht Polizeifunk, was?«, fragte der Techniker.

»Achtung, Gegenfragen findet Herr Freisal extrem uncool!«, warnte ihn Gutzeit.

»Wenn Sie was wissen, spucken Sie's einfach aus«, sagte Freisal unwirsch.

»Avus. Massenkarambolage. Vier PKW, drei LKW. Zwei Tote.«

»Klingt nach viel Blut«, sagte Gutzeit.

Freisal nickte. »Da läuft die Hensel wohl erst mal außer Konkurrenz.«

Plötzlich verschwand Hensel aus dem Bild. Wahrscheinlich hatte er sich direkt vor den JVA-Eingang gestellt, um auf seine Frau zu warten. Unmittelbar vor der in Richtung Eingang zeigenden Kamera stand auf dem Bürgersteig ein frisch gepflanztes Bäumchen und störte die Optik.

»Toll eingeparkt, Kollege.« Freisal kratzte sich an der Stirn.

»Wer den Schaden hat …«, sagte Gutzeit. Es klang, als solidarisiere sie sich mit dem jungen Kollegen.

»Mann, Mann, Mann!«

»Pssst!« Der Techniker fummelte an den Knöpfen des Equalizers herum, um die bestmögliche Frequenz hinzubekommen.

»Na, wird's heut noch was?«, grollte der KHK.

»Herr Freisal, bitte weniger Druck aufbauen«, intervenierte Gutzeit. Dann wandte sie sich an den Techniker: »Lass dich bloß nicht aus der Ruhe bringen. Eigentlich ist mein Kollege ein ganz Lieber.«

Freisal verdrehte die Augen. Was war denn das für eine Formulierung? Wieso war er »ein ganz Lieber«? Wenn's so wäre, sollte das mal jemand Inge stecken – aber doch nicht einem Techniker, der sich selbst ins Bein schoss.

Der Techniker drehte die Bässe der Umgebung heraus; das fette Geknatter einer vorbeilärmenden Harley-Davidson mutierte zum dünnen Geschnatter. Was dann zu hören war, klang nach Hörspiel: Jemand zündete sich eine Zigarette an, drei tiefe Züge folgten. Dann wurde etwas, wohl die Zigarette, auf dem Boden ausgetreten.

»Wenn das der Hensel ist, macht er aber keinen entspannten Eindruck«, sagte Gutzeit.

»Wird schon, der Nikotinspiegel muss erst steigen«, bemerkte Freisal. »Kenn mich da aus.«

»Ach, Sie haben tatsächlich mal gequalmt? Dachte bisher immer, das wäre bloß 'n Spruch.«

»Wie 'n Schornstein, das sag ich Ihnen. Passte prima zum Rotwein – nur ...«

»Ruhe bitte!«, sagte der Techniker so laut, als säße er nicht in einem VW-Bus, sondern im großzügigen Regieraum eines Tonstudios. Freisal schwieg und blickte auf seine Armbanduhr. Fechner schien ja alles zu geben. Wo blieb nur die Hensel? Als hätte sich sein Gedanke auf Fechner oder wen auch immer übertragen, war plötzlich der Summer der Panzerglastür der JVA zu vernehmen. Trat jetzt Sylvia Hensel über die Schwelle der elektronisch gesicherten Tür? Noch immer waren keine Stimmen zu hören.

»Stehen die sich schweigend gegenüber?«, fragte Gutzeit leise, »und das zur Begrüßung?«

»Herzlich wäre anders«, flüsterte Freisal.

»Oder die Herrschaften teilen sich ihre Zuneigung nur gut ein«, feixte der Techniker. Er hatte sich offensichtlich von Freisals Rüffel erholt.

»Oder die knutschen«, gab Freisal zu bedenken.

»Würde man das nicht hören?«, fragte Gutzeit.

»Kommt drauf an«, erwiderte der Techniker und lächelte wissend.

»Kann man geräuschlos knutschen?«

»Pssst!«

Plötzlich war die Stimme Sylvia Hensels zu vernehmen. »Haiko, wir müssen miteinander reden.«

»Allerdings, Sylvia.«

»Ich muss dir einiges erklären.«

»Das seh ich auch so.«

»Am besten sofort.«

Freisal konnte sich einen Kommentar nicht verkneifen und flüsterte Gutzeit zu: »Claus würde jetzt sagen, dass das unverzüglich heißt.«

»Pssst!«

»Zwei Dinge vorab«, sagte Haiko Hensel. »Erstens: Ich muss jetzt gleich gucken, ob die Leute in der Halle alleine klarkommen, um ihr Konzert über die Bühne zu bringen. Zweitens: Es ist nicht ausgeschlossen, dass die Polizei unser Büro verwanzt hat. Ergo unterhalten wir uns besser an einem anderen Ort als in der Markthalle.«

»Wo?«

»Irgendwo draußen wäre gut. Da würden wir auch sehen, ob uns wer an den Fersen klebt.«

»Wir werden observiert, meinst du?«

»Ich weiß es nicht … Die Kripo glaubt offenbar an einen Zusammenhang der Erpressungsgeschichte mit dem Mord an Krzanowski. Die sind bei mir gewesen und haben so seltsame Fragen gestellt.«

»Was schlägst du vor?«

»Westhafen, Container-Brücke. Da können wir offen reden. Aber wie gesagt, ich muss erst …«

»… bei den Jazzern vorbeischauen. Gut, wie du meinst.« Sylvia klang gereizt.

»Bist du anderer Meinung?«, fragte Haiko Hensel.

»Du behandelst Künstler manchmal wie Kinder.«

»Künstler sind Kinder: immer ein wenig desorientiert und scheinbar nur für den Augenblick lebend. Ja, gut, den Weg auf die Bühne finden sie dann erstaunlicherweise doch meistens alleine.«

»Aber heute ist doch Noll mit dabei. Der hat schon hunderte Konzerte über die Bühne gebracht, der würde das auf jeden Fall alleine packen.«

»Wäre mir aber lieber …«

Man hörte Schritte. Offenbar ging Haiko Hensel voran, jedenfalls kam er als Erster ins Sichtfeld der Heck-Kamera. Sylvia Hensel folgte dicht hinter ihm; sie überquerten die Straße Alt-Moabit, dann stiegen sie in Haiko Hensels Wagen.

Hensel startete den Motor seines türkis-blau-weißen Chevrolet Bel Air. Er parkte aus, wendete und fuhr offenbar in Richtung Markthalle – direkt am Hippie-Bus der Kripo vorbei.

»Wow«, sagte Freisal, »vermutlich ein Direktimport aus Florida. Wie der in der Kurve liegt, fantastisch. Schätze mal, Baujahr 1955. Okay, vergleichsweise sperrig, aber sieht verdammt gut aus und …«

»… so umweltfreundlich«, bremste Gutzeit seine Begeisterung. »Der schluckt doch mindestens fünfzehn Liter.«

»Achtzehn bis zweiundzwanzig«, korrigierte Freisal.

»Will ja nicht stören«, unterbrach der Techniker. »Aber wie geht's jetzt weiter? Ich meine, bisher haben wir wenig Erkenntnisgewinn, oder?«

»Dafür eine Herausforderung«, sagte Freisal.

»Offenes Gelände«, rekapitulierte Gutzeit. »Da können wir uns kaum mit dem Bulli dazustellen. So was funktioniert vielleicht im *Tatort*, aber nicht bei uns.«

»Haben Sie eine Idee, so als Abhörspezialist?«, fragte Freisal den Techniker.

»Hätte ich zwei, drei Stunden Zeit zur Vorbereitung, könnte ich Ihnen ein ganzes Fußballfeld verwanzen.«

»Wir haben es weder mit einem Fußballfeld zu tun noch, und das erscheint mir wesentlicher, zwei, drei Stunden Zeit«, polterte der KHK.

»Kein Grund, sich aufzuregen«, versuchte Gutzeit zu beruhigen.

»Ich rege mich doch gar nicht auf«, schimpfte Freisal. »Ich stelle nur fest, dass Hensel gesagt hat, er würde nur mal gucken wollen, ob die Kinder in der Halle auch ohne Papa klarkommen.«

Gutzeit runzelte die Stirn. »Also, das eine oder andere Wort, das da in der Halle gewechselt wird, plus fünf Minuten Fahrzeit zum Hafen ... eine halbe Stunde braucht Hensel bestimmt, denke ich.«

»Is' doch eine Ansage, danke.« Freisal sinnierte und wenige Momente später schlug ein Gedankenblitz in seinem Hirn ein. Er rief dem Techniker ins Gesicht: »Ich hab's!« Der Mann drehte seinen Kopf reflexhaft weg. »Ihren Zündschlüssel bitte!«

»Was?«

»Vom Bus – nun machen Sie schon!«

Der Techniker kramte in seiner Hosentasche.

»Was haben Sie vor?« Auch Gutzeit verstand nicht, was ihr Chef plante. Der Techniker sah höchstgradig irritiert aus, drückte aber dennoch Freisal den Schlüssel in die aufgehaltene Hand.

»Egal, was Sie jetzt machen«, sagte der junge Mann, »bedenken Sie, dass der Wert dieses Wagens von der technischen Ausstattung her immens ist.«

»Ja, ja – und Sie bedenken bitte schon mal, wie Sie rund hundert Meter zum Abhören technisch überbrücken. Hoffe, Sie haben außer der Schüssel auf'm Dach noch anderes Equipment an Bord.«

»Selbstverständlich. Auch wenn der Wagen nicht so aussieht, wir befinden uns in einem High-Tech-Labor.«

»Wir brauchen was Mobiles, das auch vor Räumen nicht Halt macht.«

»Lasermikrofon«, bot der Techniker an, »neueste Generation.« Es schwang Begeisterung in seiner Stimme mit.

Tatsächlich wusste Freisal, dass es mittlerweile Mikrofone gab, mit denen man über Laserstrahlen Gespräche in geschlossenen Räumen abhören konnte. Das klang für ihn zwar immer noch nach Science-Fiction, war aber offenbar wirklich möglich.

»Sieht man den Laserstrahl nicht?«, fragte er.

»Sie denken an die Lichtschwerter der Jedi-Ritter, was?«

»Keine Gegenfragen, einfach aufklären, in Kurzform, wenn's geht – danke!«

»Lasermikros arbeiten mit Infrarotlaser. Infrarot bewegt sich in einem Lichtspektrum, das für das menschliche Auge nicht zu erkennen ist. Der nicht sichtbare Strahl wird an die Scheibe des abzuhörenden Raumes geworfen. Geräusche versetzen Scheiben in Schwingungen. Der Laser nimmt die Schwingungen auf und wandelt sie in elektrische Spannungsimpulse um. Kurz genug?«

»Ist das schon alles? Dadurch alleine kann man dann mithören?«

»Nein. Am anderen Ende des Laserlichts macht eine von den Spannungsimpulsen ebenfalls in Schwingungen versetzte Membran das Gesagte hörbar.«

»Restrisiko?«, fragte Freisal.

»Ich muss darauf achten, dass der auf die Scheibe treffende Laserpunkt nicht im Sichtfeld der Abzuhörenden liegt.«

»Sagten Sie nicht, Infrarotlicht ist unsichtbar?«

»Der Laserpunkt selbst ist zu erkennen, weil er beim Auftreffen auf die Scheibe gebrochen, quasi reflektiert wird. So ein Punkt ist zwar nicht größer als ein Stecknadelkopf, aber wenn er ungünstig liegt ...«

»... würden wir auffliegen?«

»So ist es.«

»Wollen wir aber nicht. Bekommen Sie das hin?« Ohne

eine Antwort abzuwarten, lobte Freisal: »Sie machen das schon – prima!« Wird schon gut gehen, dachte er zuversichtlich, ansonsten hätte der Techniker dieses Vorgehen sicherlich nicht vorgeschlagen. Er hatte im Laufe seines Berufslebens gelernt, nicht alles bis ins letzte Detail begreifen zu wollen, sondern Leuten, die von bestimmten Dingen mehr verstanden als er, zu vertrauen.

Er stieg aus und lief um den VW-Bus herum. Er öffnete die Fahrertür und hievte sich hinter das beinahe horizontal angebrachte Lenkrad, drehte den Zündschlüssel um, legte krachend den Gang ein und gab Gas. Beim ruckartigen Anfahren purzelten Gutzeit und der Techniker im Laderaum übereinander.

»Sag mal, wie ist denn dein Chef drauf?«, fragte der Techniker.

»Mach dir mal keinen Kopf, das ist normal«, sagte sie, »für seine Verhältnisse.«

Freisal gab Gummi. Damit er den Hensels nicht zufällig über den Weg fuhr, machte er einen kleinen Schwenker: rechts in die Stromstraße, dann immer der Nase nach. Vor der Putlitzbrücke bog er links in die Birkenstraße und dann, wenige Meter weiter, wieder scharf links in die Wilhelmshavener.

Der Moabiter Kiez, insbesondere im Umfeld der Arminiushalle, war als Tempo-30-Zone ausgelegt: Bremsschwellen, sogenannte Moabiter Kissen, und Fahrbahnverengungen sollten langsames Fahren erzwingen. Das schien in der Regel auch gut zu funktionieren, aber in diesem konkreten Moment … Freisal schepperte mit dem alten Bus mit vierzig Sachen durch die relativ enge Wilhelmshavener Straße.

Der Techniker hinten im Kasten klammerte sich an den Haltegriff. »Sicher, dass dein Chef nicht suizidal veranlagt ist?«, fragte er Gutzeit, die wie ein Flummi auf dem Sitz auf und ab hüpfte.

»Keine Panik«, beruhigte sie ihn. »Wenn sich Herr Freisal dermaßen ins Zeug legt, wird er schon wissen, was er tut.«

»Aber was genau tut er denn, außer dass er mit unserem High-Tech-Labor durch die Gegend brettert? Der fährt wie ein Henker!«

»Weißt du, dass du richtig süß bist, wenn du so ängstlich guckst?«

»Ähm …«

»Lass uns nachher zum Feierabend einen Espresso trinken gehen.«

»Gerne. Vorausgesetzt, wir überleben die Fahrt.«

»Keine Sorge, Hauptkommissar Freisal war mal Rallye-Pilot.«

»Ach du Sch…« Bevor der Techniker das unschöne Wort aussprechen konnte, raste der Bus hart über eine Bodenschwelle und sein Kopf stieß an die Wagendecke.

Ecke Wiclefstraße trat Freisal in die Eisen und hielt in zweiter Spur. Er stieß die Fahrertür auf und kletterte aus dem Bus, um die Tür dann krachend wieder zuzuschmeißen.

»Kein Feinmotoriker«, stellte der Techniker fest.

»Nobody is perfect«, entschuldigte Gutzeit ihren Vorgesetzten.

Hajo Freisal betrat ächzend und schwitzend das Multikulti-Zentrum, das sein Domizil in einem Eckladenlokal hatte. Er steuerte zielstrebig auf den Mann mit Dreimillimeterhaarschnitt und Dreitagebart zu, der hinterm Tresen stand und den Kaffeeautomaten bediente. Vermutlich der Sozialarbeiter der Einrichtung. Er wurde freundlich begrüßt.

»Guten Tag«, sagte der Mann, »ich bin der Leiter der Einrichtung. Was kann ich für Sie tun?«

Freisal klatschte seinen Dienstausweis auf den Tresen. »Muss zu Murat«, ächzte er, hörbar außer Atem.

Der Mann vor ihm versuchte, auf Zeit zu spielen. »Ähm, Murat ... was denn für'n Murat?«

Vielleicht schrillen bei ihm Alarmglocken, weil er Polizei liest und Murat hört, dachte Freisal. Mann, Mann, Mann! Er fixierte sein Gegenüber. Ich bin einer von den Guten! Jetzt mach nicht auf blöd, dafür fehlt's an Zeit.

»Liegt nichts gegen Murat vor, keine Sorge«, versicherte er. »Brauche seine Mitarbeit.«

»Mitarbeit?« Der Mann schaute noch einen Tick ungläubiger.

»Da hinten?«, fragte Freisal und zeigte in die Richtung eines Nebenraumes, aus dem Rap-Musik herüberschallte. Der Dreitagebart überlegte, wie er mit der Situation umgehen sollte oder wollte. Mann, Mann, Mann, dachte Freisal wieder, schritt, ohne eine Antwort abzuwarten, zu besagtem Raum und riss die Tür auf.

Murat probierte just einen Headspin. Als er auf dem Kopf stehend in der Bewegung verharrte, hielten ihn seine beiden Brüder an den angewinkelten Beinen in der Balance.

»Was guckst du?«, imitierte Murat den Komiker Kaya Yanar, während er durch seine angewinkelten und leicht gespreizten Beine zu Freisal hinsah.

»Jungs, ohne lange Vorrede: Ihr müsst mir noch mal helfen.«

Die Brüder antworteten synchron: »Kein Problem, Chef.«

Murat war zeitgleich in den Handstand gewechselt, hatte sich mit den Händen vom Boden abgestoßen, um auf den Füßen zu landen. »Autoüberführung?«, fragte er.

»Etwas schwieriger«, druckste Freisal herum. »Es eilt – wir müssen gleich los.«

»Mitten in Probe?«, fragte Murat. »In halbe Stunde besser.«

»Was redest du, Murat?«, pflaumte der Größere ihn an und gab dem Bruder eine Kopfnuss. »Hör zu, was Chef sagt!«

Der Techniker befühlte seine Beule, während Gutzeit in der Abschrift des gestrigen Gesprächs mit Haiko Hensel las. Sie durchforstete seine Antworten nach Merkmalen der Investigativen Psychologie.

»Gibt Auffälligkeiten«, sagte sie.

»So?«

»Quellenamnesie.«

»Freisal?«

»Quatsch. Hensel! Ein elaboriertes Lügengebäude, das zusammenfällt wie ein Kartenhaus.«

»Aha …« Der Techniker schwieg und verstand offenbar nur Bahnhof.

Gutzeit fuhr fort: »Hensel sagte zuerst, dass sein Laden bestens liefe, um dann aber zu schlussfolgern, dass man sich nach der Decke strecken müsse, um zu sparen. Ja, was denn nun? Einerseits ist finanziell alles super, anderseits gibt es ökonomische Schwierigkeiten.«

Der Techniker schien überfordert. Er hob hilflos die Hände.

Gutzeit lächelte ihn an. »Du bist echt süß, wenn du hilflos die Hände hebst.«

Die seitliche Tür wurde plötzlich aufgerissen und Strahlen

des Tageslichts drangen wie eine Blendgranate in das von einer schummrigen Lampe beschienene Innere des Kastenwagens. Sie zuckten vor Schreck zusammen, dann blinzelten sie in das Gegenlicht. Der Techniker erschrak sichtlich, wahrscheinlich dachte er an einen Überfall, als er sich mit den drei jungen Türken konfrontiert sah, die, zwei Sporttaschen in den Händen, seinen Bus enterten.

Aber dann war Freisals Stimme zu hören. Etwas außer Atem sagte er: »Darf ich vorstellen: Murat und seine Brüder.« Er stützte sich am Innerahmen der geöffneten Tür ab. Seine Stirn war klitschnass. Es schien ihm nicht notwendig, sich zur Einsatzbesprechung als sechste Person in den Kasten zu zwängen, zumal er wild entschlossen war, gleich mit dem »High-Tech-Labor« weiterzufahren.

»Sollte ich die Herrschaften kennen?«, fragte der Techniker ratlos.

»Die Jungs werden uns behilflich sein«, sagte Freisal.

»Wobei?«

»Lauschangriff.«

»Und wie?«

Hinter seinem Rücken holte Freisal ein, wie er sagte, »Kofferradio« hervor und reichte es ins Wageninnere. Es handelte sich um eine Boombox, eine handliche Musikanlage, die so gut wie alle Medien fraß: USB-Sticks, CDs, DVDs, Smartphones. Ein Smartphone zum Beispiel konnte oben auf die Schnittstelle gesteckt werden und schon ließen sich mp3-Dateien abspielen. Der Begriff Boombox war im Übrigen noch nicht im allgemeinen Sprachgebrauch angekommen; man sprach auch von einem Ghettoblaster 2.0.

»Diese Dinger verfügen beim Abspielen von Musik über ordentlich Wums«, erklärte Freisal kennerhaft.

»Was für Musik?«

»Hip-Hop.«

»Wozu das denn?«, frage der Techniker.

»Breakdance«, sagte Murat, als wäre damit alles erklärt.

»Keine Zeit verplempern, Leute«, sagte Freisal. »Ich instruiere Sie beim Fahren übers Handy. Rufen Sie mich bitte gleich an, die Kollegin hat meine Nummer. Ich bringe uns jetzt zum Westhafen.«

Er schmiss die Blechtür zu, dass es nur so rumste.

Murat und seine Brüder hatten schätzungsweise achtzig oder neunzig Meter von der Containerbrücke entfernt Stellung bezogen, das heißt eine Trainingsfläche improvisiert.

Aus der Boombox groovte Hip-Hop und zum Takt der Musik übte Murat Windmills, was das Drehen auf den Handflächen um die eigene Achse meint – ohne mit den Füßen den Boden zu berühren. Der große und der kleine Bruder simulierten unterdessen mit ausgebreiteten Armen und den entsprechend abgestellten Sporttaschen einen sogenannten Circle, die Flächenbegrenzung beim Breakdance, die den maximalen Aktionsradius markiert.

Murat kam in Schwung. Seine zentrifugale Bewegung verlief abwechselnd über die linke und rechte Schulter sowie über die gesamte obere Rückenpartie.

In diesem Augenblick rollte der Chevrolet der Hensels auf die Containerbrücke zu.

Sylvia Hensel bemerkte die Jugendlichen. »Was machen die hier?«, fragte sie.

»Sieht mir nach Breakdance aus«, sagte ihr Mann.

»Sagtest du nicht, ungestörter Platz?«

Haiko Hensel lenkte seitlich an Murat und seinen Brüdern vorbei und fuhr weiter geradeaus zur Brücke. »Ach, komm, die stören doch nicht – so wie die mit sich selbst beschäftigt sind. Müssen doch irgendwo üben, wenn sie's zu was bringen wollen.«

»Ah, da spricht er wieder, der Künstler-Versteher. Du musst es ja wissen«, sagte Sylvia Hensel spitz.

An der Brücke angekommen, trat Haiko Hensel als Revanche für den Seitenhieb in die Eisen, dass seine Frau hart in den Gurt gepresst wurde.

»Spinnst du?!«, fauchte sie. »Was soll das?«

Der T1 mit Freisal, Gutzeit und dem Techniker stand in Deckung: ungefähr zweihundert Meter von den Hensels entfernt, hinter einer der Lagerhallen versteckt. Eine drahtlose Webcam, die unauffällig auf dem Boden ums Eck der Lagerhalle positioniert worden war, gab einen Überblick über die relativ weit entfernte Szene. Auf diese Entfernung hätte man nicht mit dem Laser arbeiten können.

»Großer, hörst du mich?«, fragte Freisal über sein Headset an.

»Ja, Chef«, kam es zurück. Der »Große« war vom Techniker als Verbindungsoffizier verdrahtet worden.

»Gut. Mein Kollege übernimmt jetzt.«

»Okay«, sagte der Techniker, »alles bestens. Sehe, dass ihr nahe genug dran seid am Zielobjekt. Aufgepasst: Schieb mal mit deinem Fuß die Sporttasche ein Stück weit in Richtung des Wagens – guck dabei aber nicht in die Richtung der Zielpersonen.«

»Mach ich, Chef-Chef.«

Murats großer Bruder tat, wie ihm geheißen. Aus der halb geöffneten Tasche guckte das eher unscheinbare Laser-Mikro heraus. Es musste vom Techniker via Fernbedienung auf eine der ungefähr siebzig Meter entfernten Autoscheiben ausgerichtet werden; die notwendige Feinjustierung erfolgte über einen Joystick. Das Mikro in der Sporttasche war auf eine ferngesteuerte Kugellager-Halterung aufgesteckt. Idealerweise sollte der Laserstrahl senkrecht auf eine Scheibe auftreffen, war der Einfallwinkel weniger günstig, das heißt eher schräg angelegt, litt die Abhörqualität. Aber so oder so wäre die Möglichkeit des Belauschens garantiert, wusste der Techniker. Zur groben Orientierung sah er auf das Videobild, während er den Joystick millimeterweise führte.

»Hab sie«, sagte er triumphierend. Er drehte Knöpfe an seinen Geräten, um die bestmögliche Verständlichkeit einzustellen. Die Verbindung zwischen dem Laser-Mikro beziehungsweise der Membran und dem Aufzeichnungsgerät im T1 funktionierte drahtlos; die Membran war verwanzt.

»Läuft die Aufzeichnung?«, fragte Freisal.

»Ach, so was brauchen Sie?«, antwortete der Techniker trocken. Er zog die Augenbrauen hoch und verwies mit einem Blick auf den Bildschirm seines Laptops: Virtuelle Aufnahmepegel einer Studiosoftware schlugen putzmunter aus.

»Man wird ja noch mal fragen dürfen«, maulte Freisal.

»Psst!«, erwiderte der Techniker.

»Wie soll es jetzt weitergehen?!«, fragte Hensel aufgebracht. »Wenn man dir den Prozess macht …«

»Mach dir mal nicht gleich ins Hemd, Haiko. Was haben die in der Hand? Die Aussage eines Kleinkriminellen und ein paar Indizien. Dr. Krieg meint, das bekommt er hin.«

»Was bekommt Krieg hin?«

»Freispruch. Er will im Prozess in die Offensive gehen.«

»Selbst wenn das klappt – geht's dann weiter wie bisher?«

»Was meinst du?«

»Zur Abwechslung könntest du ja alte Omas um Schutzgeld angehen.«

»Was soll das? Ich versuche, Geld aufzutreiben, und du moralisierst hier herum? Hast du es immer noch nicht kapiert: Meine gesamte Erbschaft steckt in der Halle! Und mehr haben wir nicht! Überhaupt, wer hat uns denn finanziell reingeritten in die Scheiße? Du mit deiner beknackten Kultur! Die Miete für die Palmen können wir schon nicht mehr bezahlen, aber natürlich, der Herr Impresario macht trotzdem weiter einen auf Kunst: veranstaltet eine Woche lang einen Musikmarathon. Bei freiem Eintritt, selbstverständlich!«

»Das mit Kunst und Kultur war unsere gemeinsame Idee.«

»Von wegen! Ich habe da mitgemacht, weil du es unbedingt wolltest. Ich dachte, es wird schon irgendwie gehen. Dass die Banken plötzlich mauern, war nicht abzusehen.«

»Davon hast du mir nie etwas gesagt.«

»Liest du keine Zeitung? Haben sich doch alle wie blöde verzockt!«

»Nicht die Banken, ich meine unseren Betrieb und wie's um ihn steht. Das hättest du mir sagen müssen!«

»Was interessieren dich schon Zahlen!«

»Du hättest mich einweihen müssen. Auch in Sachen Nebenerwerb. Es war fahrlässig von dir, mich davon nichts wissen zu lassen. Nur weil ich nichts wusste, habe ich der Polizei in die Hände gespielt.«

»Tröste dich, du hast doch sowieso noch nie was gepeilt.«

»Danke auch. Aber was meinst du eigentlich? Deine spezielle Vorliebe, mit der ich nichts anfangen kann?«

»Du warst eben schon immer ein Langeweiler. Typischer Kopfmensch ... der Herr Theaterwissenschaftler.«

»Weil ich es immer schon vorgezogen habe, im Bett zu vögeln anstatt im Licht, an der Luft, in der Sonne?«

Haiko Hensel erinnerte sich gut an den ersten und letzten Versuch seiner Frau, ihn zu öffentlichem Sex zu animieren, eines Sommers im Freibad Plötzensee. Mehr als Küssen wollte er nicht zulassen, obschon es sich beide auf der großen Wiese, das heißt abseits vom allgemeinen Trubel bequem gemacht hatten. Als sie begann, seine Badehose zu befingern, wurde er nicht scharf, sondern nervös. Und als sie ihre Hand unterhalb seines Bauchnabels flach auf den Stoff gelegt und damit begonnen hatte, sie auf dem Stoff kreisen zu lassen, standen ihm Fluchtgedanken ins Gesicht geschrieben. Er sah sich hektisch um, als stünde er bei einem Banküberfall Schmiere.

»Locker bleiben, Schatz!«, hatte sie gesagt, ihre Hand wieder weggenommen und nach der mitgebrachten Flasche Prosecco gegriffen. Sie goss zwei Plastikbecher voll. Einen reichte sie ihm, hob ihren und stieß mit ihm an. »Entspannungstrunk, Schatz!« Er nippte bedächtig, als wäre der Inhalt heißer Kamillentee.

»Fehlt bloß noch, dass du pustest«, kommentierte sie amüsiert, kippte sich den Schaumwein in einem Zug hinter die Binde und goss sich nach, um einen zweiten kräftigen Schluck zu nehmen. Dann kuschelte sie sich an ihn – und unternahm einen zweiten Versuch. Ehe sie mit ihrer flachen Rechten in seine Badehose fahren konnte, sprang er auf, als sei er von einem Schwarm Wespen angegriffen worden. Die Flasche und die Becher kippten um; der Prosecco versickerte perlend im Gras. »Warum so prüde«, fragte sie.

»Weshalb so schamlos?«, konterte er.

»Hast dich doch sonst nicht so.«

»Sonst ist kein Publikum dabei.«

»Wo siehst du Publikum?«

»Der Typ da auf seinem Hochsitz hat ein Fernglas, noch nicht bemerkt?«

»Aber Schatz, das ist doch bloß der Bademeister. Bademeister haben immer Ferngläser.«

Er fühlte sich nicht ernst genommen. Verärgert schlüpfte er in seine Kleidung, im Marschschritt verließ er das Freibad.

»Du weißt ja nicht, was dir entgeht.«

»Mittlerweile schon.«

»Ach, du kennst dich da auf einmal aus?«

»Wehe, einer fängt an zu quatschen, oder?«

»Top secret ist oberstes Gebot bei JoyBoy. Wer sich nicht daran hält, bekommt Ärger.«

»Wer ist JoyBoy?«

»So heißt die Agentur, über die ich mir meinen Lover organisiere.«

»Klingt nach Ausgaben.«

»Dreihundert für'n Quickie.«

»Quickie?« Haiko spürte, wie Wut und Eifersucht in ihm aufstiegen. »Dreihundert ... die wir uns nicht leisten können.«

»Das ist dein ganzes Problem?«

»Spekulierst du jetzt auf Eifersuchtsszenen? Vergiss es, ich versuche, einen kühlen Kopf zu bewahren.«

»Na dann ... Im Übrigen: Deine Palmen können wir uns auch schon lange nicht mehr leisten.«

»Ich glaube, wir haben da ein größeres Problem, Sylvia.« Haiko Hensel atmete tief durch. Er kramte ein Smartphone hervor. »Auf dem Ding hier«, sagte er, »ist ein Filmchen drauf. Dieses Filmchen, nicht länger als dreißig Sekunden, zeigt dich auf der Siegessäule. Vor Wochen wurdest du offenbar heimlich gefilmt, während du dich in das Absperrgatter der Aussichtsplattform krallst … während dich so ein blonder Affe …«

»Löwe, Haiko, Löwe. Er heißt Simba.«

»Du findest das alles auch noch komisch, wie? Wenn das Material in die falschen Hände geraten wäre, könnten wir einpacken.« Haiko Hensel hielt seiner Frau das Smartphone hin und startete das Video. »So was bricht einem im Business das Genick!«

»Wieso? Was ist denn da schon zu sehen? Simba trägt das Hemd über der Hose. Was da zwischen uns läuft, kann niemand wirklich erkennen.«

»Du meinst, weil keine Geschlechtsteile zu sehen sind, ist alles tutti? Deine Nerven möcht ich haben.«

»Kannst das Filmchen stoppen, Haiko. Ist mir nicht neu.«

»Du kennst das Video?«

Freisal blickte Gutzeit fragend an. »Jetzt mal abgesehen davon, dass die Beziehung der beiden aber auch so was von durch zu sein scheint – nur zur Vergewisserung: Hier geht's um Sex unter freiem Himmel, richtig?«

»Im öffentlich zugänglich Raum«, ergänzte der Techniker.

»Wow, Insiderwissen?«, hakte Freisal nach.

»Ich bitte Sie, Herr Freisal, Publicsex liegt voll im Trend«, antwortete der Techniker.

»Sie sprechen aus Erfahrung?«

»Bin meistens sonntags auf Tour: 15.30 Uhr, Rasthof Stolpe, drittes Gebüsch links.«

»Du liebe Güte! In welchen Kreisen verkehren Sie denn, Kollege?«, fragte Freisal ironisch.

»Psssst!«, machte Gutzeit.

Es war zu hören, wie eine Autotür aufgerissen wurde und jemand aus dem Wagen stieg. Der Techniker schaute auf seinen Monitor. »Erkenne Frau Hensel.«

»Gut«, sagte Freisal. »Dann muss wohl Plan B ran.«

»Was für ein Schwein!«, war Sylvia Hensel gedämpft zu vernehmen. Sie schien sich vom Wagen zu entfernen.

Ein zweites Mal wurde eine Autotür aufgestoßen.

»Jetzt verlässt Herr Hensel den Wagen! – Großer, hörst du mich?«, fragte der Techniker.

»Ja, Chef-Chef.«

»Wir brauchen das andere Mikro.«

»Kein Problem, Chef-Chef.«

Murats Bruder drehte die zweite Sporttasche, aus der ein kleiner Parabolspiegel lugte, zu den Zielpersonen hin.

»Erledigt.«

Freisal klopfte dem Techniker anerkennend auf die Schulter. »Also, wenn Sie nicht an Plan B gedacht hätten …«

»Ich denke immer an Plan B«, sagte der Techniker kein bisschen unbescheiden und pegelte den Empfang des konventionellen Richtmikrofons ein. Mit der anderen Hand dreht er parallel am Equalizer, um die brummenden Bässe der Rap-Musik herauszufiltern.

»Sylvia, es wird Zeit, dass du mich einweihst, und zwar in alles«, sagte Haiko Hensel. Es klang fordernd.

Man hörte Sylvia Hensel tief und schwer durchatmen. Dann sagte sie: »Okay. Wir reden genau genommen über zwei verschiedene Dinge, die dennoch zusammengehören: Schutzgeld-Affäre und Erpressungs-Video.« Sie machte eine Pause.

»Ich höre!«

»Krzanowski ist von mir engagiert worden, ja – er sollte Reinke und seinen Leuten für die Erpressungen in den Markthallen zur Tarnung ein bisschen polnischen Singsang beibringen. Das hat auch gut geklappt, aber Krzanowski wollte weiter mit von der Partie sein, obwohl ich ihn für unsere Markthalle nicht mehr brauchte. Er hatte seinen Job gemacht und war bezahlt worden. Aber er ließ sich nicht abwimmeln. Noch schlimmer, er sagte, er bräuchte Geld für einen Film, den er drehen wolle. Irgendwas von einem Künstler-Nachruf hat er gelabert. Ich sagte, dass er das vergessen könne – bei mir wäre kein Geld mehr zu holen. Da begann er, mir nachzustellen, mich immer wieder auf Geld anzusprechen. Krzanowski entwickelte sich zum Stalker. Jedenfalls muss er mir mal gefolgt sein, als ich mich … na ja, du weißt schon … und zudem hat er offenbar eine Möglichkeit gefunden, mich beim letzten Mal unbemerkt zu filmen.«

»Er wollte dich mit dem Film erpressen, richtig?«

»Wer sagt das?«

Haiko Hensels Tonfall verriet, wie sehr er sich bemühte, ruhig zu bleiben. »Ich weiß es eben!«

»Woher?«

»Was glaubst du, woher ich das Gerät hier habe? Natürlich von Krzanowski! Er war bei mir und sagte, du hättest ihn rausgeschmissen. Er sagte auch: ›Lady will Gerät mit Film nicht kaufen – du nimmst … oder YouTube‹. Er drohte, er würde den Link im Kiez schon unters Volk bringen, damit alle sehen, was für eine hübsche Chefin die Markthalle hat.«

»Okay, er war erst bei mir, stimmt. Wie viel Geld wollte er von dir?«

»Zweitausend für das Smartphone mit Film. Ich sagte ihm, dass er fünfhundert bekäme, wenn er das Video auf dem Gerät einfach lösche. Das Gerät bräuchte ich nicht. Wenn es keine Kopie des Videos gäbe, weil er es schon wohin auch immer über WhatsApp oder wie auch immer versandt hatte, wäre, sagte ich ihm, die Sache damit aus der Welt.«

»Interessant. Von mir wollte er für das Video noch das Doppelte: viertausend. Tja, ein Klassiker: geringe Nachfrage, preiswerte Angebote«, witzelte Sylvia Hensel.

»Finde ich nicht komisch, Sylvia«, konstatierte Haiko.

»Dann eben nicht. Und weiter?«

»Was?«

»Na, hast du nun gezahlt oder nicht?«

»Er wollte das Gerät unbedingt mitverkaufen. Er habe davon noch ein paar Stück im Wagen, sagte er. Klingt nach heißer Ware, dachte ich. Er ließ nicht locker. Wir einigten uns auf fünfhundert fürs Video plus fünfhundert fürs Gerät.«

»Warum hast nicht auch du ihn einfach vor die Tür gesetzt? Dem Krzanowski konnte man doch nicht glauben, dass er von dem Video keine Kopie hatte.«

»Und dann?«

»Wir hätten schon einen Weg gefunden, anders an das Filmchen heranzukommen. JoyBoy kennt in dieser Hinsicht gar keinen Spaß – dafür aber gewisse Leute, Plaudertaschen in die Schranken zu weisen.«

»Was für Leute? Sylvia, sag mir ehrlich, gibt es einen Zusammenhang zwischen dieser Agentur und Krzanowskis Tod?«

»Ich weiß es nicht.«

»Aber ich weiß, dass das Filmchen in der Öffentlichkeit nicht gut angekommen wäre. Ich musste es kaufen.«

»Wie auch immer, Schnee von gestern.«

»Tatsächlich?« Schweigen. »Hab's mir ein paar Mal angeguckt und mich gefragt, wie man euch so unbemerkt filmen konnte? Ich meine, da oben auf der Siegessäule ist's doch überschaubar, so vom Platz her. Du musst doch gesehen haben, wenn da jemand…«

»Ja, sicherlich.«

»Was heißt sicherlich?«

»Das macht doch erst die Spannung aus!«

»Beobachtet zu werden?«

»Nein, das Risiko, entdeckt zu werden, meine ich. Jedenfalls, da war außer uns noch jemand. Ein Typ im Jogging-Anzug, mit Sonnenbrille und Basecap.«

»Krzanowski?«

»Nein, der Typ war bedeutend größer. Ich dachte, der genießt die Aussicht über Berlin; wie's aussah, bemerkte er nicht, dass Simba und ich es miteinander trieben.«

»War der Typ blind oder taub oder beides?«

»Er stand fünf oder sechs Meter von uns entfernt. Mit dem Rücken zu uns.«

»Ist dir sonst noch was an dem Typ aufgefallen?«

»Er trug den Schirm seiner Basecap nach hinten gedreht.«

Stille. Plötzlich sagte Hensel: »Ich hab's! Das könnte es erklären ... Der Typ hat euch über Bande beobachtet! Schau mal, da unten am Bildrand ... da sind doch Fussel zu sehen, oder? Der hat wahrscheinlich das Handy in die präparierte Mütze gelegt und im Aufnahmemodus laufen lassen.«

»Wir wurden aus einer falsch herum aufgesetzten Basecap heraus gefilmt, meinst du?«

Plötzlich riss die Leitung ab. Aus den Lautsprechern im Bus war nicht einmal mehr ein Rauschen zu vernehmen. Der Techniker kurbelte und schaltete hektisch an der Empfangstechnik herum, aber es tat sich nichts.

»Was ist los?«, fragte Freisal.

»Zusammenbruch«, sagte der Techniker. »Als habe jemand den Stecker gezogen.«

»Ich dachte, das läuft drahtlos?«

»Och nee, Herr Freisal!« Gutzeit zog die Brauen hoch. »Das war sinnbildlich gemeint.«

»Vermute, dass es bei den Breakdancern ein Problem gibt«, sagte der Techniker.

»Wie kommen Sie darauf?«, fragte Freisal.

»Die Elektronik hier zeigt mir, dass die Technik im Wagen selbst einwandfrei funktioniert.«

Gutzeit blickte ihren Chef an. »Nicht dass unseren türkischen Freunden noch was zustößt. Zugriff?«, fragte sie.

»Zugriff!«, antwortete Freisal.

Kurz darauf kam der T1 um die Ecke der Lagerhalle gerast und wenige Momente später stellte Freisal den VW-Bus quer vor Hensels Wagen. Gutzeit sprang aus dem Bus und lief zu den drei oder vier Meter entfernt stehenden Hensels hinüber, die sich immer noch stritten, aber sofort verstummten, als sie die Polizistin auf sich zukommen sahen.

Haiko Hensel versuchte, das Smartphone so unauffällig wie möglich in seiner Jackentasche verschwinden zu lassen.

Gutzeit hatte sie erreicht. »Herr Hensel, das Smartphone bitte.«

»Wie kommen Sie …«

»Das Smartphone bitte!«

Hensel steckte die Hand in die Tasche, zog das Handy hervor und ließ es zu Boden fallen. Er hob den rechten Fuß und trat mit dem Hacken auf das Gerät. Yasmine Gutzeit kickte es geistesgegenwärtig außer Reichweite.

»Ist mir zufällig aus der Hand gerutscht.«

»Tatsächlich? Und Sie treten auf Dingen herum, die Ihnen zufällig aus der Hand rutschen? Merkwürdige Angewohnheit, wenn Sie mich fragen.«

Gutzeit hob das Gerät auf. Die Akkuklappe war herausgebrochen, der Monitor zerdellt.

»Sieht nicht gut aus«, konstatierte Sylvia Hensel.

Mittlerweile war Freisal dazugekommen. »Unsere Kriminaltechniker können damit mit Sicherheit was anfangen. Sie sind vorläufig festgenommen wegen Verdacht des Mordes oder der Anstiftung zum Mord an Andrzej Krzanowski!«

Zwei Streifenwagen, vom Techniker angefordert, kamen mit heulenden Sirenen auf das Gelände gefahren und hielten neben Freisal, Gutzeit und den Hensels.

»Warum Haiko?«, fragte Sylvia Hensel.

»Sieht mir nach Eifersuchtstat aus«, sagte Freisal. »Welcher Mann will schon mit Sexvideos von seiner Frau im Internet überrascht werden?«

»Woher wissen Sie …?«

»Was vermuten Sie denn?«

»Belauscht?«

Freisal nickte stumm. »Bitte kommen Sie, Herr Hensel«, sagte Gutzeit und wies auf den Streifenwagen. Sie winkte einen der Uniformierten heran, der ihn abführen sollte.

»Ruf Krieg an«, rief Haiko Hensel seiner Frau noch zu.

»Ja«, sagte Sylvia Hensel. Dann wandte sie sich an Freisal. »Und was ist mit mir?«

»Was soll sein? Sie haben ein Verfahren wegen der Erpressung anhängig, aber das Gericht hat sie vorläufig auf freien Fuß gesetzt. Sie können also gehen. Schönen Abend noch!«

Gutzeit und Freisal gingen zu Murat und seinen Brüdern hinüber, bei denen schon der Techniker und die Kollegen aus dem zweiten Streifenwagen standen.

»Kollegen, die Jungs gehören quasi zu uns«, sagte der KHK. »Sie können sich entspannen.« Und zu Murat und den anderen beiden: »Prima gemacht, Jungs!«

Einzelne Teile des Richtmikrofons lagen über den Boden verstreut. Murat gestand ungefragt, dass er bei der letzten Windmill zu viel Schwung genommen und sich selbst aus dem Circle hinauskatapultiert hatte: Er war bäuchlings auf die Tasche mit dem Parabolspiegel gefallen.

»Hast du dich verletzt?«, fragte Freisal.

»Nein«, sagte Murat.

»Murat hat harten Kopf«, sagte der Große und gab ihm eine freundschaftliche Kopfnuss. Der kleine Bruder nickte zustimmend.

»Schaden groß, Chef?«, fragte Murat.

»Was meinen Sie?«, gab der die Frage an den Techniker weiter.

»Das Teil ist platt – fünfhundert Euro, schätze ich.«

»Wow«, sagte Freisal, »nicht gerade billig.«

»Vergleichsweise schon – ein Lasermikro kostet neu das Zwanzigfache.«

»Na siehst du, Murat, du bist also vergleichsweise preiswert gefallen«, sagte Freisal gut gelaunt.

»Kann man so sehen«, bestätigte der Techniker. »Aber das sollten wir in der Begründung besser so nicht schreiben.«

»Was für eine Begründung?«

»Neubeschaffung.«

Freisal bat die Uniformierten, Murat und seine Brüder nach Hause zu chauffieren. Aber die Jungs lehnten erschrocken ab.

»Danke, Chef – lass stecken, Chef.«

»Warum?«

»Wir haben geschworen … unserer Mutter … nie wieder sitzen wir in Streifenwagen.«

»Dann natürlich nicht«, konstatierte Freisal und verabschiedete die uniformierten Kollegen.

»Fahrt einfach wieder bei uns mit«, schlug Gutzeit vor.

»Okay?«, fragte Freisal.

»Natürlich, Chef – ist kein richtiges Polizeiauto.«

Der Techniker biss sich auf die Lippen. Er sah das vermutlich etwas anders.

Als sie vom Hafengelände fuhren, klingelte Freisals Handy. Er ging ran und schien sofort die Ohren zu spitzen. Dann begann er, Süßholz zu raspeln.

»Vielen Dank für Ihre Bemühungen, Herr Kriminalrat! Ich wusste, auf Sie ist Verlass. Auf Wiederhören!« Er legte auf und blickte zufrieden zum Techniker am Steuer. »Nur für den Fall, dass jemand fragt: der Kleine Lauschangriff … also, alles in trockenen Tüchern.«

»Heißt?«

»Genehmigt.«

»Zu wann?«

»Ab jetzt.« Freisal schwante, dass das noch ein Problem werden könnte.

Am nächsten Tag trafen sich KHK Freisal und Gutzeit zum Frühstück in der Kantine. In aller Herrgottsfrühe saßen sie sich gegenüber, tatsächlich schon um sieben Uhr. Das war so außergewöhnlich wie begründet, denn Hajo Freisal hatte Geburtstag: Er wurde fünfundfünfzig, das hatte er Gutzeit zum gestrigen Feierabend noch gesteckt; er wollte aber nicht, wie er gesagt hatte, dass das an die große Glocke gehängt würde. Andererseits aber »so ganz drauf verzichten« mochte er auch wieder nicht. »Wenn Sie wollen, gebe ich Ihnen ein Frühstück aus«, hatte er gesagt.

Während er eher deftig, das heißt Strammer Max aß, bestrich sich Gutzeit ein Croissant mit Erdbeerkonfitüre.

»Haben Sie Ihr Esstagebuch dabei?«, fragte sie schnippisch.

»Immer am Mann«, sagte Freisal.

»Und – alles im grünen Bereich?«

»Morgens darf ich reinhauen wie ’n Scheunendrescher, bloß am Abend soll ich die Finger davon lassen.«

»Das beantwortet meine Frage aber nicht, oder?«

Freisal verzog den Mund. »Gestehe: bin noch am Üben.«

»Übung macht ja bekanntlich …« Gutzeit biss ein Stück vom Croissant ab und beendete den Satz mit vollem Mund »… den Meister.« Dann sagte sie: »Darf ich Sie mal was Persönliches fragen?«

»Versuchen Sie’s.«

»Waren Sie immer schon ein Feiermuffel?«

»Nicht immer.«

»Sondern?«

»Hab Ihnen doch erzählt …«

»Das mit Ihrer Frau?«

»Ich immer hoch die Tassen. Zum Schluss alleine.«

»Was, wenn ich Sie richtig verstanden hatte, das Problem war.«

»Schwamm drüber … ist Geschichte.« Freisal schnitt mit dem Messer durch die Mitte des Eigelbs, das zuerst über den Schinken und die Tomatenscheiben, dann zwischen die fein geschnittenen Streifen der roten Paprika lief.

Nach einer kleinen Pause sprach Gutzeit an, was sie so früh am Tag schon bewegte: »Muss mal eben dienstlich werden«, sagte sie.

»Ich bitte darum.«

»Warum Haiko Hensel? Wieso lassen Sie Sylvia außen vor? Nach allem, was wir wissen, hat Sylvia Hensel nicht minder ein Motiv.«

»Sogar das stärkere. Aber sie soll sich in Sicherheit wiegen. Täter, die sich sicher fühlen, machen über kurz oder lang Fehler.«

»JoyBoy kennt in dieser Hinsicht gar keinen Spaß – und für den Notfall auch gewisse Leute, die potenzielle Plaudertaschen die Schranken weisen«, erinnerte Gutzeit.

»Beide Hensels wollten, wie es aussieht, die Veröffentlichung des Videos verhindern. Nachvollziehbar«, sagte Freisal. »Das Filmchen wäre ihrem Image nicht gut bekommen. Aber die Dame des Hauses wollte meines Erachtens mehr: einerseits mit allen Mitteln die Markthalle, in die sie ihre gesamte Erbschaft gesteckt hat und die ihre wirtschaftliche Basis ist, aufrechterhalten und andererseits Wiedergutmachung für ihre vermutlich zutiefst gekränkte Eitelkeit.«

»Dass sie heimlich gefilmt wurde, könnte für sie einen Supergau bedeuten – gemessen daran, dass in der Callboy-Szene, wie wir lernen durften, Verschwiegenheit oberstes Gebot ist«, sagte Gutzeit. »Ich hab das gestern Abend mal gecheckt, es ließ mir keine Ruhe: Die einschlägigen Portale geben allerdings wenig Auskunft in Sachen Sicherheit.«

»Wundert mich.«

»Warum?«

»Lässt sich heutzutage doch alles zertifizieren.«

»Wirklich alles? Das mag ein TÜV-Siegel vielleicht suggerieren. Aber genau genommen wird nur bescheinigt, dass die Rechner und die damit verbundenen Prozesse für den Datentransfer auf dem aktuellen Stand des Datenschutzes sind. Die Verantwortung für entstehende Kontakte liegt laut den AGB der Portale immer bei den Nutzern selbst. Also, für das Wesentliche gibt's keinen Schutz.«

»Nämlich?«, fragte Freisal.

»Zwischenmenschliche Schieflagen«, antwortete Gutzeit.

Freisal grübelte laut: »Ist dieses JoyBoy da anders aufgestellt? Die Hensel hat doch genau diese Andeutungen gemacht von irgendwelchen Leuten, die bei Bedarf in die Schranken weisen könnten.«

»Hab ich auch gescheckt«, sagte Gutzeit, »soweit man das übers Internet checken kann, versteht sich. Was ich gesehen habe, war alles nur allgemeines Wohlfühl-Blabla.«

»Aber mit ...«

»... TÜV-Siegel. Sollten wir uns JoyBoy mal aus der Nähe angucken?«

»Dürfte schwierig werden. Die sitzen in Kalifornien, USA. Ist international aufgestellt, die Agentur. Virtuelles Geschäftsmodell, bilingual ausgerichtet.«

»Das bekomme ich bei Claus nicht durch.« Freisal grinste. »So als Dienstreise, meine ich.«

»Fragen wir bei Interpol nach, ob JoyBoy irgendwie schon mal aufgefallen ist.«

»Gut, leiern Sie das an.« Freisal hob die Kaffeetasse und nahm einen Schluck.

»Was ist eigentlich mit diesem Simba?«, fragte Gutzeit.

»Dem Vorturner auf der Siegessäule?«

»Wenn Sie es so nennen wollen, ja.«

»An den kämen wir nur über die Agentur heran.«

»Nicht über die Hensel?«

»Denke nicht, dass die beiden Visitenkarten ausgetauscht haben werden; wir wissen, dass es im Rotlichtmilieu tabu ist,

Privatdaten zu offenbaren«, sagte Freisal und schob sich einen weiteren Bissen zwischen die Zähne. »Sagen Sie mal: Haben Sie auch herausfinden können, was so'n Spaß eigentlich kostet?«

»Beginnt mit einer Aufnahmegebühr von tausend Euro.«

»Soso«, sagte Freisal mit vollem Mund. Fast wäre ihm ein Stück Schinken herausgefallen. »Wär ja schon von daher nichts für mich.«

»Die nehmen eh nur Kundinnen auf, Herr Freisal.«

»Is' schon recht. Aber sagen Sie, wie läuft das eigentlich konkret ab bei denen, so rein organisatorisch, im Vorfeld sozusagen?«

Gutzeit kramte einen Notizzettel heraus und las ab. »Vor dem eigentlich Date kann man JoyBoys, ich zitiere, ›aus Ihrer Stadt in aussagekräfige Videos begutachten, aber auch gegen Gebühr zu einem individuellen Casting ins Hotel bestellen.‹«

»Casting?«, fragte Freisal. Er verschluckte sich fast dabei. »Klingt hochtrabend. Aber Butter bei die Fische, Kollegin: Was kostet es, sich mit einem Typen nach Wahl zu treffen?«

»Annonciert sind, ich zitiere wieder, Dates ab dreihundert Euro.«

»Ist das viel? Was genau bekommt man dafür?«

»Vermutlich nicht mehr als ein Quickie.«

»Woher wissen Sie das?« Freisal lächelte süffisant.

»Was gibt's da zu grinsen? Ich sagte: vermutlich! Deckt sich zumindest mit dem, was wir von der Hensel gehört haben.«

»Im Ernst: Im Zeitalter von Aids und so weiter – warum lassen sich Frauen darauf ein?«

»Was soll ich dazu sagen? Ich gehöre nicht zur Zielgruppe. Am besten wäre …«

»… wir fragen die Hensel?«

»Ja.«

»Die ist nicht hier«, stellte Freisal fest. »Bemühen wir unsere eigene Vorstellungskraft.«

»Okay, Sie fangen an«, forderte Gutzeit.

Freisal zog die Stirn kraus. »Also, ähm ...« Er dachte nach. »Ich könnte mir vorstellen, dass es Menschen gibt, die in ihrem Leben immer nur Sicherheit bekommen haben. Bei der Hensel allein schon die Erbschaft ... Vielleicht muss sie, als psychischer Ausgleich sozusagen, was Verruchtes tun, weil sie den Kitzel des Risikos braucht, dabei erwischt zu werden.«

»Wäre mir auch als Erstes eingefallen. Andere Leute springen am Gummiband vom Hochhaus.«

»Das ist anders gelagert, glaube ich zumindest. Leute, die wo auch immer runterspringen, wollen das Gegenteil, nämlich erkannt und gelobt werden. Da geht's vielleicht eher um Anerkennung einheimsen, weil sie was außergewöhnlich Mutiges tun.« Freisal dachte nach, dann winkte er ab. »Sie haben recht, ohne die Hensel stochern wir im Nebel.«

In Gutzeits Kopf blitzte ein Gedanke auf. »Es müsste nicht Frau Hensel selbst sein, die wir befragen«, sagte sie. »Ich vermute mal, es gibt da Kolleginnen, die sich mit solchen Sachen auch auskennen.« Sie dachte an die Polizei-Psychologin, die ihr Büro im Präsidium hatte, und kramte ihr Smartphone hervor. »Ich ruf die Kollegin Psychologin einfach mal an.«

»Wow, Sie haben deren Nummer parat?«

»Sie wissen doch, so 'n Gerät ist ein vollwertiger Computer. Sie müssten Ihr Smartphone nur mal auspacken.«

»Ja, ja.« Freisal gab sich beeindruckt. Während Gutzeit sich die Rufnummer heraussuchte, bemerkte er, dass jemand suchenden Blickes die Kantine betrat. »Verschieben Sie's, wir bekommen Besuch. So früh am Tag und schon so eilig ...«

Es war der junge Techniker. Er hatte Freisal und Gutzeit bemerkt und steuerte auf sie zu. Rechts trug er wie eine Akte einen Tablet-PC. Er setzte sich zu ihnen an den Tisch.

»Guten Morgen. Mir wurde gesagt, dass ich Sie hier finde.« Er begrüßte den Kommissar mit Handschlag. Als er auch Gutzeit die Hand reichte, zog sie ihn zu sich heran und küsste ihn auf die Wange.

»Ah – Sie haben sich zwischenzeitlich näher kennengelernt?«, stellte Freisal trocken fest. »Schön, schön – aber Sie wollten auch was Dienstliches?«

»Natürlich.« Der Mann schaute Gutzeit verträumt an.

»Hallo, Erde an Technik, Erde an Technik – hören Sie mich?!«

»Nun mach schon«, sagte Gutzeit. »Herr Freisal erträgt so viel Harmonie nicht.«

Der Techniker setzte sich zu ihnen an den Tisch, legte das Tablet ab und schaltete es ein. »Dürfte Sie interessieren: Habe hier zwei Dateien überspielt aus der KTU. Das eine ist das Video vom zertrampelten Handy der Hensels, das andere ist eine Audiodatei von einem frischen Telefonmitschnitt.«

»Wie frisch?«, fragte Freisal.

»Zwanzig Minuten.«

»Sehr frisch«, stellte Gutzeit fest und zwinkerte dem Techniker aufmunternd zu.

»Was darf's zuerst sein.«

»Video«, sagte Freisal.

»Okay, beginnen wir damit. Was wir da sehen, ist, wie Sie sich denken können, nicht jugendfrei.«

»War auch nicht zu erwarten. Weiter, bitte!«

»Auf ein Detail will ich Sie vorab aufmerksam machen.« Der Techniker rief das Video auf. Dann kommentierte er: »Am Bildrand läuft Tag und Uhrzeit mit. Offenbar ist das so gewollt.«

»TUE – 13|09|24 – 01:59 pm«, las Gutzeit vom Bildschirm ab, während Nala und Simba den Ausblick von der Siegessäule über die Stadt auf ihre ureigene Weise genossen.

»Okay, Kollegin«, stellte Freisal fest, »damit bin ich draußen mit meiner, wie sagten Sie so schön: Psycho-Annahme.«

»Bitte?« Der Techniker verstand nicht.

»Am selben Tag, selbe Uhrzeit will Sylvia Hensel dabei gewesen sein, als Krzanowski ihrem Mann was von einem Gerücht erzählte«, klärte Freisal auf. »So viel zum Alibi der Hensel.«

»Aber wer hat gefilmt?«, fragte Gutzeit. »Und wie hat der oder die das gemacht, ohne entdeckt zu werden?! So wenig Sylvia Hensel im Büro der Markthalle gewesen sein kann, weil sie sich auf der Siegessäule amüsierte, so wenig kann Krzanowski die beiden gefilmt haben, wenn Haiko Hensels Aussage stimmt. Dann wollte er nämlich zur selben Zeit in Hensels Büro sein Gerücht verticken. Zudem hat die Hensel gesagt, der Mann auf der Siegessäule sei größer als Krzanowski gewesen.«

Der Techniker hob einen Finger wie in der Schule: »Ähm, wenn ich was sagen dürfte.«

Gutzeit lächelte. »Du bist so süß, wenn du den Finger hebst.«

»Kollegin, bitte!«, bat Freisal.

Der Techniker guckte wie ertappt aus der Wäsche.

»Aber er ist so süß, wenn ...« Gutzeit strich dem Techniker mit dem Handrücken über die Wange.

Der errötete und fuhr dann endlich fort: »Es gibt nicht nur die Fingerabdrücke der Hensels und von Krzanowski auf dem Gerät.«

»Von wem noch?«

»Das wissen wir nicht. Die müssen von jemandem sein, der zumindest bei uns noch nicht auffällig geworden ist. Datenbankabgleich negativ. Es gibt aber auch Spuren von organischem Material. Baumwolle.«

Gutzeits Augen begannen zu funkeln. »Kennen wir nicht jemand, der sich mit heimlichem Filmen auskennt?«, fragte sie rhetorisch.

Freisal schaute Gutzeit an. »Denken Sie, was ich denke?«, fragte er.

»Zelle?«

»Zelle! Hat der sich Ihnen gegenüber nicht als Spezialist für Filmaufnahmen bei Tierdokus vorgestellt?«

Gutzeit nickte. »Keine einfache Sache, hat er gesagt. Man benötige neben Geduld vor allem einen unentdeckten Standort.«

»Soll die SpuSi den Herrn besuchen und Abdrücke nehmen?«, fragte der Techniker.

»Bitte!«, sagte Freisal und der Techniker informierte umgehend über sein Handy die Kollegen.

»Okay. Und jetzt die andere Datei«, sagte Gutzeit.

Der Techniker ließ die Audiodatei übers Tablet abspielen. »Haben wir mitgeschnitten.«

»Anruf bei ...«, wollte Freisal unken.

»... der Hensel, richtig. Wie gesagt, heute früh.«

»Sylvia Hensel?«, war eine männliche Stimme mit osteuropäischem Akzent zu hören.

»Ja.«

»Ich sehen in TV ... du hast Schwierigkeiten. Wegen Schutzgeld.«

»Und?«

»Deshalb steigen Risiko ... meins.«

»Was wollen Sie?«

»Zwanzigtausend zusätzlich.«

»Wofür?«

»Oder Beweis ... bringe ich in deine Wohnung.«

»Was reden Sie da?«

»Geld auf Konto ... Zettel mit Nummer im Briefkasten. Du zahlst, dann alles gut. Ich mich nicht mehr melde.«

Der Anrufer legte auf.

»Geortet?«, fragte Freisal.

»Dafür war das Gespräch zu kurz.« Der Techniker schaltete das Gerät aus, stand vom Tisch auf, klemmte das Tablet unter den rechten Arm.

»Viel zu tun, was?«, sagte Gutzeit.

»Ja«, sagte er, nahm mit der Linken ihre Hand, hauchte einen Kuss darauf und zog von dannen.

Freisal nippte am Kaffee. »Und?«, fragte er.

»Ich glaub, ich hab mich verknallt.«

»Schön, schön – Glückwunsch. Meine Frage bezog sich jedoch auf das Telefonat, das mitgeschnitten wurde.«

Gutzeit räusperte sich. »Also, wenn Sie mich fragen: Das klang nach jemandem, der in die Schranken weisen kann, oder?«

»Ja, nix JoyBoy – wohl eher bad boy. Kann einem ja beinahe leid tun, die Hensel.«

»Wieso das denn?«

»Riecht nach Erpressung der Erpresserin.«

»Stimmt. Aber sie hat sich geschickt verhalten. Macht weder Zu- noch Eingeständnisse.«

»Sie ahnt womöglich, dass sie von uns abgehört wird, nach unserer Aktion am Westhafen.«

»Ja. Wenn dem nicht so wäre, hätte sie am Telefon mit dem Anrufer verhandeln können.«

»Sie meinen: Entweder die Forderung zurückweisen oder ihr entgegenkommen?«, fragte Freisal.

»Zwanzigtausend sind ja kein Pappenstiel.«

»Sie gibt dennoch nicht zu erkennen, wie sie zu dem Angebot steht. Alles Selbstschutz – vor uns? Denkbar«, konstatierte Freisal. »Also, wenn die Hensel tatsächlich ahnt, dass sie abgehört wird, bleibt die Frage, wie sie sich wohl weiterhin verhält. Was wird ihr nächster Schritt sein?«

»Fluchtversuch?«

»Unwahrscheinlich. Wenn sie davon ausgeht, abgehört zu werden, wird sie auch annehmen, dass wir sie observieren lassen, was ein Abhauen so gut wie unmöglich macht. Es gibt eigentlich nur zwei Möglichkeiten: Versuch des Aussitzens …«

»… oder Flucht nach vorn.«

»Ihr Tipp?«, fragte Freisal.

»Aussitzen wäre vielleicht was für ihren Mann. Der scheint mir von Grund auf defensiver drauf zu sein. Aber sie ist eine energische Persönlichkeit, die zudem das Risiko nicht scheut.«

»Also?«

»Flucht nach vorn, denke ich. Fragt sich nur: wann und wie?«

Gutzeit wählte eine Nummer. Eine reife Frauenstimme meldete sich: »LKA Berlin, Psychologischer Dienst, Dr. Becker-Schmidt am Apparat!«

»Mordkommission, Gutzeit, hier im Hause. Ich schalt mal eben mein Telefon laut, dann kann der Kollege Freisal mithören.« Sie schilderte kurz und bündig, um was es ging. »Frau Dr. Becker-Schmidt, ich frage mich«, endete sie, »ob Leute, die in der Öffentlichkeit Sex haben, so was wie Exhibitionisten sind?«

»Publicsex hat mit Exhibitionismus nichts zu tun. Exhibitionisten verspüren sexuelle Erregung, wenn sie sich vor Fremden entblößen. Manche von ihnen masturbieren auch dabei. Aber körperlicher Kontakt, zu wem auch immer, ist da nicht gewollt. Meiner Auffassung nach handelt es sich bei Exhibitionismus um eine Störung der Sexualpräferenz bei Erwachsenen. Hier konnte die kindliche Zeigelust im Verlaufe des Heranwachsens nicht überwunden werden. Es gibt aber auch Fachmeinungen, die halten Exhibitionismus für eine Abweichung von mittlerweile allgemein akzeptierten Sexualpräferenzen verschiedener Art: Swinger-Clubs, Sado-Maso-Spiele, Dogging und so weiter und so fort. So lange kein Leidensdruck vorhanden ist, gibt's für viele Kollegen keinen Grund, etwas medizinisch zu bewerten. Wir leben in einer sexuell aufgeklärten Gesellschaft, das heißt eben auch, dass, obschon nach § 181 Absatz 1 StGB Exhibitionismus ein Straftatbestand ist, er in aller Regel als Ordnungswidrigkeit wegen Belästigung der Allgemeinheit geahndet wird. Auch unter Juristen spricht man da nicht mit einer Zunge.«

»Ähm.« Freisal suchte nach Worten. »Also, verstehe ich das richtig, Sex im Park hat wenig mit Exhibitionismus zu tun?«

»Ja.«

»Und was, bitteschön, ist unter Dogging zu verstehen? Hab ich noch nie gehört.«

»Das ist eine Art Voyeurismus, aber organisiert. Ein Liebespaar trifft sich im Park und ein Spanner, der scheinbar zufällig seinen Hund Gassi führt, schaut dem Paar bei sexuellen Handlungen zu, die bis hin zum Geschlechtsakt gehen können.«

»Wie, organisiert?«

»Es sind keine Zufallsbegegnungen zwischen Paaren und Voyeuren. Man verabredet sich gezielt übers Internet. Der Sex findet zwar an einem öffentlichen Ort, jedoch unter ausgesuchter Beobachtung statt. Kommt etwas Störendes wie das Ordnungsamt dazwischen, wird die Aktion abgebrochen.«

»Mir fällt auf, dass das dem aktuellen Sex-im-Park-Aufreger in Tiergarten, von dem in den Zeitungen die Rede war, wohl am nächsten kommt, oder?«, sagte Gutzeit.

»Sieht so aus, ja. Publicsex taugt jedoch wenig zum Psychologisieren. Uns Psychologen interessieren nur Menschen, die unter ihrer oder anderer Leute Präferenzen leiden. Sie kennen doch den Kalauer: Ohne Freud kein Leid?«

»Jetzt – ja«, sagte Freisal. »Hübsch, den merke ich mir.«

»Auch juristisch spielt Publicsex keine Rolle. Solange man damit nicht auffällt.«

»Und solange es keine Toten gibt«, ergänzte Freisal.

»Richtig.«

»Also ist der Punkt der«, fragte Gutzeit, »dass die Leute, die sich zum Publicsex verabreden, in der Regel nicht auffallen wollen?«

»Es ist der Reiz, darum zu wissen, beim Vollzug sexueller Handlungen entdeckt werden zu können. Dass unterscheidet sie wiederum von jenen Paaren, die sich gezielt mit Spannern verabreden.«

»Verstanden«, sagte Freisal, »aber wie ordnen Sie die Leute ein, die erwischt werden, weil sie sich vorher keine Gedanken darüber gemacht haben, dass sie bei ihrem Tun eben auch gesehen und folglich angezeigt werden könnten? Ist das so 'ne Art Autismus? Oder einfach nur Blödheit, vorher nicht einzuschätzen, dass nach einem ersten Schritt in aller Regel auch ein zweiter folgt?«

»Autismus? Aber nein. Es geht da nicht um die Störung des Gehirns bei der Verarbeitung und Wahrnehmung von Informationen, die von außen an einen herangetragen werden. Meines Erachtens handelt es sich um ganz normale Apathie – vergleichbar mit Leuten, die im Auto sitzen, sich im Rückspiegel betrachten, als stünden sie im Badezimmer, um sich dann ausgiebig in den Zähnen zu pulen oder in der Nase zu bohren. Wenn wir unterstellen, dass solche Handlungen kein Ausdruck von politischem Protest sind, könnte man zu dem Schluss kommen, dass es beim Nasebohren im Auto zumindest temporär gar kein Bewusstsein gegenüber der eigenen Präsenz im öffentlich wahrnehmbaren Raum gibt.«

»Das klingt jetzt aber schon ein wenig krank, oder?« Gutzeit runzelte die Stirn.

»Mit dem Begriff Krankheit wäre ich vorsichtig. Krankheit war und ist, wertfrei gesagt, nichts weiter als eine Qualifizierung von seelischen oder körperlichen Zuständen im Kontext ihrer Zeit.«

»Heißt was?«

»Beispielsweise galt in der Renaissance Fettleibigkeit als Statussymbol, heutzutage ist man sich einig, dass sie krankhaft sei.«

Freisal spitzte die Ohren. »Ähm, danke Kollegin … Krankheiten, ja … offenbar ein weites Feld.«

»Auf Wiederhören, Frau Dr. Becker-Schmidt«, sagte Gutzeit, legte auf und grinste.

»Ist doch wahr! Von Publicsex über Spanner zur Fettsucht – nun ist aber gut.« Freisal zog die Stirn kraus. »Unterm Strich, wie ich's vermutet hatte: Hensel geht's um den Nervenkitzel. Und Krzanowski hat die Lage wohl unterschätzt.«

»Und der Hensel, sozusagen, die Pistole falsch herum auf die Brust gesetzt.«

»Ja, als sich der Schuss löste, traf es ihn selbst.«

Freisal und Gutzeit waren gleichermaßen erstaunt, als eine Stunden später tatsächlich Sylvia Hensel ins Präsidium kam. Plötzlich stand sie in ihrem Büro.

Sylvia Hensel legte großen Wert auf die Feststellung, dass sie »aus freien Stücken« gekommen sei, weil sie, wie sie es ausdrückte, »einen merkwürdigen Anruf« erhalten habe.

»Aha?« Freisal bot ihr Platz sowie einen Kaffee an. Den Kaffee lehnte sie dankend ab und setzte sich auf den Stuhl, der vor seinem Schreitisch stand. »Aber ein Wasser würde ich gerne nehmen.«

Er stand auf und brachte ein Glas Wasser. Nachdem er sich wieder gesetzt hatte, fragte er: »Wer hat Sie angerufen?«

»Das ist es ja eben – ich weiß es nicht.«

»Haben Sie eine Vermutung?«, fragte Gutzeit. Sie hatte sich neben Freisal gesetzt und übernahm die Gesprächsführung.

»Nein.«

»Warum hat man Sie angerufen?«

»Ich habe herausgehört, dass es etwas mit dem Tod des Musikers zu tun haben könnte. Immerhin war von einem Beweis die Rede.«

»Stopp, stopp«, unterbrach Gutzeit. »Entschuldigung.« Sie stellte das Aufnahmegerät auf den Schreibtisch. »Hätte ich beinahe vergessen. Nur als Gedächtnisstütze. Sie gestatten doch?«

»Selbstverständlich«, sagte Sylvia Hensel mit spitzem Mund.

»Bitte noch mal von vorne. Also … wer hat Sie angerufen?«

Für Freisals Ohren klang Sylvia Hensels »selbstverständlich« entschieden zu gönnerhaft, vielleicht sogar ein wenig von oben herab, und dieser Ton sollte sich auch im Verlauf des weiteren Gesprächs nicht ändern. Während der gesamten intensiven, knapp fünfundvierzig Minuten andauernden Befragung beobachtete er durchweg berechnende Freundlichkeit und oberflächlichen Charme.

Während Gutzeit Frage um Frage stellte und sich den Wortlaut des Anrufs aus Sylvia Hensels Erinnerung wiedergeben ließ, huschte es Freisal durch den Kopf: Na klar! Er hatte noch am Tag zuvor, spät abends, in Sachen Investigative Psychologie *Die Mordkommission* gelesen. Alle seine Beobachtungen wurden im Rahmen einer Merkmale-Checkliste, die Bestandteil des Aufsatzes war, als Merkmale für Symptome von Bindungsstörung beschrieben. Diese Liste von Anzeichen hatte sich Freisal offenbar ins Gehirn eingebrannt – jedenfalls konnte er sich aus dem Hut zwei weitere Eigenschaften ins Gedächtnis rufen, die zu Sylvia Hensel passten wie die berühmt-berüchtigte Faust aufs Auge: einerseits ein starkes Stimulationsbedürfnis, im Fachchinesisch »thrill seeking« genannt, um wie auch immer entstandener Langeweile oder Routine entfliehen zu können, und andererseits ein Hang zur grandiosen Selbstüberschätzung.

Hatte Sylvia Hensel tatsächlich geglaubt, fragte sich Freisal, es ginge gut, mal eben einen Killer anzuheuern? War sie davon ausgegangen, überblicken zu können, worauf sie sich mit Olaf Reinke und seinen Kumpels sowie Krzanowski einließ? Und all das hatte sie als Geschäftsführerin einer Markthalle in Gang gesetzt.

Hatte die Erkenntnis, sich mit der Markthalle übernommen zu haben, sie auf dem rechtschaffenen Auge blind gemacht?

Sylvia Hensel berichtete wahrheitsgemäß und mit dem der Kripo bekannten Inhalt von dem Anruf. Sie bot den Beamten ihr Handy an, um so dem Anrufer vielleicht nachträglich auf die Schliche zu kommen. Auch hatte sie den Zettel mitgebracht, den sie, wie vom Anrufer angekündigt, tatsächlich im Briefkasten gefunden haben wollte – einen Computerausdruck in A4 mit ausländischer Bankverbindung.

Im Grunde genommen hätte man sie wieder gehen lassen können. Aber auch Gutzeit erinnerte sich an das, was sie in *Die Mordkommission* gelesen hatte: Nämlich dass beim aktiven Unterdrücken von Wahrheit eine »kognitive Überlastung« der betreffenden Person stattfände. Demnach müsste es bei der Wiederholung von unlängst Gesagtem dazu kommen, dass die Person einen Fehler macht, denn auf Dauer ließe sich das »semantische Gedächtnis«, in dem gelernte und theoretische Inhalte wie Lügen und Konstruktionen zur Unterdrückung von Tatsachen abgespeichert werden, nicht trennen vom sogenannten »autobiografischen Gedächtnis«, in dem Emotionen und Wahrheiten verankert sind.

»Ich hoffe, ich habe Ihnen helfen können«, sagte Sylvia Hensel. Sie stand auf.

»Entschuldigen Sie«, sagte Gutzeit, »an Ihrer Schilderung habe ich etwas noch nicht wirklich verstanden.«

»Das wäre?«

»Wenn ich das nur wüsste …« Gutzeit konnte herrlich auf hilflos machen. Freisal vermutete schon, auf was sie hinaus wollte, und richtig: Sie bat Sylvia Hensel, ihre Geschichte von dem Anrufer noch einmal zu erzählen. »Danach halten wir Sie keine Sekunde länger auf.«

»Verstehe ich nicht. Aber gut …«

»Vielen Dank!«

Sylvia Hensel schilderte wie erbeten noch einmal den Hergang, beantwortete wieder Nachfragen, die sie schon einmal beantwortet hatte.

Nachdem die erneute Befragung beendet war, begleitete Hajo Freisal sie hinaus.

Als er wieder ins Büro trat und die Tür geschlossen hatte, sagte Gutzeit: »Das war notwendig, wegen …«

»Referenzaussage?«

»Ja. Ohne Vergleich lassen sich naturgemäß keine Widersprüche identifizieren. In einer halben Stunde wissen wir mehr.«

Sie wollte sich um die Abschrift der beiden Befragungen und um die Textanalyse kümmern, Freisal sollte Sylvia Hensels Handy in der KTU checken lassen.

Eine knappe Stunde später legte Gutzeit die beiden Abschriften auf den Tisch. Die entscheidenden Absätze hatte sie mit einem gelben Marker eingefärbt.

Wortprotokoll 1 (Auszug): Dann sagte der Anrufer, dass sein Risiko erhöht sei, dass man ihn kriege. Er forderte 20.000 oder die Polizei fände Kleber in meiner Wohnung.

Wortprotokoll 2 (Auszug): Der Mann sagte, er würde ein erhöhtes Risiko haben, dass man ihn kriege. Von 20.000 war die Rede, die ich zu zahlen hätte. Wenn nicht, fände die Polizei das Supergel in meiner Wohnung.

»Na, was sagen Sie?«, fragte Gutzeit. Ihr Tonfall ließ erkennen, dass sie gelobt werden wollte.

»Wow«, sagte Freisal, »gute Arbeit!«

»Sieht nach Volltreffer aus, was?«

»Unbedingt. Bin mal eben bei Claus – ich schlage ihm vor, dass wir über die Staatsanwaltschaft einen Haftbefehl wegen des dringenden Tatverdachts der Anstiftung zum Mord beantragen.«

»Was ist mit JoyBoy? Kam der Kontakt zwischen Hensel und dem Schützen über die Agentur zustande, bei der Sicherheit offenbar nicht nur in Belangen des Datenschutzes hoch im Kurs stehen?«

»Das müssen wir abwarten. Wir konzentrieren uns erst mal auf die Hensel. Vielleicht bringt sie ja selber noch die Agentur ins Spiel, um sich zu entlasten.«

»Oder um die eigene Schuld zu relativieren.«

»Das kommt in Strafsachen aufs Gleiche raus.«

»Jedenfalls ist die Indizienlage erdrückend.«

Der Bericht der KTU zum verstopften Schloss des Mitarbeiterklos im Rathaus hatte ergeben, dass die Substanz, die das Schloss unbrauchbar machte, als so genanntes Supergel eines deutschen Herstellers analysiert worden war – ein Klebstoffproduzent, der die größte Art der Eulen, wissenschaftlich Bubo bubo genannt, im Namen trägt.

Binnen zwei Stunden war dank Kriminalrat Claus' Beziehungen der Durchsuchungsbeschluss erwirkt. Mit Supergel hatte Sylvia Hensel unzweideutig Täterwissen offenbart, weil der Anrufer selbst den Klebstoff nicht näher benannt hatte. Es war nicht auszuschließen, dass sie sogar selbst Hand an das Schloss gelegt hatte. Aber wie auch immer, dachte Freisal: Im Falle eines Falles klebt UHU wirklich alles.

Bei der Durchsuchung der Wohnung der Hensels wenige Stunden später wurde ein angebrochenes Drei-Gramm-Fläschchen Supergel gefunden. Es konnte später sowohl analysiert werden, dass die Plastikspitze des Fläschchens mit dem Türschloss im Rathaus in Berührung gekommen war, als auch dass sich Fingerabdrücke von Sylvia Hensel auf dem Fläschchen befanden.

Es wurde Haftbefehl gegen Sylvia Hensel wegen des dringenden Tatverdachts der Anstiftung zum Mord erlassen. Ihr Mann Haiko Hensel wurde wieder auf freien Fuß gesetzt.

Nachdem Sylvia Hensel vom Fleck weg verhaftet und ihr Mann freigelassen worden war, bekam Freisal einen Anruf von der SpuSi. Gutzeit hörte mit, als ihr Chef darüber in Kenntnis gesetzt wurde, dass die SIM-Karte des »Tätermediums« zu Christof Zelle führte. Sein Name war beim Netzwerkbetreiber registriert.

Bevor Freisal sich Zelle ins Präsidium holen ließ, hatte sich Gutzeit mit zwei uniformierten Kollegen auf zu seiner Akademie gemacht, um ihm einen Durchsuchungsbeschluss unter die Nase zu halten.

»Wir könnten fündig werden«, hatte sie Freisal zuvor gesagt. »Im Gegensatz zum üblichen SpuSi-Angriff wissen wir, wonach wir suchen müssen.«

Christof Zelle saß mit angriffslustiger Miene vor Hajo Freisal.

»Bin ich jetzt verhaftet, oder was?«, pflaumte er den Kommissar an. »Nein, ich befrage Sie bisher nur, Herr Zelle.«

»Und was sucht Ihre Kollegin bei mir in der Akademie?«

»Ein Beweisstück. Mehr darf ich dazu erst mal nicht sagen.«

»Sie dürfen mir aber verraten, warum ich hier bin, hoffe ich.«

»Selbstverständlich. Sehen Sie, Herr Zelle, ich finde es erklärungsbedürftig, dass das Smartphone, mit dem ein Erpresser-Video gedreht worden ist, offenbar Ihnen gehört.«

»Wer sagt das? Und was für ein Erpresser-Video?«

»Es steckt Ihre SIM-Karte drin.«

»SIM-Karten lassen sich tauschen.«

Aha, dachte Freisal. Wirft da einer mit Nebelkerzen? Die Feststellung war zwar richtig, aber was wollte Zelle damit sagen? Freisal überhörte den Hinweis geflissentlich. Er schob ohne Hast das Smartphone in einer transparenten Plastiktüte zu Zelle hinüber. »Ist das Ihr Gerät?«

»Könnte meins sein – oder auch nicht.«

»Wie gesagt: Ihre SIM-Karte steckt drin.«

»Wie gesagt, SIM-Karten ...«

»Haben Sie mehrere Geräte und nur eine Karte?«

»Nein.«

»Anders gesagt: Wenn das hier vor uns liegende Gerät nicht Ihres ist, müsste in Ihrem die SIM-Karte fehlen, richtig? Haben Sie es zufällig dabei?«

»Warum sollte ich ein Telefon mit mir herumtragen, dass keine SIM-Karte hat?«

»Der Mensch als solcher tut zuweilen merkwürdige Dinge. Alles ist denkbar. Haben Sie es in der Akademie liegen gelassen?«

»Keine Ahnung. Hab's verlegt.«

»Das macht Sie nicht nervös? Sind da nicht wichtige Kontaktdaten abgespeichert?«

»Ich nutze es kaum, die meisten Dinge laufen bei mir über's Bürotelefon oder persönlich.«

»Ah, das kenne ich!«

»Was kennen Sie?«

»Das kaum Nutzen«, sagte Freisal und lächelte schief. Er zog die oberste Schublade des kleinen Rollcontainers zu seiner Rechten auf und zeige Zelle sein originalverpacktes Smartphone. »Nicht nur kaum, sondern noch gar nicht benutzt.« Er schob die Schublade wieder zu. »Man muss nicht jedem Trend sofort nachlaufen, nicht wahr?«

Zelle sagte unwirsch: »Um mir das zu sagen, lassen Sie mich herkutschieren?«

Freisal hob entschuldigend die Hände. »Sie haben vollkommen recht, was sollte Sie mein Smartphone interessieren, wenn doch von Ihrem die Rede ist. Herr Zelle, darf ich hypothetisch davon ausgehen, dass das Gerät, das vor uns liegt, Ihnen gehört?«

»Was bringt das?«

»Eine Gegenfrage? Ausnahmsweise danke dafür: Ich werte das als Zustimmung. Also, wenn das Gerät Ihres ist, stellt sich die Frage, wie ist Krzanowski drangekommen? Krasznowski hat es erst Frau, dann Herrn Hensel zum Kauf angeboten.«

Zelle zuckte mit den Schultern. »Wenn das da mein Smartphone ist, hat's mir Krzanowski halt geklaut. Vom Schreibtisch weg. Das ist eben der Nachteil, wenn sich alles in einem Raum abspielt – Büro, Seminare, Pausen.«

»Herr Zelle, Filmemacher mögen doch Geschichten, nicht wahr? Ich hätte da eine, und es würde mich interessieren, wie Sie sie finden. Dauert auch nicht lange. – Sie, Herr Zelle, machen mit Krzanowski gemeinsame Sache, indem Sie, stellvertretend für ihn, der Hensel nachsteigen und hübsch dokumentieren, was die da so treibt in luftiger Höhe, auf der Siegessäule. Sie verschaffen Krzanowski also das Material, mit dem er die Hensels dann zu erpressen versucht.«

»Warum sollte ich das tun?«

»Der Standort Stromstraße ist nicht billig, richtig? Und Ihre Filmakademie steht, wie unsere Ermittlungen ergaben, finanziell unter Druck.«

»Aber warum sollte ich Krzanowski Filmmaterial verschafft haben? Er hatte genug Erfahrungen im Nachlaufen von Frauen. Er hätte die Beute nicht teilen müssen.«

»Teilen, ja, aber nicht unnötig. Das Risiko, von Sylvia Hensel auf der Siegessäule erkannt zu werden, war ihm vielleicht zu groß, auf den paar Quadratmetern da oben.«

Zelle dachte nach. »Fiktion nennen wir das beim Film«, sagte er. »Aber die Gedanken sind bekanntlich frei. Hören Sie«, fuhr er fort, »weshalb hätte ich Krzanowski, nachdem ich, wie von Ihnen angenommen, die Hensel gefilmt habe, mein Smartphone aushändigen sollen? Ich hätte ihm das Video über WhatsApp zukommen lassen können.«

»Aber Herr Zelle, ich bitte Sie: Die Hensels sind doch nicht doof. Die hätten sich nicht auf einen Handel mit einer Kopie eingelassen. Versetzen Sie sich doch mal in deren Lage: Als Erpresste würden Sie entweder darauf Wert legen, dass das Original-Video gelöscht oder Ihnen inklusive Trägermedium ausgehändigt wird, oder?«

»Inklusive SIM-Karte? Wie bekloppt wäre das denn?«

»Die hat Krzanowski vielleicht nur vergessen zu entfernen.«

»Ach, kommen Sie, Krzanowski war zwar ein Spinner, vielleicht sogar von etwas schlichtem Gemüt, aber nicht bescheuert.«

»Hat er die Karte mit Absicht im Gerät gelassen? Wollte er, dass, wenn's mit der Erpressung schiefgeht, die Spur zu Ihnen führt? Denkbar. Als kleiner Racheakt. Immerhin haben Sie Krzanowski rausgeschmissen aus der Akademie.«

»Bloß eine Geschichte, wie Sie sagten. Was fehlt, sind Beweise.« Zelle verschränkte die Arme.

»War es eigentlich Krzanowskis Idee, das Aufnahmegerät in einer Basecap zu platzieren? Oder Ihre? Als Tierfilmer verstehen Sie ja eine Menge davon, verdeckt zu operieren, oder?«

»Sorry, ich kann Ihnen immer weniger folgen.«

»Schade eigentlich.«

Freisal machte eine Pause. Er blickte Zelle tief in die Augen.

Der wich seinem Blick aus und fragte dann: »War's das? Kann ich jetzt gehen?«

Freisal schwieg. Er versuchte, Zelles Blick wieder einzufangen. Es gelang ihm. Schweigen.

Das Handy des Kommissars klingelte. Ohne seinen Blick von Zelle abzuwenden, sagte er: »Entschuldigung, ist wichtig.« Er nestelte das Gerät im Blindflug hervor und ging ran. Es war Gutzeit, die just in diesem Moment in Zelles Akademie mit der Durchsuchung fertig geworden war.

»Wird aber auch Zeit«, knurrte Freisal. »Herr Zelle mag meine Geschichte nicht.« Er lächelte sein Gegenüber an. »Was? Oha ... tatsächlich? Gut! Guck mal an ... sehr interessant.« Dann legte er auf. »Es tut mir leid, Herr Zelle, aber ich muss Ihnen noch eine Geschichte zumuten: Vor vier Monaten saß hier ein Kostümbildner vor mir, warum, ist jetzt egal. Aber nicht egal ist, was ich von ihm gelernt habe: Theater- und Filmemacher haben wohl eins gemeinsam: Sie können sich so schwer von ihrer Ausstattung trennen. Insbesondere Kleinrequisiten und Kostüme werden gerne aufgehoben. Können Sie das bestätigen?«

»Sie strapazieren meine Geduld, Herr Freisal. Bitte kommen Sie zur Sache.«

»Meine Kollegin hat in Ihrem Fundus etwas gefunden – eine Basecap mit einem kleinem Loch vorne. Für die Kriminaltechnik wird es einfach sein, herauszufinden, ob es einen Zusammenhang gibt zwischen dem Gerät hier und Ihrer Mütze.« Freisal tippte mit dem rechten Zeigefinger auf das plastikummantelte Gerät. »Da hängen diverse stoffliche Rückstände am Gehäuse, mikroskopisch klein, aber analysierbar. Und ob diese Rückstände von Ihrem Basecap stammen, wird sich nachweisen lassen.«

»Das ist eine industriell gefertigte Mütze, die wird's tausendfach geben.«

»Schon, aber meine Kollegin sagte mir eben auch: Ihre Mütze ist aus Baumwolle. Wussten Sie das: Baumwollfasern können über dreißig Prozent des eigenen Gewichts aufsaugen? Ein hervorragender Speicherplatz für Flüssigkeiten und Schmutz aller Art.« Freisals Blick löste sich langsam von Zelles Gesicht und wanderte zu dessen Schulterpartie. Er nahm einen Kugelschreiber vom Schreibtisch. »Sagen Sie mal, Herr Zelle, es gibt nicht wirklich ein Mittel dagegen, nicht wahr?«

»Wogegen?«

»Schuppen.« Er beugte sich unvermittelt zu Zelle vor. »Sie gestatten doch?« Mit der Spitze des Kugelschreibers nahm er eine Schuppe auf und sah sie sich, bevor er den Stift in eine Plastiktüte versenkte, aus der Nähe an. »Fettige Kopfhaut, nicht wahr? Das erkenne ich an der leicht gelblichen Färbung und dem öligen Glanz der Schuppen. Hier, schauen Sie mal!« Freisal hielt Zelle die Spitze des Kugelschreibers entgegen.

Zelle wurde bleich.

»Es ist sehr wahrscheinlich, dass wir auf dem Smartphone Baumwollsubstanzen besagter Basecap finden, die wiederum Spuren ihrer Kopfhaut tragen. Möchten Sie mir dazu etwas sagen?«

Eine unheilvolle Stille legte sich über den Raum.

Es war ein langer Tag geworden. Um 17.30 Uhr wollte Freisal bloß noch seine Jacke und Schiebermütze aus dem Büro holen, um schleunigst nach Hause zu fahren. Das sollte wohl gelingen, dachte er, denn um diese Uhrzeit in einen Stau zu geraten war selbst in Berlin eher unwahrscheinlich.

Als Hajo Freisal seine Bürotür öffnete, schwappte ihm ein infernalisches Getute und Getröte entgegen. Eine von Kriminalrat Claus und Kollegin Gutzeit hochgehaltene Buchstabengirlande erinnerte daran, dass KHK Freisal immer noch Geburtstag hatte. »Happy Birthday« stand auf dem kunterbunten Band zu lesen. Neben den Kollegen verschiedener Kommissariate mit von der Partie war unter anderem auch der junge Techniker von Hör & Lausch, der auffallend nahe an der Seite von Gutzeit stand. Auch KHK Fechner vom Raubdezernat war gekommen.

Claus reichte die Girlande weiter und ging zu Freisal hinüber, blieb vor ihm stehen und reichte ihm die Hand. »Glückwunsch zum Geburtstag, Kollege!«, sagte er. »Wir haben mal gesammelt. Ist kein Schnäppchen gewesen, das sag ich gleich, und es wird Sie möglicherweise etwas Überwindung kosten …«

»Nun geben Sie schon her«, brummte Freisal. Er nahm Claus das Kuvert aus der Hand, öffnete es und zog eine Karte heraus.

»Wie jetzt, Kollegen?! Mal abgesehen von den Leuten da, mit wem sollte ich denn da hingehen?« Er hielt eine Premium-Eintrittskarte in der Hand, auf die gedruckt war: *Ball Berliner Strafverteidiger.*

»Wenn Sie mich freundlich fragen …« Gutzeit zwinkerte ihm aufmunternd zu und beendete den Satz: »… dann würde ich mich eventuell breitschlagen lassen.«

»Ausgerechnet Strafverteidiger?«

»Schicksal als Chance«, orakelte Claus. »Nehmen Sie's als Möglichkeit, die Damen und Herren Anwälte mal in anderem Kontext zu erleben.«

»Was soll das bringen?«

»Ein Vorurteil weniger.«

»Dachte bisher eigentlich, meine Erziehung ist abgeschlossen. Aber trotzdem danke, ich überleg's mir.«

Auf seinem Schreibtisch standen Gläser mit Sekt sowie Orangensaft. Freisal griff sich einen O-Saft und stieß mit den Kollegen an.

Nach einer knappen halben Stunde war, wie er dachte, »der Budenzauber« vorbei. Kein rauschendes Fest. »Gott sei Dank.« Eine Geste hatte es sein sollen. »Gelungen.«

Nachdem alle gegangen waren, nahm Freisal seine Jacke von der Lehne des Bürostuhls, zog sie an, setzte seine Schiebermütze auf und verließ das Kommissariat.

Vor dem Präsidium stand der MX-5 unter einer Straßenlaterne; es hatte schon zu dämmern begonnen. Er senkte seinen Blick, um den Schlüssel ins Schloss zu stecken. Aber es klemmte. »Mann, Mann, Mann«, murmelte er. »Wird auch nicht jünger, der Wagen.«

Plötzlich bemerkte er, dass jemand von der Eingangstür des Präsidiums auf ihn zukam.

»Guten Abend, Hajo! Dachte mir, dass du noch hier bist«, sagte die Frau.

»Inge!« Freisal fiel vor Schreck oder Freude oder beidem der Schlüssel aus der Hand. Er hob ihn umständlich auf, ging ums Auto herum, betrat den Bürgersteig. »Na, das ist ja eine Überraschung!«

»Alles Gute zum Geburtstag, Hajo«, sagte Inge.

Freisal trat verlegen von einem Bein aufs andere; dann fasste er sich ein Herz, nahm seine Frau freundschaftlich in die Arme, drückte sie kurz an sich. »Danke!«

Sie standen sich für einen kurzen Moment wie zwei unschlüssige Teenager, die darüber nachdachten, was sie nun mit sich anfangen sollten, stumm gegenüber. Es war Inge, die – mal wieder – die Situation klärte. »Wollen wir irgendwo was essen gehen?«, fragte sie. »Zur Feier des Tages.«

Freisal brauchte noch einen klitzekleinen Moment, sich gewiss zu sein, die Frage richtig verstanden zu haben.

»Ja ... sehr gerne«, sagte er dann endlich – und dachte, dass er später nicht vergessen durfte, sein kleines Chinabüchlein auf den aktuellen Stand zu bringen.

Zeuge

KHK Hans-Joachim Freisal trat in den Saal des Kammergerichts, setzte sich an den Zeugentisch und legte die Hände auf die Tischplatte. Er schaute kurz hinüber zu Sylvia Hensels Verteidiger, RA Mühle – immer noch ein schmales und blasses Hemd, stellte er fest. Der Rechtsanwalt, der ihre Angelegenheiten sonst geregelt hatte, stand ihr offenbar nicht mehr zur Verfügung. Vielleicht, weil er Haiko Hensel in der laufenden Scheidungssache Hensel gegen Hensel vertrat.

Nachdem RA Mühle das Wort erteilt worden war, pumpte er sich ein wenig auf und sprach: »Herr Freisal, war das Abhören meiner Mandantin genehmigt?«

»Ja«, antwortete Freisal und hatte nicht mal ein schlechtes Gewissen dabei. Er ging davon aus, dass RA Mühle das Anzapfen des Telefons gemeint hatte, denn Mühle hatte nicht explizit von einem Lauschangriff gesprochen. Das war bekanntlich ein klar definierter Terminus und hätte die Angriffe am JVA-Eingang sowie auf dem Gelände des Westhafens gemeint. Hätte, hätte …, dachte der Kommissar. Junge, mit Fragen auf diesem Niveau wirst du keinen Blumentopf gewinnen.

»Wurde die Beschuldigte bei ihrer ersten Vernehmung über ihre Rechte belehrt?«

»Ja.«

»Ist der Datenschutz bei der Internet-Überwachung beachtet worden?«

»Nein.« Wie kann man nur so unbegabt sein?, dachte Freisal. Es hat doch gar keine Internet-Überwachung gegeben, folglich ist auch kein Datenschutz dabei zu beachten gewesen. Mann, Mann, Mann, da hat sich die Hensel aber einen Advokaten ausgesucht – reine Zeitverschwendung. Er wurde aus dem Zeugenstand entlassen und hievte seinen korpulenten Körper in die Senkrechte.

Auf dem Weg vom Kriminalgericht Richtung Markthalle passierte Freisal Automaten-Casinos, An- und Verkauf-Läden und Billig-Boutiquen. Er hatte sich jedoch vorgenommen, nicht schon wieder bei Paschke vorbeizuschauen. Auch Inge hatte an seinem Geburtstag gemeint, es könne nichts schaden, wenn er mal die Lokalität wechselte. »Salat muss ja nicht ohne Fleisch sein«, hatte sie ihm gut zugesprochen. »Versuch's mal mit einem gemischten Salat mit Putenstreifen.« Dass er es sogar schon mal mit einem Salat probiert hatte, hatte er ihr vergessen zu erzählen.

Freisal lief die Turmstraße hinunter. Er dachte darüber nach, dass es wohl bis auf Weiteres ungeklärt bliebe, wie Sylvia Hensel an einen Auftragskiller herangekommen war. War er ihr tatsächlich über JoyBoy vermittelt worden? War das denkbar? In Anbetracht dessen, dass Dienstleister heutzutage mit einem in der Breite wie Tiefe schier endlosen Portfolio aufwarten mussten, um überleben zu können ... Auch wenn es sich bei den Angeboten, genau besehen, nur um Vermittlungen von Leistung spezialisierter Subunternehmen handelte. Dass JoyBoy ein Vertriebsunternehmen für »leichte Jungs« war, würde niemand bestreiten, vermutlich nicht einmal die Zentrale in Kalifornien. Aber ob darüber hinaus noch andere Geschäfte liefen, wusste man noch nicht. Interpol war dran, so die letzte Auskunft, die ihm Claus übermittelt hatte.

Auch wie die Staatsanwaltschaft die Indizien gegen Zelle bewertete, blieb abzuwarten. Vermutlich würde sie ihm die Filmerei als solche gar nicht vorwerfen, weil eine »Verletzung des höchstpersönlichen Lebensbereichs durch Bildaufnahmen« nach dem für Paparazzi geschaffenen § 201a Strafgesetzbuch nur in Wohnungen und ähnlich geschützten Räumen möglich war. Mit einer Aburteilung wegen »Verletzung der Vertraulichkeit des Wortes« war bei dem bemerkenswerterweise weitgehend lautlosen Geschlechtsakt von Simba und Nala auch nicht zu rechnen. Hajo Freisal war kein Jurist, aber soweit er sich auskannte, würde Zelle nach § 253 Strafgesetzbuch möglicherweise die Beteiligung an einem Erpressungsversuch auf die Füße fallen. Das könnte ein Jahr Gefängnis bedeuten, wenn Staatsanwaltschaft und Gericht davon überzeugt wären, dass er als Mitglied einer Bande gehandelt hatte. Das ließe sich als »besonders schwerer Fall« werten.

Ein Jahr, dachte Freisal. Christof Zelle würde wohl seine Akademie dichtmachen müssen, es sei denn, er hängte ein Schild an die Tür, auf dem stünde: *Wegen erpresserischen Sexaufnahmen des Inhabers der Akademie bleibt die Filmschule vorübergehend geschlossen. Bitte versuchen Sie es in einem Jahr noch einmal. Vielen Dank! Ihr Christof Zelle*

Er zuckte unwillkürlich mit den Schultern. Lassen wir uns überraschen, dachte er. Vielleicht würde Zelle auch von einem gewieften Advokat rausgehauen, wenn er die abenteuerliche Version präsentierte, dass Sylvia Hensel ein Erinnerungsvideo mit dem Titel *Simba liebt Nala* bei ihm in Auftrag gegeben habe; private Filmaufträge, würde er vielleicht argumentieren, habe er immer schon gern angenommen, beispielsweise anlässlich von Hochzeiten, Kindergeburtstagen oder Firmenjubiläen.

Hajo Freisal war fest entschlossen, seine Willensstärke unter Beweis zu stellen. Der kontrollierende Griff an seine Jacke bestätigte ihm, dass das Esstagebuch immer noch am Platz war – auch die Stullendose in der Innentasche auf der anderen Seite. Auf Anraten von Dr. Balsam nahm er neuerdings belegte Vollkornbrote und klein geschnippeltes Gemüse mit zur Arbeit. Auch eine logistische Herausforderung, seine Wildlederjacke war recht eng geschnitten. Das wird schon, sprach er sich Mut zu. »Ich muss halt nur weniger werden, wie Dr. Balsam sagen würde.«

Von Dr. Balsam hatte er den Tipp bekommen, in Gastro-Belangen einfach mal was Neues auszuprobieren und auch diesbezüglich einen Perspektivwechsel zu wagen. Sie hatte ihm erklärt, dass es sich nicht zuletzt emotional lohne, selbst mal einen Salat angepflanzt und geerntet zu haben. Freisal fiel es wie Schuppen von den Augen: Er hatte Kriminalrat Claus schon längst befragen wollen. In Salat- und Kräuterdingen. Den aufkeimenden Gedanken, ob Claus in seinem Garten ihm, Freisal, nächste Saison einen Quadratmeter Boden für einen Salat-Feld-Versuch zur Verfügung stellen würde, empfand er zwar als gewagt, jedoch als nicht abwegig. Vielleicht würde Claus Spaß daran haben, ihn in die Geheimnisse des Salatanbaus einzuweihen? Kräuter könnten folgen.

Als der Kommissar an der Heilandskirche vorbeiging, erinnerte er sich, dass ihm Gutzeit unlängst das Café Jonas mit seinem vielseitigen Salate-Angebot empfohlen hatte. Ja, gut, dachte er spontan, das wäre auch von der Atmosphäre her jetzt nicht Paschkes Kiez-Imbiss. Aber immerhin doch noch dicht dran. An der Markthalle. Und nach dem Jonas könnte er ja immer noch auf einen Espresso bei Paschke vorbeischauen.

Vier Wochen später war in *B.Z.*, *Bild* und *Kurier* auf den Titelseiten zu lesen, dass eine gewisse Sylvia H. (35) im Rahmen eines Indizienprozesses zu lebenslanger Freiheitsstrafe verurteilt worden sei. Das Urteil gründe sich auf Anstiftung zum Mord in einem Fall der besonderen Schwere der Schuld. Die Beschuldigte sei in ihrer Tatvorbereitung berechnend wie akribisch und in der Durchführung heimtückisch wie gnadenlos vorgegangen.

Der Prozess um die Schutzgelderpressung in der Moabiter Markthalle sei vom Prozess der Mordanklage abgekoppelt worden, weil sich keine Verbindung zwischen dem getürkten »Polen-Clan« beziehungsweise Olaf R. zum Mordopfer nachweisen lassen habe. Unstrittig sei aber, dass sich Sylvia H. noch einmal vor dem Kadi zu verantworten habe wegen bandenmäßiger Erpressung.

Mit einer vorzeitigen Freilassung von Sylvia H. dürfte von daher erst nach einer langjährigen Haftzeit zu rechnen sein. Sylvia H. habe in der Mordsache auf Anraten ihres Anwalts jedwede Aussage verweigert, um sich selbst nicht zu belasten.

Von dem die Tat ausführenden Killer fehle zwar nach wie vor jede Spur, was das Strafmaß gemäß § 26 StGB für Sylvia H. jedoch nicht mindere: Als Anstifter wird gleich einem Täter bestraft, wer vorsätzlich einen anderen zu dessen vorsätzlich begangener rechtswidriger Tat bestimmt hat.

In der gleichen Ausgabe der Zeitungen, wenngleich weiter hinten unter *Vermischtes*, wurde darauf hingewiesen, dass der zwischenzeitlich eingesetzte Insolvenzverwalter die eingeleitete Zwangsversteigerung der Arminiusmarkthalle habe abschließen können. Den Zuschlag habe eine Betreibergesellschaft erhalten, die zugleich eine Vertriebsgenossenschaft für regionale Produkte sei.

Wiederum vier Wochen später ging in der Markthalle ein Gerücht um, demzufolge Haiko Hensel nicht nur mit der Scheidung von seiner Ehefrau beschäftigt sei, sondern auch im neuen Job gut zu tun habe. Als Dramaturg bei der Berliner Schauspielkompagnie. Auf dem aktuellen Programm stünde ein Stück von Fjodor M. Dostojewskij: *Schuld und Sühne*.

Die Fachzeitschrift *Die Mordkommission* heißt eigentlich *Kriminalistik*, Kriminalistik Verlag, München, und diente diesem Roman als Quelle: In der Ausgabe 3/2013 erschien der Beitrag *Investigative Psychologie* der Schweizer Kriminalpsychologin Henriette Haas. Daraus zu zitieren wird natürlich der ernsthaften Intention des Fachaufsatzes nicht gerecht, macht sich aber zu gut im erfundenen Kontext.

Hinsichtlich der Recherche zum Thema Abnehmen danke ich Dr. rer. nat. Marion Kwart für ihre grundsätzlichen Impulse; das humorvolle wie fundierte Buch *Hey Heißhunger, ab jetzt bin ich der Boss* von Marion Grillparzer habe ich, stellvertretend für KHK Freisal, sehr gerne gelesen.

Für die Mitarbeit an der Stoffentwicklung danke ich dem Lektor Moritz Siegel, für dramaturgische und stilistische Anregungen sowie Reparaturen am Manuskript Gabriele Dietz. Dank auch meiner Literaturagentin, Dorothée Engel, die mich in der Idee bestärkt hatte, Hajo Freisal in Moabit ermitteln zu lassen. Dass sich daraus die Planung einer Serienfigur entwickeln sollte, war nicht absehbar und überraschte nicht zuletzt mich selbst am meisten. Ein zweiter Fall für Hajo Freisal ist in Arbeit.

Zudem danke ich einer bestimmten Parteienfraktion im Bezirksparlament Mitte. Deren Kleine Anfrage »Erregung öffentlichen Ärgernisses im Tiergarten«, gerichtet an das Bezirksamt, legte mir nahe, mich auch mit dem Humorpotenzial einer todernst vorgetragenen Frage zu beschäftigen. Der Vorgang ist nachzulesen unter: www.berlin.de/ba-mitte/politik-und-verwaltung/bezirksverordnetenversammlung/online/ka040.asp (unter Nummer 0513/IV).

Abschließend sei angemerkt, dass die Lektüre der Berliner Boulevard-Presse in Sachen Publicsex immer dann einer Vitaminspritze gleichkam, wenn ich bei der Vereinfachung von komplexen Sachverhalten zu erlahmen begann.

B. M.

© Werner Dreblow

Bernd Mannhardt, geboren 1961 in Berlin, ist in der Öffentlichkeitsarbeit tätig. Er veröffentlichte bislang neben kriminalistischen Kurzgeschichten auch Rezensionen für das Stadtmagazin »Zitty«, Feature für »DeutschlandRadio« und Kurzhörspiele für WDR und HR. Mannhardt ist Mitglied in der Autorengruppe »Das Syndikat« und lebt in Berlin.

Vom selben Autor:

Bernd Mannhardt
»Du kommst mir gerade richtig!«
Mordsfidele Geschichten für quietschvergnügte Leser

Schardt Verlag
ISBN 978-3-89841-744-0
Broschur, 140 Seiten
10,00 Euro

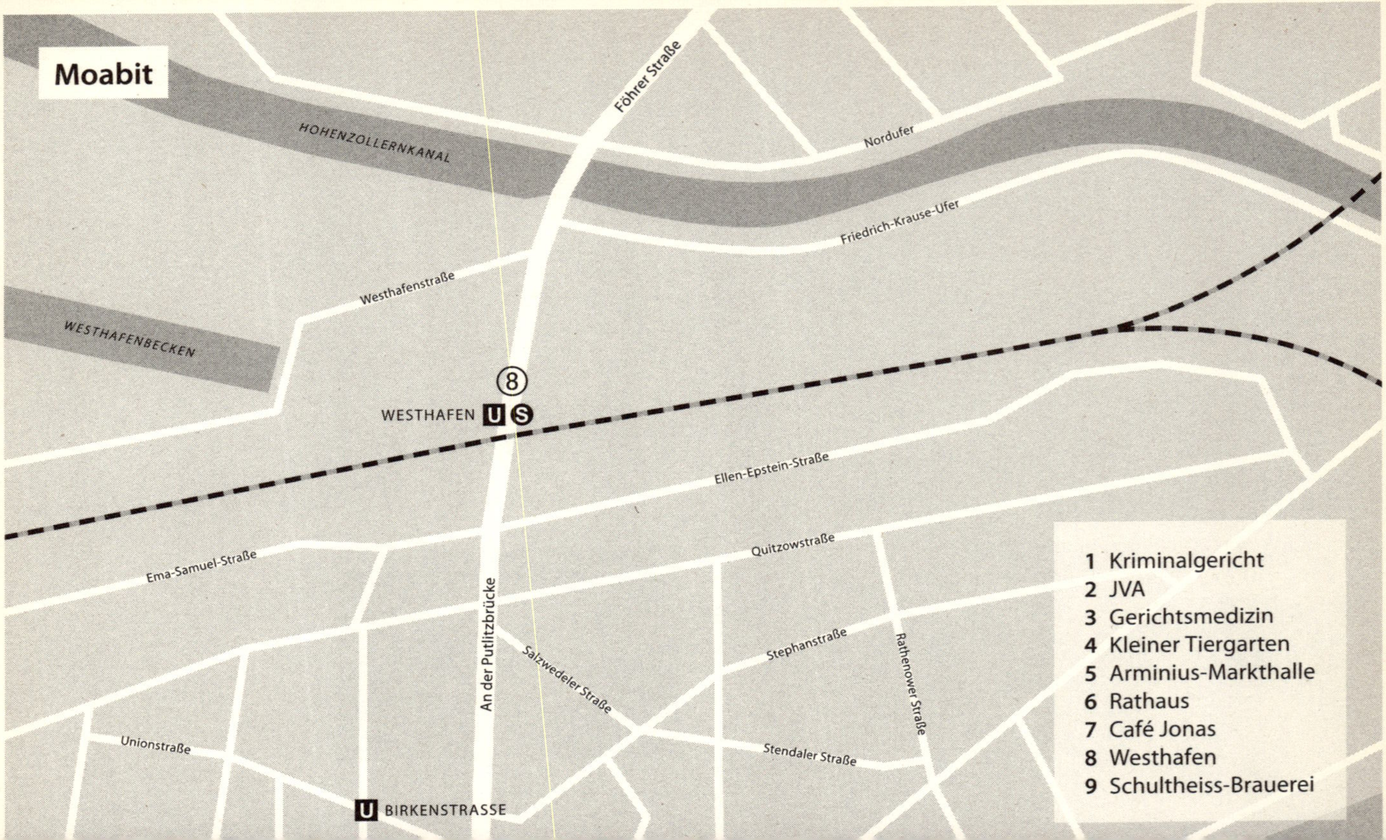
Moabit
HOHENZOLLERNKANAL
WESTHAFENBECKEN
Föhrer Straße
Nordufer
Friedrich-Krause-Ufer
Westhafenstraße
8
WESTHAFEN U S
Ellen-Epstein-Straße
Ema-Samuel-Straße
Quitzowstraße
An der Putlitzbrücke
Salzwedeler Straße
Stephanstraße
Rathenower Straße
Stendaler Straße
Unionstraße
U BIRKENSTRASSE
1 Kriminalgericht
2 JVA
3 Gerichtsmedizin
4 Kleiner Tiergarten
5 Arminius-Markthalle
6 Rathaus
7 Café Jonas
8 Westhafen
9 Schultheiss-Brauerei

Fritz-Schloß-Park
Birkenstraße
Perleberger Straße
Rathenower Straße
Waldenserstraße
Bugenhagenstraße
Bredowstraße
Wilhelmshavener Straße
Stromstraße
Lübecker Straße
Dreysestraße
Bandelstraße
Wilsnacker Straße
Pritzwalker Straße
Bremerstraße
Arminiusstr.
Jonasstraße
Turmstraße
U TURMSTRASSE
Ottopark
Kleiner Tiergarten
Alt-Moabit
Bochumer Straße
Krefelder Straße
Essener Park
Essener Straße
SPREE
Kirchstraße
Thomasiusstraße
Calvinstraße
Spenerstraße
Carl-von-Ossietzky-Park
1
2
3
4
5
6
7
9

Gänsehaut in Friedrichshain

Krause & Winckelkopf
Warschauer
Ein Friedrichshain Krimi
9,95 €
ISBN 978-3-89809-535-8

Ein sechs Monate alter Junge verschwindet am helllichten Tag aus dem Auto seiner Mutter. Erst vor Kurzem wurde das Opfer einer anderen Kindesentführung tot aufgefunden. Treibt ein Serienmörder sein Unwesen in Berlin? Oder kommt der Täter diesmal aus dem Umfeld der Eltern, zwei Musikern der angesagten Band »Warschauer«? Ein Wettlauf mit der Zeit beginnt …

Mörderisches Prenzlauer Berg

Thomas Knauf
Berliner Weiße mit Schuss
Ein Prenzlauer Berg Krimi
9,95 €
ISBN 978-3-89809-527-3

Im Mauerpark wird eine Leiche gefunden. Schnell bestätigt sich die Vermutung, dass es sich bei dem Toten um einen Jugendlichen handelt, der in der Nacht des Mauerfalls spurlos verschwand. John Klein kommt einem dunklen Geheimnis auf die Spur, die bis ins Pankower Rathaus führt und bald weitere Tote fordert …

»Ein aktuelles Thema mit sehr gelungenem Lokalkolorit.«

ekz-Informationsdienst

Authentisch und tödlich

Thomas Knauf
Der Golem vom Prenzlauer Berg
Ein Prenzlauer Berg Krimi
9,95 €
ISBN 978-3-89809-526-6

Vor der Synagoge in der Rykestraße wird ein Rabbiner tot aufgefunden. Privatermittler John Klein steht vor einer Bewährungsprobe. Alle Spuren führen zu einem Unbekannten, der skrupellos Beweise vernichtet …

»Knauf erzeugt mit seinen Schilderungen eine reizvolle, mystische Stimmung.«
ekz-Informationsdienst

Ein spannender Fall für Privatschnüffler Klein

Thomas Knauf
Mord hält jung
Ein Prenzlauer Berg Krimi
9,95 €
ISBN 978-3-89809-532-7

John Klein erhält einen unverhofften Anruf: Lotti Rogall meldet sich aus dem Altersheim. Dort sind in den letzten Monaten ungewöhnlich viele Pflegebedürftige eines überraschenden Todes gestorben. Die alte Dame fürchtet um ihr Leben …

»Thomas Knauf, der Pionier des Prenzlauer Berg-Krimis.«
Prenzlauer Berg Nachrichten

Ein schmutziger Job

Christoph Spielberg
Der Ein-Euro-Schnüffler
Ein Neukölln Krimi
9,95 €
ISBN 978-3-89809-536-5

Oskar Buscher bessert mit einem Ein-Euro-Job sein schmales Hartz-IV-Budget auf. Als er eines Nachts auf mehrere Hundeleichen in einem Müllcontainer stößt, ist er bald nicht mehr nur den harmlosen Kleinkriminellen des Bezirks auf der Spur, sondern gerät in die Fänge eines mafiös agierenden Clans …

»Spielberg erzählt glaubwürdig und rasant.«
Berliner Zeitung

»Üb immer Treu und Redlichkeit …«

Christine Anlauff
Der Fall Garnisonkirche
Ein Verloren-in-Potsdam-Krimi
9,95 €
ISBN 978-3-89809-537-2

Ein Sprengstoffanschlag zerstört den Turm der Potsdamer Garnisonkirche. Wenige Tage zuvor ist Justus Verloren ein Manuskript zugespielt worden, das den Hergang des Anschlags minutiös schildert! Justus geht der Sache nach – und verstrickt sich in einem Geflecht aus Hass, Eifersucht, Gier und Politik …

»Temporeich, humorvoll und pointiert.«
Potsdamer Neueste Nachrichten